邢定康 著

踏歌集

—— 一个旅游人的手札之三

东南大学出版社
SOUTHEAST UNIVERSITY PRESS

·南京·

图书在版编目（CIP）数据

踏歌集：一个旅游人的手札之三/邢定康著. -- 南京：东南大学出版社，2019.12
ISBN 978-7-5641-8690-6

Ⅰ. ①踏… Ⅱ. ①邢… Ⅲ. ①散文集－中国－当代 Ⅳ. ① I267

中国版本图书馆CIP数据核字（2019）第281671号

踏歌集：一个旅游人的手札之三
TaGeJi: YiGe LüYouRen De ShouZha Zhi San

著　　者	邢定康	
出版发行	东南大学出版社	
社　　址	南京市四牌楼2号　　邮编　210096	
出 版 人	江建中	
责任编辑	张丽萍	
网　　址	http://www.seupress.com	
电子邮箱	press@seupress.com	
经　　销	全国各地新华书店	
印　　刷	南京京新印刷有限公司	
开　　本	700mm×1000mm 1/16	
印　　张	16.75	
字　　数	253千	
版　　次	2019年12月第1版	
印　　次	2019年12月第1次印刷	
书　　号	ISBN 978-7-5641-8690-6	
定　　价	48.00元	

本社图书若有印装质量问题，请直接与营销部联系。电话（传真）：025-83791830

代序 ♪ 忽闻踏歌

笔者夫妇在高淳石臼湖畔　摄于2013.5.4

　　"李白乘舟将欲行,忽闻岸上踏歌声。桃花潭水深千尺,不及汪伦送我情。"这是唐代诗仙李白的诗作《赠汪伦》。

　　李白的这首小诗,朗朗上口,无须注释,再直白不过了。李老先生一定不曾想到,他的这么几句"白话"诗,被后人代代传诵,成为友人之间表达深情厚爱的金句。李老先生恐怕更不会想到,这样的一首诗在1200多年后,成了研学旅行的经典教材。

　　研学旅行,主要对象为中小学生,是开展学习和旅游体验相结合的一种教育方式。这无疑是挑战应试教育的一个尝试,而且得到了官方的支持。2016年年底,国家教育部等11个部门联合颁发的《关于推进中小学生研学旅行的意见》便是明证。不过,虽有了官方"意见",但各地方反应不一。例如,北京早在"意见"颁布之前,就已经开展了研学旅行。而我们江苏,是出了名的"护犊",至今尚未举足迈步。

几年前,我接待了北京的一家从事研学旅行机构的负责人。我问他有什么成功的案例。他津津乐道地讲到了李白的《赠汪伦》诗。在他的这个"研学旅行"教案中,"旅"的是诗中提及的安徽泾县桃花潭。我在20多年前去过几次泾县。那时候的桃花潭根本无人问津,现在已成为著名景区,火得不行了。而"研学旅行"中的"学",则聘请了学者开设讲坛。妙就妙在学者不光是向孩子们讲解李白的这首诗,还讲朋友情谊的相关古诗词,更讲"送别"的古代传统礼仪。应该说,过去有不少好的传统礼仪似乎都要丢失了,现在重新"拾"起来宣讲,当会让孩子们大为受益。这是千百年前《赠汪伦》的魅力,也是当今"研学旅行"的意义。

我已入行"夕阳红"队列,重温李白的《赠汪伦》,自然与孩子们的收获不一样了,而是有着更多的感慨。

记得孩童时,邻里有许多小伙伴,两小无猜,友情纯真。只可惜后来遭遇了"大拆大迁",大家各奔东西,早就失去了联系。偶然间有位失联十多年的邻家女孩联系上了我,感到很是亲切。我还帮她的老公安排了工作。后来听说她因病去世了,颇感悲凉。而现在,老百姓居住的方式变了,都各自在群楼中"蜗居",似乎也就老死不相往来了。

上学,是人生最美好的时光。现在恐怕未必了,因孩子的学习负担实在太重了。我从小学到中学,自然有不少要好的同学。在中学的同学中,还有一道"上山下乡"的,相互间的联系又多了一层。只可惜其中有两位,已先后被癌症夺去了生命。他们都是人民教师,曾与我在农村摸爬滚打,退休后没享几年清福,说没就没了。也许,这就是人生。

与中小学的学友相比,大学同学的联系似乎就少多了,个中缘由倒也说不清楚。好在有个微信群,维系着相互间的交流,也"刷"着各自的存在。有一回,群里聊起了我们在学校演出独幕话剧《明天》。在剧中,我演父亲,"晏如也"(微信名)演女儿。"晏如也"回忆道:"台上,我的一声'爸爸',引起台下一阵哄笑。"这个话剧在学校文艺演出中获得了创作奖。"晏如也"说:告别大学生涯,奖状"从教室墙上拿下时,不忍它成为垃圾,悄悄留下,一留就是38年。"她又讲述了舞台布景、演员衣饰以及"弄些凡士林""让

独幕话剧《明天》荣获的奖状　　大学同学吴泽晶提供

头发变白"等细节,还将"奖状"在微信群里发布了出来。我当时不仅是剧中的主演,也是剧本的创作者,而"晏如也"说的这些,竟已了无印象。这倒印证了太太对我的评价:"目瞽"。看到了那个陈年的"奖状",心中说不出来的热乎。谢了,细心的"女儿""晏如也"。

我"上山下乡"的村落叫"贾郎头"。贾郎头人很灵光,"文革"时就搞起了三产,先是大量养殖鱼苗,然后将鱼苗装进木桶,每人担两桶到偏远的地方贩卖,俗称"挑鱼秧"。"挑鱼秧"是有讲究的,扁担在肩,得悠悠地上下颠动,以保证木桶里的鱼苗不会缺氧。贾郎头的鱼苗最远"挑"到了云南。当然,那是得借助绿皮火车一路颠簸的。在那个年代,"挑鱼秧"是犯了大忌,触了红线。其中一个挑头的叫陈士栋,以"投机倒把"的罪名被判了刑。我还曾陪同他的女儿到龙潭监狱去探了监。而今,贾郎头熟悉的人都老得不灵了,近来整个村落的民宅也被拆干净了。好在还有几个"农友"二代在南京城成了家立了业,时不时地会来敲门"踏歌",挺难得的。

笔者夫妇与农友吴普喜夫妇在贾郎头村住宅　　吴桂华摄于2013.5.4

　　让我纠结的是，贾郎头说没就没了，是否意味着那样一种"田园牧歌"般的生活形态也就此谢幕了？但我还觉得，自己欠了贾郎头一个债。怎么说呢？原先打算做"挑鱼秧"的田野调查，搞成专著。我以为，"挑鱼秧"是改革开放的前奏曲，而今也应成为非物质文化遗产，该予以公正的评说。现在倒好，连村落都找不到了，这个债还怎么还？

　　我"上山下乡"返城后，第一份工作是在南京长征印刷装订厂当学徒。现在这个所谓的"区属大集体"也早早解体。我的第二份工作，是在鼓楼区政府办公室当秘书。那时候，刚取消革命委员会，恢复人民政府。区委、政府、人大、政协的办公室都是在一个房间里，条件简陋，与现在的相比真是天壤之别。30多年过去了，办公室的旧人偶尔也会聚一聚。之所以大家还有缘相会，多亏了热心的发起人杜家成。这个小伙子刚到办公室时，土得掉渣，现在已是风度翩翩。今年6月，我们又聚了一次。那一天，恰逢撞上我的生日。事前大家都不知道，我和老伴是自带生日蛋糕赴会的。那个聚会真的很特别。说实在的，朋友圈也好，微信群也好，如果其中有个热心肠的牵头人，这个圈或群中人也就可以多一点相聚的机会。

我的第三份工作，是1987年从鼓楼区机关抽调出来，参加组建南京市旅游局。这个新生的"局"，初为企业化管理的事业单位，办公地点换过五处，飘忽不定，现已是市政府的组成部门了。我在"局"中定了位，一干就干到了退休。这几年，市旅游局先后改编为市旅游园林局、市旅游委员会，据说又要与市文化部门合并了。单位的职能和名称在变，人员也在吐故纳新，熟悉的旧人不多了，联系自然也稀少了。有位叫季宁的南京大学硕士生，是在我退休前的一年分配来的，那时候我正在筹办"国际旅游与世界和谐论坛"。那可不是一般的论坛，主办方为世界旅游组织、国家旅游局、江苏省人民政府，承办方为南京市人民政府，而实际上就是由南京市旅游局一手操办的。瞧瞧，我们旅游局还是很有能耐的。季宁当时在我手下做助手，与我合作得十分愉快。我退休后，从事旅游的社团工作。他工作之余便成了我的追随者。我主编《美丽江宁》丛书（8册）时，曾安排他编著了一册《物华天宝》。现在，我们正在合写《南京旅游文化故事丛书》（4册）。这样的"老少配"结下的友谊，是很珍贵的。

笔者70岁的生日与太太储一琴合影　摄于2018.6.8

太太储一琴与刚学会坐式的孙女邢子芊　作者摄于2018.7.16

  人在"夕阳红"下，总是不愿寂寞，乐于老友之间围炉而叙，无非是忆往昔、"韶"家常、侃历史、评天下。偶然间"忽闻踏歌"，那就会平添几分惊喜。几年前，一位长江路小学幼儿园的同学，不知怎么找到了我的联系方式，打电话告诉我，在网上看到了我们在幼儿园的全班合影。忽闻这样的"踏歌"，真觉得有点儿奇妙，似有时光倒流之感。还有，已忘却的大学排演独幕话剧《明天》的场景，现在又在微信群里重提，亦算是"忽闻踏歌"了一把。

  在"夕阳红"下再回首，以为最珍贵的、最甜蜜的，当数与老伴的一路同行。老伴储一琴，是上海知青，与我在乡土地上结识。那时候的我，病歪歪的，一无所有。我们在"一无所有"中相互扶持，不离不弃，酸酸楚楚并无怨，苦苦辣辣总是甜。天地如此之大，两人能在茫茫人海中相见、相识、相恋、相伴，是老天爷的眷顾呀！

  "夕阳红"下，老夫老妻相偎相依，蹒跚着走在霞光中。这样的背影，不正是最美"夕阳红"吗？

踏歌而来的，还有我们的孙女降生到人间。我们当上爷爷奶奶了。

写作，是我"夕阳红"赋闲时光的又一个内容。我写的《行色》《秋潦》《求缺集》《不二集》，都会在书的"后记"之后附上读者读我书的"点评"。他们都是主动搅进来"点评"的。我也知道，这些"点评"虽都会拣好听的说，难免片面，但他们至少认真读了我的书，对我而言均为"忽闻踏歌"，也让我涌出一股暖流。这一次，我要将部分读者的"点评"列在"代序"中，以表达对他们的感激。

以下的"点评"，是最近一年读者通过微信发给我，或由他人转给我的，以此作为此文的尾声。

妹妹邢定宁的小学同学余之清（发给妹妹的微信）：

"快递真方便。今天下午我已收到你寄来的五本书。我平时喜欢宅在家里看看书报。看了《闲话南京》，感觉文笔亲切轻松，小事件中深含着发人深省的大道理，如《知青的歌》《卖大米啰》等，很喜欢。五本书可以让我慢慢地享受一段时间。再次感谢你和你哥！"

太太储一琴的中学同学庄文华（发给太太的微信）：

"昨夜，连续两遍读了您先生的《不二集》之代序篇，着实被邢先生清新的文字，对'身土不二'抽丝剥茧的诠释，对职业和爱情的不二选择和情感流露所折服。旅游类书籍能做到如此引人入胜，难能可贵！《不二集》等书将是我近期内床头之不二！谢谢，谢谢！"

高中同学"池长双莲"（微信名）：

"那次聚会后，我暂停了正在看的其他书籍，认真地看了你送给我们的书。感到你写的书真实、自然、文笔流畅、内容丰富，如同和你一起旅行一样！你的那些为改进旅游事业所做的实事、建议、主意也是可圈可点、真心诚恳！要能照着做就好了！心想这真不愧是我们老九中的高才生呢！望有机会能拜读老同学更多的佳作。"

原鼓楼区政府办公室刘艳：

"在江湾城，不看手机、不看电视、养养病、读读书、写写字，难得一人独处安静悠然，感谢你的书，欣阅之时竟忘却病痛。书中文字娓娓道来、浅入深出、有议有叙、风趣幽默,读到兴处竟感同身受。还有增长了见识,恶补了知识,比如'圣经'(注:指《以色列:与上帝角力》一文中谈到的'圣经'),已记不起上次读书的时日,只觉着很久没有这样捧着书阅读了,这种感觉仿佛回到美好的学生时代,真好!真是好!真是美好!谨此向你问好,并表达感谢哦。"

鼓楼区老友朱彬复:

"早上好,拜读你的大作,原只准备看上二三篇,谁知欲罢不能,不知不觉地就进入了你的作品之中,仿佛身临其境。感到你的作品像春雨,真是润物细无声。待时再细细拜读你的大作。"

"一杯清茶,一本书(注:指《行色》),难得清闲。"

"一篇《辟谷》文章(注:收在《不二集》中),给你写得有血有肉。读你的作品不累,心情愉悦,又长见识,对身心健康很有好处。"

"拜读你的大作,心里多一份感慨,多一份淡定,同时也勾起了少时的回忆……"

浙江青田旅游委员会王豪灵:

"邢老真是有心之人,敬佩敬佩!昨晚饭桌上粗粗翻了一下你的作品,感觉很有味道,很想留下一本慢慢品读,可惜小叶那里只有两种各一本了,不好占有。回去后我到书店看看,购上慢慢品读。读一个认识的人写的书籍,易记住书中的精华,阅读过程中也更加轻松,而且很有亲切感。这是我的感受。真诚欢迎邢老有空到青田观光,小辈我来接待。"

江苏专业作家苏克勤:

"近来可好!冬天特别的问候!前几天买了你的一本《行色》,觉得写得很好!"

南京云锦研究所吴颖(发在她的微信朋友圈):

"最喜欢在出差的路上,因为有很长的时间冥想,或者看一本与工作无关的又喜爱无比的书籍。这种难得的抽离让自己放空又养心。昨夜因为应酬很迟到家收拾行李,书橱里看到了邢老师送我的《不二集》一书,放在书橱里竟睡了这么久,想来也有自责。"

"今天出差有时间慢慢品味邢老师的这本《不二集》,甚是感动,甚是喜欢。对邢老师有了更深入的认识，满心欢喜，满心崇拜，才恍惚发现这么重要的贵人，竟没有加微信，自责不已。"

"这本书辞藻无华，平实有情。刚读完'序'，我已泪湿眼睛，怕旁边人觉得怪异，才立刻放下书，让自己缓一缓，发了这条微信。最见不得经历风雨的人撒狗粮，总觉得特别戳动泪点。人生匆匆，又漫漫，与知己相识实属不易，越长大越缺乏安全感，能够默默相互扶持是一种修行。邢老师是一个温柔又知性的水乡男人，含情脉脉，有情有义，放在当下是个才子绅士。"

"在邢老师的浩瀚思想长河里尽情徜徉，无比丰富。其娓娓道来，文字淡雅，却读出了浓墨重彩，感觉一幕一幕，身临其境一般。很是佩服，也很想得到邢老师的全套著作。"

这里，还要补充的是：近来，我与南京大学章锦河教授选编民国旅游人的游记《江苏游屐——民国风情实录》。他在撰写的"序言"中，给予我很高的评价。而我在最后统稿时，还是将这段"评语"删去了，以为不妥。不过，人总是喜欢听顺耳之言的，即便是我这把年纪的人，也不免脱俗。于是乎，我又将"评语"找出整理，作为《忽闻踏歌》的结束语：

"你是行者，一直在路上，用脚丈量世界的广度，用眼记录四季的色度，用心感悟社会的温度。你的《印象》《行色》《秋潺》《求缺集》《不二集》等，是你的心语与情怀的自然流淌。你是学者，不仅对旅游理论与实践中存在问题具有高度的敏感性，而且对中国传统文化的旅游活化、文旅融合等具有敏锐性与前瞻性，著述丰厚，生动体现了你对中国传统文化的守望和传道。去年在南京中国科举博物馆，在你策展的《中国旅行社南京回顾展》展会上，我们合议选编《江苏游屐——民国风情实录》。"选编"亦是中国的传统文化之一，其编者无关乎自身名利，乃为无私付出而益于社会。这是我们共同去做这项工作的初衷。"

2018.7.18

PART 01
YiGeLiYouRenDe
ShouZhaZhiSan

代序：忽闻踏歌

上篇：旅行

002/ "全域旅游"是新瓶孰旧酒
005/ "慢城"嫁接景区异常出彩
008/ 兴冲冲访牛首怅怅然返
011/ 再回首南京明外郭遗迹
014/ 好想好想谱曲"蝶梦钟山"
017/ 可知晓北京有个西安村
020/ 这一回蝶梦北京西安村——访西安村随笔之二
023/ "研学旅行"山歌一曲曲唱——访西安村随笔之三
026/ 到北京见白日再见鸟巢
029/ 雪花儿飘别国家旅游局
032/ 上海滩有马路永不拓宽
034/ 有故事建筑格外有"腔调"
036/ 好美好美一所"剪纸"学校
039/ 两张旧照映出民国"驴友"
042/ 景区改称未必收之桑榆
045/ 无奈何活脱脱造个小镇
048/ 江苏园艺合一曲"秋之韵"
052/ 高铁专列驶进美的丽水
056/ 探访"桐城派"故里到枞阳
059/ 旅行社之守望家园90余载——访台随笔之一
063/ 花莲"走过虹桥""后山圆梦"——访台随笔之二
066/ 高雄"驳二"与屏东"枋寮F3"——访台随笔之三
069/ 彩绘"眷村"绘就文化遗产——访台随笔之四
072/ 轻移步缓缓听"千言万语"——访台随笔之五
075/ "台湾最南点"惜见残疾蝶——访台随笔之六
078/ 广岛留下思考和平空间

下篇：研学

082/ 有感于城市建设缺憾之若干案例
096/ 关于创新建设太平南路有轨电车的构想
103/ 策展《中国旅行社南京回顾展》
109/ 郭锡麒与他的江宁摄影
118/《金陵名胜写生集》导读
124/《江苏游屐——民国风情实录》后记
128/ 南京呀南京，往事知多少……
132/ 关于"莫愁女孩""石头小子"的形象创意
136/《金陵诗词游屐之旅》的构思及谋篇
139/ 金陵帝王州之曲
142/ 春归秣陵树 人老建康城
146/ 二分无赖是扬州
150/ 送许拾遗归江宁
153/ 白下西风落叶侵
156/ 同居长干里，两小无嫌猜
160/ 多少楼台烟雨中
164/ 瞻园风帘入图画
167/ 登赏心亭忧时意
171/ 牧童遥指杏花村
175/ 品读南京

附录

224/ 我们高二（6）班的年轻人——知青生涯之一
231/ 我们高二（6）班的年轻人——知青生涯之二
241/ 我们高二（6）班的年轻人——微信群里话汤泉

后记

248/ 后记

上篇：旅行
Shangpian:Lüxing

"全域旅游"是新瓶孰旧酒

我有位搞旅游规划的朋友,失联了很长时间,前几日难得通了回电话。我问:都在忙些什么?回答:在做全域旅游规划。

自打"全域旅游"新名词横空问世后,从省到市、从城区和县城到乡镇,都在联系专业公司做全域旅游的规划。做一个的花费,动辄几百万,少则几十万。算个账,全国上下得做多少个规划呀。"忽如一夜春风来",旅游规划行业迎来了黄金档期。

我在旅游部门供职时,负责过旅游规划工作。那时候和现在不一样,是我们公职人员自己动手做,实际上是边学边干,没少吃苦,做出来活儿及格而已。现在不一样了,改为委托专业公司来完成。这也对,专业的事,就应该交由专业的人来做,叫外包服务。那时候,我们做的是旅游总体规划,现在又不一样了,最新的提法自然就是全域旅游规划了。

我退休后一直在旅游学术团体活动,少不了也会撞上"全域旅游"的那些事儿。

笔者在南京旅游学会二届六次和三届一次大会上做工作报告　摄于2017.7.8

最早的一次，是参加某个城区的全域旅游规划招标评审。参加投标的专业公司拿出的规划框架，怎么看怎么觉得眼熟，窃以为与以往的旅游总体规划没多大区别，只不过在所有规划分项中，都加上了"全域"二字。我很纳闷，这两种规划到底有什么不一样呢？实际上，以往的总体规划做的是"大旅游"，触角也伸到了全域。那么，大旅游与全域旅游又有什么差异呢？

又有一次，我如约去远郊的一个城区，参加那个区的全域旅游规划（初稿）点评。原以为是召开个点评会的，没想到仅我一人，要面对北京的一家规划公司负责人，以及他手下的一拨子"90后"。这家规划公司在全国赫赫有名，只是做出来的活儿，仍未跳出总体规划的窠臼。况且，他们对其本土文化认识肤浅，也没"规划"到点子上。我与他们讨论了一个下午，因我熟悉这个城区的情况，还建议以"慢山，慢水，慢城"作为城区形象，可以围绕这六个字做文章。这已经是去年的事了。今年，区旅游局换了位我熟悉的负责人。我问他规划的完成情况，回答是尚无最后成果。

还有件事，说起来比较搞笑。也是在去年，我和院校的几位教授组成课题组，去做江西某个城市的旅游总体策划方案。这个市的旅游部门负责人召开座谈会，要求我们将全域旅游规划装进总策划方案之中。这显然是风马牛不相及。我在与对方的交谈中，明显觉察到了他们要做全域旅游规划的急迫心情，态度也特诚恳，只是并未弄懂什么叫全域旅游。

有位著名大学的资深教授与我探讨全域旅游。他做过数个旅游总体规划，也做过数个全域旅游规划，理论与实践均很权威。他对我说，其实这两者并无本质上的不同，只是后者更强调政府有关部门对旅游的认同感、能动性、协作性。

我赞成这么个说法。实际上，全域旅游只不过是旅游业发展到这一阶段的产物。倘若搁在若干年前，大旅游也好，或者那时候就提出了全域旅游也好，不会形成各方面的共识，也不会得到各方面的呼应，仅仅是旅游部门个体的梦而已。

我还认为，全域旅游规划的蓝图与我们建设美好家园的目标，可谓不谋而合。一位市旅游部门负责人说：要通过打造"处处有风景、时时有服务、人人都放心"的全域旅游模式,形成一个整体城市泛景区化的旅游目的地。瞧瞧,这样一种所谓的全域旅游模式,不正是城市百姓自身的需求吗?

什么叫城市?城市的功能是什么?城市是市民安居、工作、休憩的集聚地。一个城市如果脏乱差、市政服务缺失、生活不安全,就不是一个合格的城市。反之,则会成为人们向往的城市。可不可以这么说,假如世上没有旅游,城市也应按全域旅游模式去建设、去经营?更何况,旅游已成为人们"休憩"的不可或缺的生活,形成了一种趋势,一种潮流。可能正因为如此,才会产生全域旅游规划"热"。

坦率地说,这么"热"对城市建设和旅游发展来说是大好事,只是完全可以修订原有的规划,不必动用巨资"另起炉灶"。一家之言,也就这么一说,一笑而过。

"慢城"嫁接景区异常出彩

时间往前推移到2011年1月20日，南京旅游学会应邀与高淳县（现为高淳区）旅游部门联合举办了一次旅游研讨会。会议的名称虽为"高淳旅游发展战略高层论坛"，但议题只有一个，那就是如何打造高淳国际慢城。就在此两个月前，即2010年11月27日，高淳桠溪被国际慢城协会授予"桠溪生态之旅"的称谓，并吸纳为会员。这也是中国第一个国际慢城组织的成员。

那次论坛，我组织了南大、南师大、南农大、省旅游信息中心等单位的专家学者参加研讨。虽说与会者都是旅游界资深人士，但有人还是第一次听到"慢城"这么个概念，以为很有新鲜感，也很有消费需求，最难得的是它还是"中国第一"，有太多太大发展的想象空间。大家都认为，首座"慢城"在高淳出生确实是个契机，尽管现在桠溪并不具备"慢城"的多项国际标准，但只要做好规划，逐步加以实施，就一定可以开创旅游新天地。

国际慢城协会成立于1999年，是由意大利的几座小城市市长联合发起的，并制定了《国际慢城宪章》。所谓慢城，关键在于一个"慢"字，慢餐、慢行、蜗牛般的慢生活，指的是一种全新城市模式，追求在享受高科技带来的种种红利的同时，也要找回原始悠闲生活的感觉，以释放工作压力、提高生活质量。迄今，国际慢城协会的成员已有来自约25个国家140多个城市。

高淳桠溪之所以能成为中国第一座"慢城"，纯属偶然，是因一位意大利"慢城"的市长、国际慢城协会的副主席来南京参加名城会，深深被高淳桠溪的自然生态所吸引，在他的力荐下，将其发展到这个国际组织来的。

未曾想到的情况出现了，或者借用一位魔术师的话"见证奇迹的时刻"到来了："慢城"的规划建设才刚刚启动，不少游客已闻风而来，而且势头越来越猛。外省市旅游界

笔者与高淳吴建明在"慢城" 摄于2011.4.17

人士来参观学习的也不在少数，如同有一阵去成都看"五朵金花"农家乐一般。尽管看过"慢城"的人抱怨多于赞赏，觉得与自己的期望值相距甚远，但这并未影响游客趋之如鹜。他们都是来看看什么叫"慢城"。而"慢城"的田园风光确实也有底气，够得上是"生态之旅"。

有趣的是，在这里，"慢城"已不再是国际组织的称谓，而成了新建景区的名称，以至于游客不晓得高淳的桠溪，但一定知道"慢城"。去"慢城"，甚至成了一种时尚。

前不久，我们《江苏旅游故事》丛书的几位编辑到"慢城"放松心情。那时节，"慢城"的油菜花开虽近尾声，但仍给我们带来了不少的野趣。只是，有几处搞成了大片的草坪，好似将我们又拉回到城市公园。这么搞法，似乎有悖于"慢城"的初衷。我们一行都在讨论，高淳的"慢城"究竟如何发展，向何处去。

我就在想，意大利小镇布拉是国际慢城发源地之一。当地人会在路边咖啡吧坐上大半天，或是与友人闲聊，或是看着人来人往。石凳上的老人会如雕像般端坐着"发呆"。这就是意大利慢城的生活状态。正是这种"慢城"状态,吸引了游客前往,并融入其中。看来当地人的"慢生活",才是"慢城"之根本。而高淳的"慢城",除了生态优势之外,当地人并不具备"发呆"的条件,倒是要快节奏讨生活。这应该是桠溪慢城与布拉慢城最大的区别。前面提到,高淳将"慢城"作为景区来打造,以吸引外地游客到这里"慢"下来,是侧重于游客而非当地人。当然,当地人随着这里的客源兴旺,收入也会大大改善,也终会有"慢"下来的一天。这或许是我见识并理解的中国式国际慢城。

  我以为,建设"慢城"也好,打造特色小镇也好,发展乡村旅游也好,都是为了建设美好的家园,让家园的老百姓过上好日子。这应是我们的"初心"。勿忘"初心",就不至于为"旅游"而搞旅游。其结果并非是我们想要的收获。

2017.5.8

兴冲冲访牛首怅怅然返

7月11日，是牛首山旅游文化区的免费开放日。我和太太跟随夫子庙旅行社组织的团队上山游览。这个旅游文化区是在两年前建成开放的。我原本有好几次机会前去考察，只因听说景区建得太过精彩，不想独自前往，要留下来找时间与太太共同分享，一拖就拖到了现在。

牛首山是历史上的佛教名山。它有两峰东西相对，犹如两只牛角，形成"天阙"，本身就极具禅意。早在南朝，就有高僧辟支在此山洞中修身成佛，后建佛窟寺，续延下来为弘觉寺，且有唐代宗李豫"感梦"建弘觉寺塔，再有高僧法融在此谈禅，创立"牛头宗"。"春牛首"，亦是南京的习俗。我曾多次上山察看，以为南京的几处名山，数"牛首"最具野趣。2009年5月，太太第一次伴我登"牛首"。她对我说，到了这里，心可以自然而然静下来。

而今，在山上建成了旅游文化区，又该是如何景象呢？上了山，看到山上不仅兴建了供奉佛顶骨舍利的佛顶宫，还建了佛顶寺、佛顶塔，气势磅礴。只是，那个唐代的弘觉寺塔被淹没得失去了踪影。

笔者与太太在牛首山　摄于 2009.5.18

我们实际上仅参观了佛顶宫。这座建筑以佛祖顶骨舍利供奉为主题，巧妙利用历史遗留的矿坑兴建，总面积达13.6万平方米，规模十分宏大。其外观为大、小穹顶。大穹顶形如佛祖袈裟，覆盖在小穹顶之上。小穹顶则状如"莲花托珍宝"。其内部由地上的"禅境大观"和地宫构成。"禅境大观"空间面积超过6000平方米，中心卧7.5米长的仿汉白玉释迦牟尼像，给人以大气、善美之感。不过细细品来，总觉得缺了点什么。究竟缺的是什么呢？

我首先联想到的是大报恩寺遗址公园。其实，说到牛首山旅游文化区，必然要牵扯到大报恩寺遗址公园。前者是在2015年10月27日落成的；后者紧跟其后，落成于12月16日。这是两个超大型的佛教文化工程，均与佛界最高圣物"佛顶骨舍利"直接关联，又是在同一年相继建成开放，堪称古佛都南京之盛事了。

须知，佛祖顶骨舍利的呈现，就是在大报恩寺的遗址上，时为2008年7月。考古学者先是发现了长干寺地宫，继而在地宫喜获佛祖顶骨舍利，举世为之震惊。

大报恩寺所处的古长干里，乃佛家风水宝地。江南首座佛寺"建初寺"，也是东吴时期在长干里诞生的。大报恩寺的前身原为一座小精舍，西晋初由僧人在原址重建，名长干寺，延续到明代重建大报恩寺，袭用了宋代长干寺的地宫。这才在长干寺地宫里请出了佛顶骨舍利。

对了，唐玄奘顶骨舍利也是在这块风土宝地出土的。这是侵华日军在大报恩遗址建稻荷神社时，偶然发掘出来的，原欲独吞，后迫于强大的社会压力，交出了部分。经岁月辗转，唐玄奘顶骨舍利现已分九处供奉，即南京九华山三藏塔和灵谷寺、成都文殊院、西安大慈恩寺、台北玄奘寺、新竹玄奘大学、日本琦玉县慈恩寺和奈良三藏院、印度那烂陀寺。其中，西安大慈恩寺、新竹玄奘大学供奉的两份，都是从南京灵谷寺迎请的。

那么，新发现的佛顶舍利在哪里供奉呢？这引发了意见的分歧。在原址供奉，无疑是最佳选择。只是，大报恩寺自太平天国时期被毁后，大部分土地已挪作他用，包括金陵机器局（今晨光1865创意园）原本也在其范围内。现在再要想原地恢复寺庙供奉佛舍利，略显急促，除非搞大的动迁，否则难成气候。千年古刹栖霞寺，亦有迎请佛顶舍利的强烈愿望和要求，后未被采纳。于是，目光投向了有天阙之称的牛首山，并最终定在了牛首山。

在牛首山选址上，南京旅游学会曾做过一些工作。我当时担任学会的会长。副会长吴之洪促成我召开过两次研讨会，请来玄奘寺方丈传真、堪舆学者骆家清共议，并形成意见向市政协领导反映。我与吴之洪、骆家清还到牛首山实地察看了风水，又将他们撰写的《金陵大报恩寺能否异地重建》《试述报恩寺移至牛首山重建的N个理由》等文章，刊登在了学会的《南京旅游研究》刊物上。我原以为，倘若在牛首山供奉佛顶骨舍利，其优势是有广阔的山地可利用，能形成大的格局，也更有利于旅游的发展。其实这个想法过于简单。

回过头说，前面提到这次游"牛首"感觉缺点什么。我琢磨又琢磨，到底缺了什么呢？总的来看，偌大的一个佛文化项目，似乎形式有余，场景可观，而内容则显得比较空泛。遗憾之处还在于，佛顶骨舍利的原装，从里到外分别是金棺银椁、七宝鎏金阿育王塔、铁函等。而这些原装物均不在牛首山，是被大报恩寺遗址公园所收藏。这样人为的"分离"，让人无法体会古代佛舍利文化的完整内涵。

与其这样，为什么不可以集中财力、物力、人物，将两者合在一处建设呢？

有人或许会问：佛顶骨舍利与其包装为何会分在两处呢？原来佛顶骨舍利属佛界圣物，通常要在佛寺供奉；而金棺银椁等属文物，应由文物部门在遗址保管。这就出现了两者"分离"的尴尬结果。

我还以为，这次游"牛首"的最大遗憾，还在于新建项目似乎与山上的宏觉寺塔等历史遗存相游离，好像两者完全不在一个频道上。这对于古"牛首"和现"驴友"，恐怕都有失公平吧。太太上次游"牛首"说过，到了山间，心境会平复下来。那样一种品味古风佛韵的感受，现在似乎完全找不到了。

这一回：兴冲冲访"牛首"，怅怅然返。

2017.9.4

再回首南京明外郭遗迹

南京老城的城门流传着"里十三、外十八"的民谣。所谓"里十三",指的是我们通常所讲的明城墙,计有中华门等十三座城门。而"外十八"的"外",是指城墙外围再加筑的一道城墙,称为外郭,计有十八座城门。实际上,南京明城墙从广义上来说,由四重城墙组成。这四重是宫城(俗称紫禁城)、皇城(护卫宫城最近的一道城垣)、都市城墙(现在通称明城墙)、外郭。其中的明城墙无人不知、无人不晓,而明外郭就鲜为大众所了解了。

明外郭,俗称土城头。为何叫"土城头"呢?因外郭的本体是以垒土为主,仅在城门等一些防守薄弱地段加筑了城砖。这是朱元璋修筑京师城墙之后,为弥补其缺陷所采取的重大举措。明城墙的周长约35公里,而外郭则长达60公里,将钟山、聚宝山(今雨花台)、幕府山等城外制高点全都囊括进来,以确保京师的安全。说到朱元璋筑外郭,民间还有一个惊人的传说。说的是明城墙建成后,朱元璋携10岁的儿子朱棣登后宰门城墙察看。军师刘基进言:有了这座城池,可御百军于城外,除非燕子才能飞进来。哪知道朱棣当场脱口而出:城池虽好,还应将钟山包进来,否则人家占据高地,破城也不难。朱元璋听了大为吃惊,随即赏他一只蜜橘,还亲自给他剥皮撕筋。朱棣生母得知后花容失色。皇上这是要对儿子下手,剥他的皮,抽他的筋呀。在她安排下,朱棣连夜逃往北京。之后,朱元璋下令筑外郭,将钟山等处圈入,又顺水推舟封朱棣为燕王。未曾想,尽管筑了外郭,燕王朱棣还是燕子般地飞进都城,坐上了皇座。

曾经拥有十八座城门的明外郭,而今似乎已被人们遗忘,仅留下了上述的传说,"外十八"的民谣,以及仙鹤门等以城门命名的地名。何以如此呢?这是因明外郭到了清末民初就已不复存在,完全消失在人们的视线中。长时间以来,人们关注的是残存的明城墙到底拆除还是保护,哪还顾及已经看不见的明外郭呢?历史学家朱偰曾是明城墙坚定的捍卫者,后来竟被错划为"右派"。直到1996年,南京市正式颁布《南京城墙保护管理办法》,方有了明确的定论。不过,此"保护管理"的对象并未明确包括明外郭。到了2016年,又出台了《南京城墙保护条例》,才正式涉及对明外郭遗址的保护。听说南京有个与明外郭遗址保护有关的机构,我就找关系专程走访了一趟。此机构全称为"南京明外郭秦淮新河百里风光带建设有限公司",成立于2010年,坐落在仙鹤门一带。这么长的公司名称,把我给绕住了。公司负责人黄越解释说,公司奉命维护明外郭遗址的部分地段,长约30公里,又欲打造百里风光带,就向秦淮新河沿岸延伸了20公里。原来是这样呀。追逐"高大上",似乎成了我们的通病。我倒以为,即便如此,也得分个主次,应称作"南京明外郭风光带",了然。

　　黄越,给我的印象很干练,而且对从事的工作充满热情和自信。他将我带到一个巨大的城市模型前,指点着明城墙及外郭作讲解。明外郭大致呈菱形,北以仙鹤门、姚坊门(即尧化门)为代表,东有麒麟门等,南有安德门、江东门等,南、北外郭往西围向江边,依山带水,占地要比都城本身大得多。我就在想,这是南京城市向外拓展的重要历史印记,如同现在将城区发展到了江宁、高淳、浦口等地一样,也是一个印记。从这个意义上来说,保护和建设好明外郭遗址,实在太有必要、太有价值了。

　　黄越陪着我,在已建好的明外郭遗址地段巡视了一番。这些地段有的还能清晰可见城墙的根基,十分可贵。不过,如无专人指点,是不会识得的。明外郭遗址的建设,主要是以绿化带标示城墙走向,有几处还建了小公园,形成一条生态景观长廊,令人舒心。只是,其中缺少了人文的建筑小品和碑文碑刻,似仅供"内行看门道",未能给"外行看热闹"。我给黄越提了建议。他表示已有此考虑。

　　我们沿着明外郭绿带行走,看到周围是一组组庞大的住宅群。黄越告之:这些大多是经济适用房,进住的都是平民百姓。过去这里的外部环境脏乱差,现在建成了外郭绿化带,最大的受益者是当地的居民。我随即想到,

明外郭风光带周边的西花岗安居房小区　　摄于 2017.6.16

杭州对"西溪"的开发,是先改造环境,促成那里的地块升值,再搞房地产,而南京未免有点"大萝卜"了。进而又想,大凡经济适用房,都建在十分偏远的地带,环境也不怎样。现在,能让这些住户的生活环境得到这么好的改善,岂不体现了南京的"博爱"精神吗?这实实在在是做了一件大好的事。

明外郭遗址的保护性建设还在继续,值得我们期待。

2017.5.17

好想好想谱曲『蝶梦钟山』

本文写钟山,而缘于老山。

在老山下,有一座冠以"水墨大埝"的美丽乡村。在"水墨大埝"中,有一个"蝶梦山丘"。这是千泉文化发展公司邰青轩、司马两位年轻人的作品:一座中华虎凤蝶自然博物馆、一组以"蝶梦"为主题的民宿。他们创作的理念是"爱与生命",给大家奉献出了"民宿+博物馆+自然教育"的新型经营模式。凑巧的是,前不久我赴齐云山参加"非物质文化论坛",在山下新建特色小镇上竟然发现了"蝶梦山丘"的项目介绍。可见,其影响力至少已扩散到了安徽。

我第一次探访老山的"蝶梦山丘",是在去年的12月。那时候,中华虎凤蝶自然博物馆已落成开放,民宿尚在装修中,全都是利用原有民宅改造的。博物馆从外观看,结结巴巴地躲在一座体量很小的房屋里,以为里面也不会有多大名堂。不过,当你跨入小馆的小门,你的目光立刻会被迎面的一堵蝴蝶墙粘住。那堵墙陈列着来自世界各国的蝴蝶标本380余种,是地球村上各属各种蝴蝶的大全。据了解,上海的生物馆也没有这么多的蝴蝶标本。再有,馆藏的那些蝴蝶生态影像、图片、文献、书籍等,看了着实让人惊叹。我琢磨着,小邰和司马年轻人难有这样的功力,一定经高人指点。果不其然,馆长是一位全国著名的蝴蝶专家,还是我的老友,姓张名松奎。

我和张松奎相识于上世纪八九十年代。那时候,他就已经在少年宫搞了个蝴蝶馆,开展科普活动。我们已很长时间未联系了,没想到他一直致力于蝴蝶生态研究和科普教育工作,从未松懈,硕果累累。他还发现了一个蝴蝶新种,被昆虫界以他的姓氏命名,叫"张氏蜘蛱蝶"。更让我动容的是,他仍保留着少年宫孩子们的蝴蝶绘画习作,现已拿了出来在博物馆呈现。当年的孩子现在看到自己的作品,

张松奎夫妇（左1~2）、司马夫妇（左3~4）与笔者夫妇在蝶梦山丘　摄于2018.3.12

会是怎样的一个表情包呢？

张松奎对我说，博物馆收藏了日本等地的虎凤蝶家族品种共有5种。而在它的家族中，中华虎凤蝶则为我国独有，被昆虫界誉为"国宝"。南京的中华虎凤蝶数量最多，老山是主要栖息地之一，在这里选址建馆是有根有据的。他又说，其实，要说南京的"蝴蝶王国"还是在钟山。南京迄今已观察到的蝴蝶有95属152种，绝大多数都是在钟山首次发现的，亦包括中华虎凤蝶在内。这一"蝶情"，对我来说很新鲜，也很重要。这自然就要说到钟山了。

钟山，又名紫金山，是南京最为突出的标志。李白诗吟："钟山龙蟠走势来。"它青峦起伏，林海浩瀚，历朝历代总是与南京的盛衰交融。孙权墓、明孝陵、中山陵……200多处名胜史迹和纪念建筑遍布于此，气势恢宏。只是，人们在赞叹它拥有众多的人文景观的同时，往往对它丰富的自然资源有所忽略。尽管有梅花山上赏梅、梧桐树荫下漫步，但并未形成主旋律，也仅限于植物景观。那么动物呢？例如蝴蝶，有谁知道有多少种蝴蝶在山中灵动？有谁知道需要采取什么措施，以保证它们的茁壮成长？又有谁知道它们的生存状况,被国家环保部门列为环境监测的标志物呢?

我们不仅要保护好钟山文物,更要珍惜和呵护好钟山生态。

从张松奎那里获此"蝶情",我随即邀请中山陵园管理局副局长廖景汉访问蝶梦山丘,也由此促成今年的梅花节,在钟山脚下搞了一个蝴蝶露展。这显然还不是我要的结果,而是向往着谱写一曲"蝶梦钟山"。

我是多么希望钟山能拥有一座全国最著名的蝴蝶馆。这个蝴蝶馆不仅在国内领衔,在国际上也应该是顶级的。如果说,钟山的管理部门以往比较侧重于人文方面的建设,那么现在应将更多的目光投向自然生态,首选的就是建设这样的一座蝴蝶馆。

好想好想唱响"蝶梦钟山"。这是我的梦,是张松奎蝴蝶专家的梦,是小邰和司马年轻人的梦,也是我们南京这座古老城市的梦。

2017.6.15

可知晓北京有个西安村

北京的房山区有那么一个村落，与著名的西安古城同名，叫西安村。它虽然名称叫得大，但默默无闻，隐于燕山群峦之中。

8月初，我和南京大学章锦河教授访问西安村，也就无意间深入到了燕山腹地。燕山，群峰叠嶂，风景入画。我们一直仰目于燕山运动，殊不识燕山真面目，未曾想自己现已身入其境。

燕山运动，是指中国远古广泛发生的地壳运动，导致褶皱隆起，形成绵亘的山脉。纵横俯视地史，它是泛太平洋板块向亚欧板块俯冲的成果，自2亿1千万年左右（侏罗纪）开始，至6500万年（白垩纪）前结束。这一漫长又漫长的造山过程，以北京燕山地区最具代表，被学术界命名为燕山运动。

我们原本是去考察旭日山庄的，到达了目的地，方知所谓的旭日山庄就是西安村。这个村与陕西的西安有关联吗？凭我个人的经验，可能是西安移民徙此而居。非也！只因村西有庵，村名亦作西庵。当地方言"庵""安"谐音，久而久之，村"长大"了，庵"仙逝"了，"西庵"书写成了"西安"。天底下的老百姓，图的不就是一个"安"字吗？

如果说西安村一带的地貌形成，遥远得无法想象，那么相比而言，村落的诞辰就掐指可数了。据了解，它也就500多年的村史。村民择此山地而"安"，与这里蕴藏着煤矿心手相连。实际上，西安村就坐落在燕山运动生成的煤床上。由于地处山地，村民的集居区形成了很特别的梯田式民宅，筑有五层阶梯、五排房屋，疑似"五谷丰登"之意。村民们一方面开窑挖煤，一方面开垦荒山，以培育果树为主，也见缝插针地种植庄稼，延续着农耕传统，期盼着五谷丰登。尤其是在"农业学大寨"的年代，这里也搞起了不少梯田。不过，农耕并不能自给自足，村民赖以生存的仍是燕山运动赐予的"煤"。

我们在西安村察看，发现山坳里有座十分讲究的独立的建筑，石块墙、古典式屋檐，似鹤立鸡群。它门口挂着"民俗乡情文化展室"的牌子，里面陈列着反映西安村前世今生的图片，以及实物、模型。其中，"煤炭生产习俗"占了重要的篇幅。须知，西安村几乎是与开采挖煤同步诞生的。村民们从察看地形、寻觅煤层，到开窑挖煤、改造工具、运用安保等等，"吃的是阳间饭，干的是阴间活"，世代相袭，锲而不舍讨生活。我忽而发现，这里的村民既是在从事"一产"，也早早做起了所谓的"二产"，而且还是以"二产"为生，真是一个特殊又特殊的人民群体呀。

西安村人经过5个多世纪的"煤"的锤炼，可谓独具慧眼，充满韧性，无坚不摧，且心如炭火，温暖人间。这是什么样的一种精神？我以为，称得上是燕山精神。这样的一种精神，值得大赞和大扬。

那么，西安村怎么又被叫作旭日山庄了呢？原来跨入21世纪，燕山地区的人民生活日臻富裕，割舍了煤炭生产，为的是青山绿水的守望。西安村人在政府关怀下分批迁往相邻的良山定居，而将村落委托一家公司搞农业旅游，取名旭日山庄。

我们在旭日山庄见到了原经营者果先生。他已60出头，在北京饭店入行，是旅游界的前辈。他对我们说，由于资金等诸方面原因，山庄举步维艰，未能"旭日"，现已转由炳隆集团接盘。他在这里待了十来年，有割不舍的情怀，好在已被留用，十分希望炳隆集团能在山庄发力"旭日"。"炳"，恰有"光明"之义。炳隆集团接受"旭日"，似乎契合了天意。

我们这次就是应炳隆集团掌门人蒋宏炳的邀请，来山庄考察的。蒋先生是位80后的年轻人，给人印象是聪慧、谦和、帅气而不失儒雅。他是搞金融科技营销服务的，未接触过旅游农庄类项目，请我们来出谋划策。看得出来，他勤奋好学，且视野开阔，能快捷捕捉到新鲜事物。

我在与蒋先生交流中，坦率地问：你是打算精耕细作地搞一个好的作品，还是寻求短期就有回报？这个问题很重要，关系到山庄的下一步动作。蒋先生也很坦诚，回应道：我有长期准备，要做就要做得最好。这是一种

笔者与炳隆集团邢怿在西安村天寿峰顶　　摄于 2017.7.30

战略的眼光,一种胸襟,一种初心。这样的答案,令我欣慰。

我和章教授都认为,西安村"独立成章",宛如山寨,生态环境非常之好,再也不可多得,完全有条件做成休闲养身之"经典"。章教授提出,要在这里打造京西生态第一村。这可以视为西安村新一轮建设的主旋律。我还以为,应弃用"旭日山庄"名称,亮以"西安山村",同时要像爱护"自然"生态一样,珍惜这里的"人文"。而今,西安村民虽已迁居,但心系故土,从未分离。我们在山村仅逗留了一天半的时间,就见到了乡亲们在这里开大会。他们对故土的眷恋,形色于表。前面提及,山村将最讲究的房子拿出来做陈列馆,也可见一斑。西安村的燕山精神的创业史,是它的根,是它的魂。

西安山村将如何"炳隆",我们和蒋先生一样,都很期待。

2017.8.10

这一回蝶梦北京西安村
——访西安村随笔之二

上月底，我和南京大学章锦河教授应炳隆集团邀请，赴北京市房山区佛子庄乡西安村考察，有感而发地写了篇短文《可知晓北京有个西安村》。紧接着是在本月下旬，我、章锦河教授的团队，还请了雕塑家朱泽荣先生，再一次来到西安村，要为村落做一个旅游发展的规划。

我们一行9人在西安村驻足3天，在它的3000亩领地上下跑了个透，无不被群峦环抱的自然景观所折服。我们上次曾建议，将这里建为京西生态第一村。这一回来做规划，也就更坚定了"第一村"的主体思想。

如何建设京西生态第一村？生态的概念很大，涉及面甚广，不仅指自然环境的保护和培育，还应体现在民宿、餐饮、公用设施等方方面面。现在高喊口号的大有人在，吹牛脸不红、"防冷涂涂蜡"。这是我们要摈弃的。那么，如何规划"第一村"呢？这是个具有"范本"意义的课题。好在有章教授领衔的南京大学国土资源与旅游系的团队操盘，想必会给出个既有"学院"风范又具实战性的答案。

我们调研西安村的第一天，是登天寿峰。这个名称是当地的果先生给取的，具有道教文化的色彩。峰顶建有一个八角亭，亭地面中心铺有黑白"阴阳"地砖，亭顶内壁则彩绘八仙图，表达的亦是道教文化。立于山峰，果先生指着附近的一座也有亭子的小山丘说，那是邻村的地盘了，叫天柱峰，正好撑起了咱们的天寿峰。看得出，道教在西安村颇有影响。村落现有龙神庙，一位浪迹天涯的老道士在庙中住锡。有趣的是这一带不仅西安村，每个村庄都建有一个道观，而非佛教寺庙，出于何种缘故，有待于了解。

天寿峰顶，是西安村的制高点。我们围绕着八角亭四望，眼前翠峦层叠，美不胜收，令人心旷神怡。全陪的西安村管家苏女士对我们说：今天是艳阳天，假如是雨后晨曦，这里烟雾缭绕，人在云中，宛若坠入仙境。

笔者抓拍的蝴蝶采花粉　　摄于 2017.8.26

其实，我最有感觉的还是在登山的路上。从山脚到山顶也就 2000 多米，沿途山花烂漫，时而会窜出一只松鼠，又见久违的蚂蚱跳进跳出、勤奋的蜘蛛绘画一幅幅网图……那样一种野趣，无以名状。最抓眼的还是飞来飞去的蝴蝶，让你迷，让你幻。我不由得取出手机，随着蝴蝶的灵动而笨动，傻傻地追，呆呆地逐，还真捕捉到不少精彩镜头。忽而，身边掠过一只小鸟，晃过神来，才发现竟是一只偌大的蝴蝶。它穿梭如风，怎么也没办法抓拍，只能一声叹息。这是我第一次在野外追拍蝴蝶，掉在团队的后面，满头是汗，乐此不疲，也从中悟得热爱大自然的人，身板灵活且长寿。

我之所以特别关注蝴蝶，是因为我加入了南京中华虎凤蝶保护协会。这个协会的成立，缘于去年在浦口大埝村建中华虎凤蝶自然博物馆。馆长张松奎是我国著名的蝴蝶专家，也是协会的会长。早在上世纪 80 年代，他就在市青少活动中心创办了蝴蝶馆，并与搞旅游的我相结识。我在《好想好想谱曲"蝶梦钟山"》一文中已经讲到了他简历。可能有这层关系，他聘我为协会的副会长。其实我对蝴蝶的了解是门外汉，只有从头学习，包括这次拍些蝴蝶照片，好与会员们分享。我将照片发到协会群聊网中，立马有会员回应。张会长还点了赞，并告之照片中有灿福蛱蝶、白钩蛱蝶、丝带凤蝶、柑橘凤蝶和斗毛眼蝶等5种。其中,斗毛眼蝶是南京没有的品种。这让我颇有成就感,又觉得西安村的生态实在太棒了!

曾有蝴蝶专家告诉我,蝴蝶对所处的环境十分敏感。为此,蝴蝶的生存状态,已被被国家环保部门列为环境及气候监测的标志物。我忽然意识到,我们的目标是建设京西生态第一村,如能搞一个蝴蝶馆,不就是最好的选项吗?何况地方上还有道教文化的背景,而"庄周梦蝶"恰恰迎合了文化的需求,实在太切合了。只是,搞蝴蝶馆需要投入,而未必有直接的回报,投资者愿意吗?恰好炳隆集团掌门人蒋宏炳上山,与我们做规划方面的交流。我私底下和他聊这件事,没想到他毫不犹豫地支持这个项目。

蒋先生给我们吃了颗定心丸。大家得以构思蝴蝶馆项目,又四处选址,显得异常兴奋。女管家建议将馆设在村公园。所谓村公园,是山谷里的几块梯田,现种了不少花草,已然是蝴蝶的乐园。我们到现场察看,在那里抓拍到了几张蝶照,其中就有斗毛眼蝶。这个村公园完全可建成一个妙不可言的蝴蝶谷。女管家还建议在那里再搞个蝴蝶泉。大家一时都沉浸在蝴蝶谷及蝴蝶馆、蝴蝶泉的美好蓝图中。

我写了《可知晓北京有个西安村》,写了《好想好想谱曲"蝶梦钟山"》。再写此文,题目不妨直白一点,就叫《这一回蝶梦北京西安村》。

2017.8.30

"研学旅行"山歌一曲曲唱
——访西安村随笔之三

今年的七八月,我两次造访北京市房山区佛子庄乡西安村,蛮有感触的,写了《可知晓北京有个西安村》《这一回蝶梦北京西安村》两文。因第二次是与南京大学课题组一道去的,大家畅谈西安村的乡村旅游发展蓝图,碰撞出了不少火花。于是乎,我就想再续一篇《"研学旅行"山歌一曲曲唱》。

西安村如何开展乡村旅游?研学旅行无疑是选项之一。这缘于去年12月,国家教育部等11个部门联合发文《关于推进中小学生研学旅行的意见》。所谓"研学旅行",是指"教育部门和学校有计划地组织安排,通过集体旅行、集中食宿的方式,开展研究性学习和旅行体验相结合的校外教育活动。"也就是说,研学旅行将纳入到中小学教育教学计划之中,不同于以往的暑期夏令营活动。

其实,早在教育部颁文之前,北京市中小学校已经在做这方面的尝试。大约两年前,北京一家旅行社找到我们南京旅游学会,与我大谈特谈研学旅行。我觉得挺新鲜的,就请他举个例子。他说了个典型的案例:由学校及旅行社组织学生赴安徽泾县,游览李白《赠汪伦》一诗中提到的桃花潭,并在行程中安排专家讲座。专家不仅讲唐诗《赠汪伦》,还展开来讲古代的朋友情以及送别的礼仪。这样的研学旅行,学校、学生和家长都感到受益匪浅。听罢,我亦受益匪浅,以为南京真应该多设计一些研学旅行的产品。

那么,西安村可以搞哪些研学旅行的内容呢?别看一个小小的西安村,可提供的教材非常丰富。

我在《可知晓北京有个西安村》一文中讲到,西安村是隐于燕山群峦之中。燕山,以地学界命名的"燕山运动"名扬天下。不过,现在的中小学生已弄不清什么叫"燕山运动"了,就连当地人也未必知道祖祖辈辈是生活在"燕

笔者与章锦河教授在西安村天寿峰顶
摄于 2017.7.30

山运动"造就的环境之中。这就太有必要开展"认识燕山运动"的研学旅行了。这次同行的南京大学课题组，是这方面的行家，可以编写出通俗易懂的教材。学生们身处"燕山"，可以通过听讲座、实地观察"燕山运动"形成的山岩褶皱的典型特征，感受到大自然不可抗拒的伟大杰作。还有，以往村民赖以生存的褶皱层煤，亦是"燕山运动"的产物。村里至今还遗存了一二处矿井，也可以作为此项研学旅行的内容。

在西安村开展研学旅行的另一个项目，是认识山里人家。西安村是京西的一个山村，民居建筑梯田状排列，尤其是屋顶全是青色石片瓦铺就，非常具有地方特色。我们课题组在做村落旅游规划时，最初提出将民宿改造成四合院样式，充分展现京味儿。后来大家经过反复讨论，还是决定放弃四合院的构想，保持京西山居的风格。这也为让学生们了解山里人家的建筑及生活起居创造了必要的条件。

笔者与炳隆集团蒋宏炳（左1）、邢怿（右1）在北京餐馆午餐
摄于2017.8.18

我在《这一回蝶梦北京西安村》一文中提及，要利用村公园建蝴蝶谷及蝴蝶馆、蝴蝶泉。这个项目如能实现，更是研学旅行的好内容。这又让我想到南京新建的中华虎凤蝶自然博物馆，现在已有不少学生自发前去研学了。这个博物馆的最后一部分展出的是三十多年前孩子们的蝴蝶蜡笔画。这是馆长张松奎收藏的。当年他在市青少年活动中心搞蝴蝶馆，开设蝴蝶科普学堂，还让孩子们在学堂上画蝴蝶。他将孩子们的绘画保存到现在，很是珍贵。绘画的主人而今看到了自己少儿的作品，会重新认识自己吗？这个博物馆现在也让孩子画蝴蝶，是画在馆里制作的白坯蝴蝶面具上，以提高孩子们的兴趣。说了这些，是要表达以蝴蝶为主题的研学旅行，内容实在太丰富了。

在西安村，漫山遍野生长着着形形色色的"本草"。陪同考察的女管家告诉我们，她至少可以从中认出7种。她又说，经本村龙神庙的道士实地察看，山里的"本草"有百余种。这让我想起鲁迅先生的《从百草园到三味书屋》。少年鲁迅眼里的百草园，充满了乐趣，其实也就巴掌块大。现在的孩子肯定不会正眼去看了，而让他们在西安村"撒野"，与"百草"交友，那才叫过把瘾呢。再有，西安村的果树繁多，有的还是野果树。这当然也是研学旅行的好题材。

假如将西安村研学旅行项目比喻为山歌，那我们立于天寿峰上，可以放声山歌一曲曲唱。

2017.9.8

到北京见白日再见鸟巢

4月14日，我和南京大学章锦河教授等一行乘坐G32次高铁，于下午5点49分抵达北京南站。炳隆集团派专员驾车接站。我之所以将时间记录得这么详细，是因为接下来观察到一个不可思议的景观。

我们从下高铁到坐上小车驶出车站，至多也就花了20多分钟。车行不一会儿，忽而看到西边出现一轮大大的圆圆的白日。我怀疑自己年老眼花，产生了错觉，于是定下心再凝神细察，果然是"白日"无误。这也太"白日做梦"了吧。我不由得惊呼起来。坐在一旁的章教授来了一句："白日依山尽，黄河入海流。"我又想起一句："云外有白日，寒光自悠悠。"古代诗人如此作诗，莫非那时的"白日"是常现，不足以为怪？那么，现代人为什么就很难很难看到了呢？至少对我来说，是头一次见到白日。车上的人亦都是头一次见。

北京高楼林立，交通拥挤，片刻功夫，"白日"就被建筑遮住了。我没办法让车轮停下来，只得白白地让"白日"从眼皮底下"白"掉了。

我们这次来，是与"炳隆"人讨论房山区西安村旅游产业规划的。西安村是个很小很小的村落，与陕西很大很大的西安市同名同姓。西安市恐怕不知道北京有个西安村吧，知道了又会怎么想呢？忽而又联想到看见的"白日"。蓝蓝的天空怎么会有白日呢？如果说"白日依山尽"的"白日"，可以理解为白天的太阳，那么"云外有白日"的"白日"又做何解释呢？何况，这还是我亲眼所见。

在北京，白天和晚上都被"白日"环绕了，于是百思而求其解。

我们通常看到的太阳颜色，大致由七八种可见光组合成的复色光，应是一种光学现象使然。太阳的核反应"燃烧"形成的灼光，进入大气层后发生折射、散射等现象，在不同时间段看到的色彩会不一样。例如，朝阳或夕阳的时段，光线折射的角度最小，而其中的红色最不易被散射掉，于是就出现了红太阳。不仅太阳是红的，云彩也被染红了。随着太阳的上升，光线越来越强烈，被人们称之为金色的太阳。实际上，那时候的太阳灼光刺目到无法正视，岂为金色可言。那么"白日"呢？这应该出现在阳光可见光谱段能量分布均匀的时候。这个"时候"应该极少，倒是被古代诗人们逮到了。而现在，基本上已没有了"白日"，是否与空气的污染有关呢？我向从事地理研究的章教授讨教。他没有给出明确的答案。我也只是这么猜测，并无科学依据。而今大气的污染，尤其是北京的雾霾，实在有点"那个"。我以为，一味地向大自然索取，总要付出代价。老天爷的眼睛雪亮。

在北京与炳隆集团谈完事，还有空闲的时间，就去了趟"鸟巢"。上一次去是在12年前，我当场拍过一张照片：主画面是几棵树，在最高的一棵树上有个鸟巢，而树的背后则是正在建设中的"鸟巢"。我当时还妄加了点评："鸟巢"的设计过于前卫，恐怕也会水土不服，只因北京是一个充满雾霾的城市。"鸟巢"那样的一个外形，得花多少钱建设，建成后又得花多少人力、物力来定期进行清理。否则，"鸟巢"就真的成鸟巢了。

这一次到"鸟巢"，首先关注的就是"鸟巢"的外观：满"脸"没有灰尘，干干净净，甚好。更为称好的是，看到了来往的旅游团队络绎不绝，其中的外国游客也为数不少，甚喜。如果没有"鸟巢"独特的外形，恐怕就不会达到这样的效果吧。这座为举办奥运会所建的建筑，迎来了后奥运时期的效应。我不得不承认当初的点评错了，落伍了。本以为自己虽已高龄，但心态年轻，观念也不陈旧，甚至还很超前，现在看来并非如此。人，要懂得服老，学会服输。

"鸟巢"景区的范围颇大。我们在电瓶车上，听开车的导游侃大山。他说了件让大家半信半疑的事：你们知道吗？景区最牛的建筑不是"鸟巢"，是北顶娘娘庙。想当初，娘娘庙对新建"水立方"有影响，打算将它拆迁。忽一日夜晚电闪雷鸣，整个大工地断了电，全都黑灯瞎火，唯有娘娘庙仍然灯火通明。娘娘庙有神灵保佑呀。看到没有？"水立方"原是要与"鸟巢"并排的，现在错开了，为的是给娘娘庙让位。这听起来有点邪乎。我们特

建设中的"鸟巢"　摄于 2006.12.3　　现在的"鸟巢"　摄于 2018.4.16

地下车,到嬢嬢庙转了转。这是一座再寻常不过的小庙,没想到"真人不露相"。

在北京,从见到"白日",到讨论与西安市同名的西安村,又再见"鸟巢",再探访嬢嬢庙,人世间科学的、自然的、风土的、民俗的现象千变万化,实在是说不清,道不明。

2018.5.15

雪花儿飘别国家旅游局

今年的3月中旬,我去了趟北京。此行,是应南京正大国旅崔月花的约请,前往祝贺北京正大国旅的新立,也为见证其董事会的首次聚义。

"南京正大"的这位崔女士,是属于"仰望星空"的有情怀的人,两年来走南闯北,遍访全国各地近40家正大旅行社,邀请其掌门人到南京来参加"正大论坛",一连搞了两届。这些旅行社虽是同一个名号"正大",却并无血缘关系,各自有各自的山头,就这么汇聚到了一起。

我作为局外人,两届论坛都参加了,大有融入其中之感慨。第2届"正大论坛",是今年1月召开的。令人欣喜的是,泰国正大集团中国区高管杨海浩站在了演讲台上。"泰国正大"是个跨国公司,以冠名央视"正大综艺"节目在中国闻名遐迩,只不过从未涉足过旅游业。杨先生亦是个"仰望星空"的人,行将退休,被"忽悠"到了论坛,深受其感染,不自不觉中入主了"正大旅游"。

新成立的北京正大国旅,在崔女士和杨先生的努力下,仅用了两个来月时间,就完成了从谋划到注册的全过程,展现了"正大旅游"的速度,也体现了"正大旅游"的精神。

"北京正大"所在的办公大楼,与我这次下榻的北京国际饭店相邻。饭店的身后,是国家旅游局的机关大楼。我们在召开董事会时,十三届全国人大一次会议正在进行,而且传来国务院机构改革讯息:组建文化和旅游部,不再保留国家旅游局。也就是说,我们身后的"国家旅游局"牌子很快就要被摘掉了。在董事会上,大家免不了扯上这个话题。其间,我也用了一句话来表达心得:现在,旅游业总算找到了家园,归属于大文化产业了。

我自打1987年参加组建南京市旅游局以来,就在局机关一直"泡"到退休。我目睹的旅游管理机构似乎很另类,谁都待见,都会对"旅游"点评几句;谁都不待见,没把

"旅游"当回事。旅游局也很少有自身的话语权。且看它的设置，擅长混搭，变更亦频繁，例如有园林旅游局、商贸旅游局，文化旅游局等。大专院校旅游专业的设置亦如此，有属地理学院的，有属商学院或人文学院的。南京大学的旅游专业，还一度由地理与海洋科学学院、商学院两院同期招生。再将视线投向海外：日本的国家旅游机构属交通部门，可能侧重的是旅游或旅行的"行"字。美国未设旅游机构，由协会组织自管、商贸部协理，可能更侧重做生意。这说明什么？说明"旅游"是个跨大界的行业，各地方都会视国情来设置自己的管理机构。这么一来，我们似乎也就缺了一个统一的"家园"。而今，国务院新组建文化和旅游部，很值得旅游界人士从中观察与思考。

我离京返宁前，特意到国家旅游局大楼前拍了张照片。我是乘坐"首汽约车"的车子，去北京南站的。车子驰出北京国际饭店，拐了个弯就是那座办公大楼了。我在大楼前流连。毕竟，那块挂着的"国家旅游局"的

笔者在国家旅游局大楼前留影　摄于 2018.3.17

牌子，很快就会成为历史了。

　　国家旅游局办公大楼，我退休前仅进出过一次。那是在十年前，我接到个活儿：申请世界旅游组织、国家旅游局和江苏省人民政府在南京联合主办"国际旅游与世界和谐论坛"。这样一个高规格的论坛，由我来具体操办，有点不好想象。我是硬着头皮上的，先办好市里的申办文件，继而得到省里的批文，再往下便是走进国家旅游局的大楼。原以为这一回要踏破"铁鞋"进出这座楼了，没想到一次就搞定。办事如此之顺，我都不相信自己还是自己了。顺便再插个花絮：论坛筹办接近尾声时，接到个命令：论坛纪念品指定为宜兴某工艺室制作的紫砂茶壶。如何将紫砂茶壶与论坛相结合呢？我想出个创意：取论坛的主题"和谐"一词，用联合国官方的5种文字（英、法、俄、中、阿拉伯）刻烧在壶的腰围。壶出炉后，5种文字的"和谐"排列在一起，怎么看都是中文的最为隽美。这样的壶仅制作了100把，如今应该成为收藏品了吧。

　　时为3月17日上午8时10分，我在国家旅游局大楼前留了影。之所以记得那么清楚，是天上忽而飘起了雪花，我下意识地瞄了下手机上的时间。给我拍照的"首汽约车"司机说，这是两年来北京的第一场雪。在纷飞的雪花中，我凝望着行将完成使命的"国家旅游局"牌匾，有一种莫名的感慨。这是否预示着旅游业过去一轮的完美收官，新一轮的落子呢？

2018.3.19

上海滩有马路永不拓宽

偶然在东方卫视新闻节目中获知,上海有64条永不拓宽的马路,不由得拍案叫好。于是乎,我在网上进行搜索,方知那只是个旧闻。

早在2009年,就有了《上海市风貌保护道路(街巷)规划管理的若干意见》,规定城区被保护的道路和街巷共计144条。其中,对64条马路进行原汁原味的整体保护,即道路红线永不拓宽,马路两侧的建筑风格、尺度也要保持历史原貌。至于东方卫视播出的新闻,则是报道老作家柯灵旧居的修复开放,顺便提到了永不拓宽的马路。而我以往全然不知,真有点孤陋寡闻了。

上海永不拓宽马路之华山路

我之所以为之点赞,是因为过去仅强调对列入"文保"的城市建筑加以保护,即便如此,在旧城改造的大潮中有的也未必能够守住,更不会顾及什么旧马路的景观了。而恰恰是这样的景观,最能记录城市的发展,最能留下人文的景致,最能引发我们的乡愁。

想起来了,10多年前我写过一篇散文,题为《绍兴:将大街改成小巷》(收入南方出版社2006年出版的散文集《印象》)。那一次我在绍兴,兴致勃勃地去探访鲁迅的"三味书屋""百草园",结果大为扫兴。原因是鲁迅故居已被新建的建筑包围,尤其是故居门前宽大的马路,让人再难找到鲁迅笔下的感觉了。好在当地人告知,鲁迅故居片区就要进行全面改造。我特意问:马路呢?回答:改小。由此引发了我写的那篇文章。不过,几年过去了,我再去绍兴，看到鲁迅故居片区确实已经改造，而故居门前的马路非但没变小，似乎更宽大了，就很是失落。当地人这么做，多为缓解游客的拥挤，虽可理解，但已丢失了城市原有的味道。

又想起小时候，每逢春节父亲总要带我到姑母那里拜年。姑母家坐落在城南的一个极为狭窄的巷子里。巷子叫"五间厅"，仅此巷名就足以吊人胃口。在小巷里穿梭，那相互紧贴的民宅，那路旁的水井，那冒出来的茅房……一路浓郁的市井景观，至今仍历历在目。而现在，五间厅早已不复存在，连巷名也已消失了。我在《青岛：闲适与激情共燃》（收入大众文艺出版社2008年出版的散文集《行色》）一文中，提到了南京城南的五间厅："宅居需要改造，街巷包括小井千万动不得。""不复存在的恐怕不仅是巷景，还是一种生活形态，一种城市的文化元素。偌大一个城市，保留小小的一个老城片区，难道就只能是一个愿景？"

我曾与一位政府官员私下里聊到我的这个愿景。他负责城南的旧城改造，思索了一阵说，似已无值得保留的片区。若干年后，城南门东一带完成了旧城改造，获得一片赞赏。为此，我充满了期待，而去看后又大失所望。何以呢？门东的入口建了座硕大的牌坊，与表达门东的市井街巷完全不搭。牌坊内是条径直的马路，自然开阔。内中建筑除保留了些许老宅外，大多为仿旧新建，说到底，就是一个变相的商业房地产项目。这就是记忆中的老城南吗？小字辈的南京人和广大游客可能误以为是，而我们"老南京"真的无法认同。

我在想，上海有那么好的"永不拓宽马路"经验，南京为什么就不能学一学、仿一仿呢？地域不同，恐怕学不好、也学不像。难怪上海人可以自豪地宣称，"永不拓宽马路"是有别于其他城市的最大特质。

而今的南京，颐和路片区的马路应该会"永不拓宽"。不过，颐和路仅是民国《首都计划》唯一完成的一个富人区，尽管也可称作南京旧城的代表作之一，但并不能代表市井街巷。留下旧时的一片小街小巷愿景，恐怕就只能是愿景了。

2017.6.2

有故事建筑格外有"腔调"

清明节假日，我们一家驱车前往上海犹太难民纪念馆探访。

上海犹太难民纪念馆，坐落在长阳路（原华德路）62号。这个纪念馆的所在地，原为一座犹太教堂，叫华德路会堂，又称摩西会堂。不过，我们来到纪念馆的院落前，看到的并不像是教堂建筑。这座建筑为三层楼房，坐落在一个独立的院落中，青砖墙面，水平向带状红砖作为装饰，窗上饰有传统的拱券，朴素而稳重。原来它就是一座很老的私宅。民国十六年（1927年），来自俄罗斯的犹太人将其购下，加以改造，并将他们的摩西会堂迁移此处。

说到摩西会堂，可追溯到清光绪二十八年（1902年）。当时移居上海的犹太人发展到了25户，于是他们租用房屋，花了5年时间建起了摩西会堂。也就是说，无论是这座私宅建筑，还是摩西会堂，其历史均超过了百年。尽管如此，它在社会上并未引起多大的关注。上海解放后，此建筑还曾用作虹口区神经病防治所，以及虹口区民防工程管理所等。然而，有一段史料逐渐浮出江湖，引起海内外越来越多民众的瞩目。那就是二战期间，欧洲众多犹太难民逃生上海，集中在虹口区居住。摩西会堂便成了他们经常聚会和举行宗教仪式的场所。正是有了这段不寻常的历史，1994年以色列总理拉宾来摩西会堂参观，并留言："第二次世界大战时，上海人民卓越无比的人道主义壮举。"

2004年，此建筑被列入上海市第四批优秀历史建筑。2007年由虹口区政府依据原始档案对其进行了修缮，辟为上海犹太难民纪念馆。

我们先是去摩西会堂的楼房参观。这座楼房虽说底层是按原样恢复的教堂，但二层则是犹太医生罗生特的事迹陈列，三层为纪念在法兰克福遇难的13岁女孩安妮（著名的《安妮日记》作者）搞的展览，为"安妮之家"。从二、三层布展的内容来看，似与上海犹太难民的关系不大。其中的罗生特先生，虽说是1939年流亡到上海的犹太人，

上海犹太难民纪念馆建筑　摄于 2017.4.12

但随后就加入新四军、八路军奔赴前线抗战，亦缺乏普通难民的代表性。我们在楼内从下至上走了一趟，不免有些失望，以为这个馆并无收集到多少难民的资料，仅徒有虚名。

不过，我很快发现，纪念馆的核心展览不在楼内，而分布在院落和院落中的辅房。也就是说，纪念馆讲解员带我们走错了游程。正确的路线应该是先参观院落及辅房，再进入楼房。

院落的辅房是展厅。展厅内通过140余幅图片，以及老上海的犹太早报、犹太难民护照、难民衣物用品等实物或复制品，再现了犹太难民在上海生活的这段历史，内容挺丰富的。

最难忘的，还是院落围墙镶嵌的一堵铜壁。那上面镌刻着13732位上海犹太难民的姓名，实在太难得了。这份长长的历史性名单，是上海日占犹太难民隔离区以"人口调查"为名，雇佣3名十几岁的犹太小孩，足足花了3天时间打印出来的，而且幸运的遗存了下来。据史料载，当时在上海逃生的犹太难民达3万多人，能实实在在留下1万多人的名单，真是无比的珍贵，令人感慨，拨我心弦。

让我没弄明白的是，既然辅房为上海犹太难民的正式展览，而标的却是二号展示厅。看来我们错走游程，并非讲解员有误，而是纪念馆使然。这也让我们尝到了犯"路线"错误的滋味。

立在摩西会堂的院落中，我就在想：这座建筑倘若没有犹太难民的故事，恐怕就难有现在这样的生命力。我们一家子也就不会专程到此一游了。

我以为，有故事的建筑就格外有"调腔"。"调腔"，是常用的上海话，分不同场合、用不同语气，或褒之，或贬之，大致是要形容一种架势，一种风度，极具精气神。这是我对"调腔"的一种理解，可能不够准确，只是觉得在这个场合用这样的方言，才更能表达对这座建筑的点赞。

2017.4.20

好美好美一所『剪纸』学校

我要讲的这个好美好美的"剪纸"学校，是一所很普通的乡镇初级中学，坐落在上海市金山区廊下镇，校名就叫廊下中学。这个美丽的学校，是我偶然间发现的。

五月中旬，我随南京"非遗"代表团奔赴廊下中学。那里将举办我们南京剪纸传人张林娣女士的作品展，为期五个月。我们是去参加这个作品展的揭幕式的。

去之前我在想：这是一所怎样的学校呢？学校怎么与"非遗"的"名剪"张林娣挂上了钩，又与剪纸有什么样的关系呢？种种好奇，驱使我要好好端详一下它的真容。

我们一行来到了廊下中学。校门的一侧立了块金属招牌，上前看，是刻印着五线谱的校歌《洒满辉煌》。学校仅这么一"招"，就让我着实掂到了几份分量。

廊下中学的校长张斯恒引我们步入校园，边走边介绍学校"剪纸"的办学特色。其实，不用介绍，我们就能在百米长的校园干道上感受得到。这是条剪纸艺术的大道。大道两侧为郁郁葱葱的大树，树间置有12根酷似廊下民居"观音兜"外形的镜框柱，内中展示了学生创作的众多剪纸作品。这些作品活泼可爱，充满乡土气息，也集聚了正能量。我特别被其中的两组镜框柱作品所吸引。一组题为"在校做个好学生"，由7位同学作品组成，包括"升国旗""一起玩""帮助同学""献爱心"等内容。一组题为"在家做个好孩子"，由5位同学作品组成，包括"早上好""自己的事自己做""我来摆碗筷"等内容。这些学生"剪"出来的校内校外生活，恰好折射出学校"用生命感受生命，用爱心滋养爱心"的办学理念。

廊下中学始建于1966年春，因生不逢时，走过许多弯路，即使改革开放后，一时也没找到适合自己的办学途径，以至于出现"学生一毕业就骂学校，老师也抬不起头"的尴尬局面。大约在五年前，学校选定了当地的民间剪纸

学生的剪纸作品"在家做个好孩子"　　　学生的剪纸作品"在校做个好学生"
摄于2017.5.13

作为校园的主题文化。廊下镇有"三枝花":剪纸、打莲湘和农民画。所谓打莲湘,是当地的一种独特的民间舞蹈。学校把打莲湘也引进了校内,创编一套"莲湘操",让孩子们在本土文化的熏陶中快乐地做广播操。张校长深有感触地对我们说,将传统教育与文化艺术相结合,是一种非常好的办学方式,尤其是对本土艺术的张扬,更能提升孩子们的自信心和自豪感。他又强调说,办学的核心是"爱心",首先要爱家乡,爱家乡的文化。学校的教学思想是"把心捧出来,把手牵起来",所以廊下中学还有个爱称,叫"爱廊园"。

在校园里,我们还发现了一组自己竟然没看懂的建筑小品。原来这是一套科技设备,用于地震前兆的水氡观测,系由上海地震和气象部门在这里设立的金山监测点。学校抓住这一优势,创建了"节气与气象观察研究中心",引导孩子们参加科普实践。了解后,我大为感慨。文化艺术与自然科学原本就是互通相长的。学校没有顾此失彼,为学生打开了一扇更大的"知识之窗",实在是爱心、有心人所为。

我们最为关注的当数学校的剪纸艺术展览馆。这个馆的装修以与传统剪纸的纸色"中国红"为基调,陈列着形形色色的剪纸作品,煞是好玩、好看。"张林娣剪纸作品展",就是在这里展出的。学校还邀请"名剪"张林娣以及同行的南京"非遗"传承人,与学生代表交流座谈,并当场展示了技艺。

由廊下中学剪纸艺术展览馆,联想到今年初我去南京的武定新村小学,参加校设"秦淮灯彩稚趣馆"的开馆活动。秦淮灯彩国家级传承人顾业亮,当场向校方赠送了他的作品"莲花灯"。我以为,这两校如此钟情于"非遗"项目,看中的并不只有其艺术价值,而一定是饱含其中的"工匠精神"。让孩子们从小培养"工匠精神",正是"百年树人"的一个根基。

告别廊下中学前,我伫立在剪纸艺术大道上凝思,期许着"爱廊园"的暖流亦流向他校,"洒满辉煌"。

2017.6.7

两张旧照映出民国"驴友"

民国"驴友"在南京灵谷寺塔下留影

大约在两年前,我去上海参加驴妈妈国旅的年会暨旅游论坛。驴妈妈国旅成立于2008年,现已搞得风生水起。会上,我向"驴妈妈"创始人洪清华赠送了一张老照片:民国时期,两位骑着毛驴的游客在南京灵谷寺塔下的合影。我在舞台上,指着照片对洪先生说:"这两位民国的'驴友',应称得上是'驴妈妈'的前辈了吧。"引起了台下一片欢乐的笑声。

"驴友",引自英文 tourpals(驴子),为"旅游"的谐音,泛指参加旅游、自助游的朋友。这是由"新浪旅游论坛"于1998年首创的。"驴友"的专用词汇,一经推出,广受欢迎。"新浪旅游论坛"亦因此改称为"新浪驴坛"。"驴妈妈"国旅的起名,可能多少受到"驴友"一词的影响吧。

大众游客,尤其是背包客,之所以这么喜于被称作"驴友",恐怕不光是它与"旅游"谐音,还因十分认同毛驴能驮能背、吃苦耐劳的性格。而今，以风景、人文、生活体验或采风为目的，背着背包徒步或骑自行车出游，已成为旅游的新常态。这其中就需要具备毛驴的性格，毛驴的精神。

当然，现在的"驴友"已无须骑驴、亦无驴可骑了。而早在民国时期，骑驴、骑马出游是一种重要的旅行方式。他们虽不叫"驴友"，但又都是名副其实的"驴友"。

三年前，我选编民国旅行者写南京的文集《金陵屐痕》（南京出版社2015年10月出版），其中就有许多骑驴骑马旅游的记载。

有一位叫叶祥法撰写的《牛首山之游》（载于1933年《旅行杂志》第七期），记有："往牛首山，有新筑的京溧大道。这是京芜公路上一条支路。去的方法以骑马、骑驴为最适宜，其次就是坐汽车（此路尚无长途汽车），再次为足踏车（注：自行车）、马车。"

还有一位叫朱兰客的，在《雨中游屐》（载于1949年《旅行杂志》第一期）一文中写道："陆放翁的'细雨骑驴入剑门'，就是这种富有神韵的作品，同样游览风景也需要这种富有神韵的境界。我们可以想象，在细雨霏霏之中，一个老头儿，骑在蹇驴背上，慢慢地在苍翠的山腰间行走，是多么饶有诗情画意的境界。我生平也有过一次这种经验，记得三十五年（注：1946年）春天，在南京与友人自中山陵骑驴往灵谷寺游谭墓，再由谭墓骑驴到明孝陵。一路疏雨蒙蒙，杏花如锦，远山近林，尽入画面。当时神态的萧散飘逸，并不逊于放翁的入剑门。此情此景，宛如昨日，如今屈指算来，已是三年了。"

《雨中游屐》讲到了古人陆放翁骑驴入剑门。再往前追溯，应该是张果老倒骑毛驴了吧。显而易见，古人也是爱骑着毛驴出行的。延续到近现代的旅游，旅行者也就化作"驴友"了。我送给驴妈妈国旅的那张旧照片，展现的就是民国"驴友"的形象代言。此旧照，是我从旅游品藏家钱长江那里取来放大的。

钱长江还收集到一张更为精彩的"驴友"照片。在这张照片中，有10位旅行者骑着毛驴整装待发，还多出个骑毛驴的向导。照片上未注明拍摄的时间、地点，可能是在民国初的山东一带吧。那位向导很逗，身材矮小，肤色黝黑，戴着瓜皮帽，穿插在身著西服的"驴友"之间，显得有点"猥

民国一支"驴队"整装待发前合影

琐"。我指着照片中的向导,对钱长江说:那不是现在的导游嘛。钱长江是旅行社的老总,很维护导游的形象,也就很不赞同将那个"不堪"的向导,说成是现在的导游了。其实,我对那个向导绝无贬义,反倒觉得十分可爱。我们虽无从知道,那个向导当时要将"驴队"带到哪里游览,但一定可以想象,他是如何忙前忙后,不辞辛劳,兢兢业业为"驴队"服务的。应该说在那支"驴队"中,他的作用无可替代。

  当今,向导的后辈导游在现代旅游业中,同样功不可没。遗憾的是在导游大军中,总会有一些腐败分子,给整体形象毁容。说的粗俗一点,"一粒老鼠屎"会"坏了一缸酱"。好在导游队伍在成长、在自强。我坚信,当今的导游一定不输给前辈向导,一定比向导还要敬业,带好"驴队"走天下。

2018.7.30

景区改称未必收之桑榆

今年元旦刚过，南京雅高集团的张道林拉上我，去了一趟扬州。他是要与蜀冈管委会洽谈大明寺景区的营销事宜。洽谈前，我们少不了到大明寺景区参观了一番。

说到扬州的景点，瘦西湖当排第一，大明寺应数第二了吧。我虽没少去扬州，但从未光顾过大明寺。也许是看过的寺庙太多，我也就没把大明寺当回事了。

这次有缘在大明寺景区转转，还是很有收获的。特别是对以往没当回事的大明寺，有了新的认识。这多半与在这里做过住持的鉴真和尚有关。这位高僧的传奇在于，执拗地赴日本传播佛教，五次东渡失败，第六次终于圆满。他与弟子在奈良建设了唐招提寺，广弘律法，有扶桑律宗太祖之称，被天皇敕赐为"传灯大法师"。不仅如此，他给日本带去的华夏文明，对促进其建筑、绘画、医学、文学及印刷术的发展作出过杰出贡献。他在唐招提寺生活了整整10个年头，也是在异国他乡圆寂的。

大明寺鉴真纪念馆　　摄于 2017.1.14

大明寺的独特之处，在于建有一座鉴真纪念堂。这是由著名建筑学家梁思成设计的。郭沫若题写了建筑前石碑的碑名，赵朴初书写了碑文。仅这三样国宝，就足以将我折服。特别是那座纪念堂，外形具日本唐招提寺之影像，极为招眼。景区的讲解员介绍说，这是座仿日式建筑。我随即回应，不对，是仿唐建筑。在佛教寺庙中，仿唐建筑很是少见。我仅在江西抚州重建的曹山寺，见到了清一色的仿唐寺院，十分惊艳，据了解是梁思成弟子的作品。而当地的讲解员也将其说成是仿日式建筑了，令人挺郁闷的。

当年鉴真和尚东渡带去的建筑艺术，已在日本深深扎根，成为了其自身的文化财富。我就在想，如若将鉴真纪念堂加以拓展，专门开辟一个展厅，介绍鉴真带给日本的文化成果，岂不既有意思、也有意义吗？我以为，这也正是现在的大明寺不足之处。不过，苛求寺院住持做这方面的工作，恐怕也不那么现实吧。

在大明寺景区转转，更多的收获是游览了平山堂。我过去就打听过平山堂的去处，后得知是在大明寺景区内，以为已经衰败，也就又没当回事了。这次能补上一课，不亦幸哉。

平山堂，在大明寺的西侧，高踞城西北蜀冈之上，始为唐宋八大家之一欧阳修所建。当年欧阳修在扬州任太守，"其政察而不苛，宽而不弛，吏民安之"，乃建此迎宾宴游之所。其堂外设栏槛，立此远眺，诸山在目，拱揖槛前，宛若与檐楹齐肩，故名"平山堂"。好有气势而又超然的名称！欧阳修为之吟诗道："千顷芙蕖盖水平，扬州太守旧多情。画盆围处花光合，红袖传来酒令行。舞踏落晖留醉客，歌迟檀板换新声。"他在《朝中措》平山堂词中又发出"山色有无中"的感慨。他的《和刘原父平山堂见寄》《和刘原父扬州六题》等诗词，均表达了对平山堂的切切情意。

景区讲解员对我们说，平山堂不亚于黄鹤楼、滕王阁、岳阳楼、鹳雀楼等四大名楼。我同意这个说法。虽说现在的平山堂系清同治九年（1870年）重修，但并不影响其本身的文化底蕴。须知，所谓的四大名楼，有的不也是改革开放后重建的建筑吗？

如此显赫的平山堂，竟含在大明寺景区内，淹没于景区对外名单中，让我大为不解。碰巧遇到位当地的老游客，对我说，过去只知道平山堂，哪有什么大明寺呢？原来这座寺庙，早在清乾隆帝南巡扬州时便已改称为法净寺，直至1980年从日本迎鉴真法像回扬州巡展才又复名。那时候国内旅游尚未兴起，旅游业以接待日本等境外游客为主。可能出于这个原因，委屈了平山堂，使大明寺景区成为对外的招牌。

  景区乃至地名改称，并非个别现象。我以为，这么做未必会收之桑榆，还可能失去自我。

2017.4.26

无奈何活脱脱造个小镇

初夏的一天，我应邀赴距南京300多公里开外的齐云小镇，参加在那里召开的非物质文化遗产"相通与融合，传承与新生"论坛。

论坛发起人是咱们南京人、HBC手艺品牌联盟的王邺女士。这个女子年龄不大，想法多多，将这么一个论坛放在活脱脱生造出来的齐云小镇举办，或是无意间藏有隐喻，令人玩味。

齐云小镇一景　摄于2017.5.26

齐云小镇，坐落在齐云山的山脚下，2015年8月始创，原名祥源小镇，由祥源控股集团投资兴建。也许创造者很快意识到"祥源"的名号，也远不及齐云山具有的号召力，于是乎将小镇改称"齐云"。只不过，又在"齐云小镇"称谓的前面，塞进了"祥源"二字，倒是聪明反被聪明误了。

齐云山，中国四大道教名山之一，古称白岳，与北向黄山呼应，素有"黄山白岳甲江南"之美誉。齐云山之名，则因其高峰"一石插天，与云并齐"而来。不过，而今的齐云山，似已在璀璨黄山的阴影之中，尤其是自屯溪市（县级市）改称黄山市（地级市）后，还隶属于黄山。我们驱车进入黄山的地界，一路晃过许多景区的标志牌，就是没见齐云山的，一直到它所在的休宁县境内，方找到了标识。齐云山，路在何方？

我们下榻齐云小镇后，出客栈步行三四百米，便到了齐云山月华索道口。乘索道登顶，在观景台上眺望山下：绿洲，古桥，流水，人家。那画卷，倒是为齐云山增色些许，令人心旷神怡。进而又想，眼前的一座座村落，有几座是原有的？有几座是新生的呢？如若多为新生的，岂不改变了传统的人文生态？那些村落的原住民，又去向如何呢？

想起去年12月，我去参加"江苏旅游特色小镇创建发展高峰论坛"，会址在茅山脚下，也是一个新建的小镇。这个小镇叫什么"千华古村"，没见过有这么自封、自恋的了。所谓的"千华古村"，村里是清一色的仿明清建筑，虽说有几处景致造得蛮有特色，但整体的文化表现杂乱无章。那一回，东道主热情款待了论坛参会者。迎宾的穿着旗人服装，小戏台唱着黄梅戏，小广场跳着彝人篝火舞蹈……热闹得令人喷饭。据说"千华古村"是荡平了一个村落，另起炉灶建起来的，可谓煞费了苦心。而对这种蛮不讲理的做法，我是十分排斥的。齐云小镇，是不是又一个"脱胎换骨"的作品呢？正因持有这样的怀疑，我就觉得，我们传承的"非遗"论坛对话放在不讲传承的新型小镇，好像有点怪怪的。

其实，对待任何新生事物，无须一味排斥。王邗发起的"非遗"论坛，就有"新生""融合"的主题内容。东道主中有位留着道家胡子的朱先生，参加了论坛。我与他私底下交流，谈到将原住民扫地出门搞建设的做法，他竟也非常反感。他告诉我，齐云小镇的建设是接手了一个半拉子工程，属于保护性开发。兴建齐云小镇，不仅要彰显齐云山的道教文化，更要注入众多的时尚元素。这一点，我们在小镇上闲逛时已有所感。我们论坛的会址，亦是设在小镇的一个时尚艺术场。我还得知，小镇相中了南京的蝶梦山丘项目，认为既蕴育着庄子的生存哲理，又与科普、环保息息关联，特邀请其前来落户。可见，小镇引进项目是很有讲究的。此项目，系由我们旅游学会的会员在浦口水墨大埝首创。为此，我感到欣慰，亦为"南京创造"而荣耀。

南京剪纸传人张林娣（左一）在齐云小镇论坛上与听众互动　摄于2017.5.26

从朱先生那里了解到，"祥源"开发包括齐云小镇在内的齐云山这片热土，是要建设一个全新的生态文化旅游区，是要打造一个全国一流的旅游目的地，有着宏大的抱负。这实际上是在开创一种新的人文生态，是一种探索、一种尝试，是在追逐一个美好家园的梦。我真诚地期待美梦成真。但这个期待，是建立在不至于留下一堆文化垃圾的基础上的。

2017.5.29

江苏园艺合一曲"秋之韵"

2018年9月28日，我应邀随南京旅游业协会景区分会考察团赴仪征枣林湾，参观第十届江苏省园艺博览会。这是我首次以协会专家委员会专家身份参加的活动。南京旅游业协会这几年搞得风生水起，发展了众多分会，热火得很。这次景区分会组织的考察团超过百人，4辆大巴浩浩荡荡驶入枣林湾，可谓是一呼百应。

江苏省园艺博览会始于2009年。第一届是那年金秋在南京玄武湖举办的，接下来举办的地点先后是徐州云龙公园、常州红梅公园、淮安钵池山公园、南通园博园、泰州园博园、宿迁湖滨新城、扬中园博园、苏州临湖镇，直至本届的仪征枣林湾。由此来看，最初的几届是在城市传统的公园举办，逐渐向郊区、辖县转移，或是以此引领新景开发，或是被新区用来布局利用。这从一个侧面反映了城市社会经济转型与发展的轨迹。

在扬州所辖的仪征枣林湾搞园艺博览会，便是一个案例。枣林湾，位于仪征市区的西北郊，拥有"三山""五湖"资源，是苏中地区生态保存比较好的区域。2007年4月，仪征市在此成立了生态园区，规划面积68平方公里（约11万亩），成为了全省重点打造的三个10万亩丘陵山区农业开发示范基地之一。如今，它已拥有江苏省首批现代农业科技园、江苏省现代农业产业园、江苏省旅游度假区、江苏春季十大赏花胜地等多个头衔。这次，在这个区域内设置占地1800亩的园艺博览会，引全省13个城市园艺师在此合奏一曲"秋之韵"，无疑为之增添了"注意力"的色彩，至少让从不知仪征有个枣林湾的我们，一下子都知道了。据说，扬州已在申办2021年世界园艺博览会，选址仍是在枣林湾。也就是说，枣林湾的名称还有可能远播海外。

我们百余人的考察团上午来到枣林湾，原本是要为博览会开幕式捧场的，后因故改变了行程，调整到下午参观。听说开幕式可能有要人到场，小地方没搞过大场面，临时决定安保升级，谢绝了一般游客。这倒也好，让我们不必去忍受开幕式的繁琐程序，乐得个自在。

上午的活动，改为游览枣林湾的天乐湖温泉度假区。这个"天乐湖"占地3000来亩，规模够大的，除了有温泉度假，还有生态农业、休闲娱乐、酒店服务、养老养生等项目组合，内容很杂，似要将各年龄段的消费者"一网打尽"。我们乘坐电瓶车在园区内转了一转，觉得还是有称道之处的。在园区，看到了几块水稻田正逢收获季节，稻穗累累，满目金黄，煞是可爱；瞧见了养老社区有个医院，虽未下车打探究竟，但以为能做到这一点，就蛮像回事了。倘若在浮光掠影中给园区评分，至少可打"及格"吧。比较满意的是中午的农家餐，一桌子菜肴朴实无华，吃的都是自家农场种养的荤、蔬菜，尤其是黑毛猪烹饪的红烧肉，十分可口且令人放心。现在不少地方的农家餐，刻意模仿城里酒店的摆台，搞得花里胡哨的，实在是失去了"农家"的本分。

农家餐后，我们驱车前往园艺博览会园区。园区入口配置了先进的安检设备，打火机是不让带进去的。坐高铁及地铁均未禁止带打火机，只有乘飞机才有这样的规矩吧。戒备如此森严，倒让人觉得是在作秀，或是以为这里的环境真的不怎么安全。有意思的是，园区内还是有人在悠闲地抽烟，

南京的"梅香金陵"花车　摄于2018.9.28

2000年南京国际梅花节的花车　摄于2018.9.28

并未得到禁止。其实,园区很大,为什么不可以准入打火机,设几个露天吸烟处呢?强制措施,效果往往适得其反。

　　进入园区,径直走向主展馆。途中,看见七八辆花车停在一侧,想必上午的开幕式进行了花车巡游。其中一辆是以"梅香金陵"命名的南京花车。车头是枝叶雕塑的南京标志——神兽辟邪,车身则为中山陵博爱牌坊,上书"博爱之都"。见到了花车,自然联想到南京梅花节1998年首创花车巡游,尤其是为迎21世纪到来,21辆梅花节花车开出南京城,驶进上海滩,是何等的辉煌。我是活动的策划、组织者,对花车也就有了一种特别的情感。往事如烟,往事亦并不如烟呀。

　　园区的主展馆,冠以"别开林壑",得名于清代诗人程梦星为画家袁耀所作《扬州东园图》的题额,意指模山范水,开合有度。这座总面积1.4万平方米的建筑,上阁下拱,现代木结构装配,很有个性。它是由东南大学王建国教授主持设计的。据介绍,该建筑在博览会后拟改成宾馆,以迎

南京展台"晨滴"园艺　　摄于2018.9.28

世界园艺博览会的到来。

　　在主展馆内，全省 13 个城市分设了展台，各显园艺风骚。在眼花缭乱的展示中，唯有南京的展台显得另类。此展台造型极为简洁，以一枝横竹充盈主体，中有野花、杉叶等缠绕，自云"倾竹自有趣，生花自带颜"，题名"晨滴"。我们南京人在此围观，有说"很有意境"的，也有喊出"南京大萝卜"的，真是仁者见仁，智者见智。依我而观，如此写意的园艺作品放在以往，领导是通不过的，现在就不一样了，彰显出了"博爱之都"的精气神。

　　园区除了主展馆，还有两个大师园，以及 13 个城市的展园。离开主展馆，我想抽根烟，就无心再到其他展园了。我向园区出口走去，途中遇见当地的一位中年妇女，与她攀谈起来。我问，入园要票吗？她答，凭身份证免票。她乃园区外围的村民，所在村落也面临着拆迁。她倒达观，说到拆迁后要与儿媳分居，以为可和老伴独居一室，也挺自在的。我问，承包的责任田呢？她答，田早就不种了，交由社区统一管理，每年都有钱进账。她还说，也有把土地出让给社区的，会有一大笔收入。而她没有，以为农民不能没有土地。听后，颇有感慨。我忽而有个想法：为什么不可以保留一二个村落呢？那样的人文景象点缀其中，岂不善哉、妙哉！

　　园艺固然是好，再怎么好也未必能与原生态比上下吧。

2018.10.9

高铁专列驶进美的丽水

2017年10月20日9时20分，一列编号D9531次的专车满载着610多名游客，从南京南站出发驶往丽水，开启了为期两晚三天的美的丽水深度游。这创下了两项第一：南京乃至江苏首发高铁旅游专列，丽水乃至浙江首接高铁旅游专列。

我和太太参加了这"两项第一"。其实，旅游专列早在绿车皮时期便已开通，并非什么新鲜事，主要对象为"夕阳红"中老年游客，行程一二十天，是一种且苦且乐的经济型旅游方式。而乘坐高铁出游就完全不一样了，舒适、便捷，不再苦行。尽管高铁旅游专列需适时避开正点列车，时间会有所延长，但并无大碍。这趟列车行程不过4个多小时，恰好将4小时旅游交通圈由高速的公路扩展到了铁路，客源市场亦随之拓宽。

在南京南站，我遇到了此次专列的策划组织者、南京上铁国旅掌门人尚武。他身材魁梧，动作干练，一副指挥若定的样子。他对我说，高铁的资源实在丰富，就看如何

丽水旅行社导游在火车站欢迎首趟高铁专列游客

拿来为旅游人所用了。此次尝试，将时间安排在周五加双休日，是要让"夕阳红"之外的游客也有可能参加。实际上，报名的人数已严重超员，只有临时调用正点高铁的百余个座位，以确保活动的圆满。

在与尚武的交谈中，我注意到六七百名游客鱼贯进入车站，手续简便，一点也不杂乱无章。像这样的超大型旅行团活动，我以往参加过的是邮轮旅游，每每上邮轮时拥挤不堪，总会搅乱出游的好心情。而这一次秩序井然，有点出乎预料，也从中更体会到组织者所做的精心布局。前面提的那位尚武，说他指挥若定，没夸张吧。

我们的高铁旅游专列，于下午2时零1分按点抵达了美的丽水。我将丽水冠以"美的"，名副其实。十多年前，我曾途经丽水，走马观花了遂昌的千佛山、景宁的封金山畲族寨子，尽管行色匆匆，但印象蛮深，还写了篇《丽水：畲乡山寨喜多娘》的文章（收入散文集《行色》）。而这一回，可以从容许多了。不过，我又担心丽水接待超大型旅行团队的能力。此乃杞人忧天，别小瞧这个城市不大，地接的水平可不低。我站在丽水高铁站，看到那么庞大的队伍，三下五去二就被清一色的大巴接走了，亦堪称"美的"。

在丽水，掐头去尾也就两天时间，我们接连游览了6个景区，依旧是走马观花。像这样的团队旅游，最合适的也只有传统的观光型方式了。其实，美的丽水美的地方实在太多，即便是走马观花，仍有许多该"观花"的没工夫去"走马"。

尽管这次也是走马观花，一路走来亦有些许心得。例如，见识了始建于南朝的通济堰。它的资格比都江堰都要老，而且至今仍在发挥水利作用，太了不起了，值得下大力气宣传，至少要让通济堰与都江堰齐名。又如，芙蓉峡是一个规模很大的古采石场，形成的山石鬼灵精怪。而我们只能贴着山石走，难以品味"美的"之美。其实，山石的一侧是河，河对岸是平地。如果将其圈进景区，做出一个大的格局，那恐怕就不是一般的"美的"了。再如，白云岩景区主要是观瀑布，而在这个季节是大瀑布小瀑水，游客爬上去就不满意了。还有，被称作王牌的鼎湖峰景区，入园迎面是一组刺眼的仙鹤群雕，似与自然生态的景观游离，且景区内正在施工，也影响了游览情绪，等等。

笔者太太储一琴在云和梯田　摄于2017.10.21

要说印象最深的景区,当数云和梯田。我们来时正是收获季节,沉甸甸、金灿灿的稻海梯田,十分壮观。这绝非农业学大寨的梯田产物,而是古已有之,是古代自然与人造最完美结合的经典作品。登临一瞥,古人求生存、不服输、勤劳、坚韧的品质了然于目,令人赞叹。我自以为,既然搞旅游了,不妨再增一季油菜花观赏。哪知当地人回应,这里是"四季美人":春照镜,水晶层畴;夏披绿,禾浪滚滚;秋着黄,金穗漫漫;冬戴裘,银装素裹。这样的一种描绘,实在诱人来年再来。要说有什么不足,这里的接待设施似乎欠缺,尚不能与景区等级匹配。

下马伊始,指指戳戳;老叟缺牙,方倍显童拙。

此次旅行的最大乐趣,还不在于走马观花,而是与两位老友相聚。一为我的本家、原丽水市旅游局副局长邢长勇。他现在虽已调任市外事与侨务办公室主任,但言谈之间无不流露出对"美的"山水的娴熟、对旅游业的挚爱。我就在想,倘若他仍旅游在线,会做出多大的贡献。转而又想,充满能量的人到哪里都会发光。另一位老友叫叶新新,原也在市旅游局供职,

笔者与丽水叶新新（左二）在南京相聚　摄于2018.3.5

现是丽水旅行社的掌门人。这次高铁旅游专列的地接，就是在他的指挥棒下演奏的，很是精彩，为之鸣掌。我与他已有十多年不见，本当刮目相看。是的，我与这两位朋友的结识，是在十多年前的工作中，退休后也就失联了。这次叶新新偶然得知游客名单中有我，立即安排相会。他们在我面前，都是小字辈，都在忙事业，还能记挂着我，让我动容。什么是真正的朋友？这就是。

　　我和二友相聚甚欢，竟忘了现在最流行的合影纪念。好在还有"四季美人"在等我们再来。那就下次吧。

2017.10.29

探访"桐城派"故里到枞阳

写下这个标题,就觉得有点别扭。既然是去"桐城派"故里,当是到桐城,怎么变成枞阳呢?

我们这次的探访活动,是由南京铜陵商会的吴礼道、邹尚二位安排的。他俩与我是好友,常在一起谈天说地,总会聊到他们家乡的"桐城派"文化。我以为他们必是桐城人无疑,甚至将他们的铜陵商会也误听成了桐城商会。到"桐城派"故里去看看,一直是我们的向往。这次总算成行,没想到去的是枞阳,而非桐城。

其实,枞阳与桐城本是一家。此地春秋时为桐国,汉置枞阳县,隋改同安县,唐改桐城县。到了1949年,将桐城县一分为二。其一保留了桐城县名;其二的称谓似乎有点拿不定主意,先叫桐庐县,后改湖东县,至1955年才恢复古称枞阳。也就是,"枞阳"的资格比"桐城"要老得多,只不过清代形成的"桐城派"一鸣惊人,方使得"枞阳"的光照大为衰减。

枞阳与桐城两县原都在安庆门下。两年前,枞阳从安庆划给了铜陵,似乎与桐城渐行渐远。好在"桐城派"文化将两县紧紧相系,剪不断,理还乱。有意思的是,"桐城派"的代表人物都在枞阳境内,以至于有个说法:"枞阳出人,桐城出名"。顺便提一下,安排我们之行的吴礼道、邹尚,倘若在"桐城派"兴起的清代,应是地道的桐城人,而在现代,又都是地道的枞阳人。

既如此,去枞阳感受"桐城派"文化,也就没有枉跑一趟。

枞阳的"枞"字,有两种读音。一种读"聪",意为"耸峙或翘起",语出《诗·大雅·灵台》:"虡业维枞。""枞"用作姓氏亦读"聪",汉代有枞公。还有一种叫枞木的常绿乔木,又称冷杉,形状类似于西方的圣诞树,读音也是"聪"。我曾打听枞阳有没有枞木,答案是没有。看来枞阳的来历，与枞木并无关连，或是古代确有枞木之故。那么，枞阳怎么读呢？枞阳作为地名，应读"'宗'阳"，而非"'聪'阳"。去枞阳，就怕读错了字。当下，越是有学问的人读错了字，越不是小事，而成了大新闻。还好，我们都还学识尚浅。

在枞阳，满打满算也就一天半时间。原是想朋友们在"桐城派"文化氛围下一起聚聚、聊聊，不料经地道的枞阳人吴、邹合谋，牵动了地方官员。他们"有朋自远方来，不亦乐乎"，精心组织接待，向导了浮山、吴汝纶墓、钱澄墓、阮鹗墓、何如宠故居、渡江战役中线指挥部旧址、莲花湖，以及浮山中学、黄镇图书馆、规划展示馆等，还搞了场座谈会，让大家谈谈枞阳旅游。谈什么呢？下车伊始，最忌指指戳戳。

枞阳山环水绕，空气清新。这是最宝贵的，也是最值得珍惜的财富。我与刚上任两个月的县长杨如松私下里说，枞阳旅游起步晚是好事，可以起点高。项目的开发宜从长计议，可结合新农村的建设，以文化休闲为主展开。我的潜台词是，新官上任，往往讲究政绩工程，往往也会损伤到生态。失去了好的生态，什么也都玩完了。

在枞阳众多山水中，我们仅察看了浮山。据说，过去的浮山被水环绕，真的是山浮水上。倘若规划恢复浮山旧颜，客从水入，该是何等仙境呀。

枞阳县城有座射山。射山顶上的"汉武帝射蛟台"建筑格外醒目，成为城市的标志。枞阳打汉文化牌？这让我理解不了，也以为不妥。因我们未能上山一览，故不好多说。细细琢磨，又以为假如换一个角度解读，将它作为"枞阳"地名由此而来的标志，倒不失为一个选项。毕竟，"枞阳"较之"桐城"要年长得多。

此番来的主要目的，是想触摸一下"桐城派"的文脉。我们看了这个墓、那个居，总觉得还是未能入味。"枞阳出人"，虽列出了长长的"名人榜"，但"用力平均"，似乎缺少了主角。如何做到"枞阳出名"，这就成了一个问题。方苞、刘大櫆、姚鼐是"桐城派"的代表人物，倒是可以立一个"三个代表"的群雕，以此占据"桐城派"高地。这件事做起来不难。我们之行中的雕塑家朱泽荣，曾给南京做过郑和、竺可桢两位人物的塑像，表示愿意义务为枞阳效力。这件事做起来也不易，难就难在选址。地址选得好，空间足够大，方有"高地"感，方可在此开展文化旅游、研学旅行等一系列活动。

最后还想讲讲旅游宣传。实话实说，限于交通，以及目前枞阳的接待条件，尤其是管理水准，恐怕难有多少南京团队到此旅游。就说我们用午餐的浮山双瞻阁，虽说硬件设施不错，但厕所臭不可闻。难怪全陪的县旅游局查女士，呼吁要搞"厕所革命"。这个"革命"，切不可忽视其中的软件建设。看来枞阳最缺的是管理人才。其实，枞阳有的是人才，只是都外流了，包括组织我们来的吴、邹二位在内。我曾对县招商局的王先生开玩笑地说：你不仅要招商，更要招人。

那么，枞阳现在需不需要到南京来宣传？当然需要。其实，枞阳和南京有很深的历史渊源。"桐城派"的"三个代表"都是在南京科举中举、功成名就的。枞阳现在到南京来宣传，不是想着"立竿见影"招徕游客，而首先是让南京人认识枞阳，懂得枞阳。这才是来南京宣传的目的。

前面说了，最忌下车伊始，指指戳戳。我竟指指戳戳了起来，情何以堪？

2018.5.24

南京访问团在枞阳留影　摄于 2018.5.19

旅行社之守望家园90余载

——访台随笔之一

本文题中的旅行社，是指台湾中国旅行社。

这次我和太太储一琴，秦淮正大旅游公司夏宏伟、崔月花夫妇，包豪斯艺术设计公司的朱泽荣一行5人的宝岛台湾之行，首先拜访的就是台湾中国旅行社董事长周庆雄老先生。

台湾中国旅行社的足迹，可追溯到民国十六年（1927年）六月，上海商业储蓄银行将其旅行部独立出来，创建了中国旅行社，成为国人开办的全国第一家旅行代理机构。民国十七年（1928年）一月，民国政府交通部核准中国旅行社的成立及注册，为之颁发了第元号旅行业执照。"旅行社"的专业名词由此诞生，并至今仍被同业者广为使用。民国三十六年（1947年），中国旅行社在台湾成立台北分社。1951年，上海商业储蓄银行（已迁至台北）按有关规定，将中国旅行社台北分社重新注资登记，核准为台湾中国旅行社。由此可见，台湾中国旅行社的前身今世已整整90个年头，若再加上海商业储蓄银行于民国十二年（1923年）开设旅行部，实为90余载。

我与台湾中国旅行社董事长周庆雄老先生相识，得益于我写的《守望南京：民国旅游寻寻觅觅》一书。此书，是我在旅游学会研究民国旅游的一个成果，由南京出版社于2014年2月出版。书中写到了中国旅行社在南京的履痕。就在这年12月的一天，忽而接到江苏省旅游局台湾事务处刘旭旭电话，告诉我台湾中国旅行社的董事长要联系我。大约20分钟后，台湾的电话就来了。来电的正是周庆雄老先生。称之为"老"，是因他和我同属鼠，而他大我一轮，今有78岁。两只"老鼠"原本并不相识，接通了电话便很自然地聊开，俨然是多年不见的老朋友一般。他说，读到了我写的那本书，很是感佩。我亦感佩他还在为旅行社操劳。"中国旅行社"，成了我们怎么也聊不完的话题。

笔者和周庆雄先生在上海商业储蓄银行行史馆　摄于 2017.9.19

这一通电话打了近半个小时,仍意犹未尽。那时候我就有个想法,一定要找个机会拜访他老人家。3 年后的现在,这个想法实现了。

在台北市堤顶大道二段的上海商业储蓄银行大楼,两只"老鼠"会面了。大"老鼠"神采奕奕,声音洪亮,一点不显老态,也很有长者风范。他请我们在接待室就座,通过 PPT 讲解中国旅行社的发展史。他刚开了个头就停了下来,对我说,你写了书,就不用介绍历史了,还是讲讲现在。他原为上海商业储蓄银行总经理,从银行退休后于 2000 年担任旅行社董事长,还一度出任过台湾观光协会会长。这几年,大凡大陆来的政要代表团,包括江苏省近 900 人参访的台湾周活动,都是由他们旅行社地接的。他告诉我,这里还不是上海商业储蓄银行总部,因建有行史馆,通常在此接待嘉宾,以便于大家交流和参观。

上海商业储蓄银行的行史馆,内容也涵括了中国旅行社的诞生、成长和守望。这里必须要讲到我国现代银行业和旅游业的先驱陈光甫。陈光甫（1880—1976），字辉德，江苏丹徒人，曾在南洋劝业会任交际科科长等职，与南京很有缘分。他于民国四年（1915年）创办了上海商业储蓄银行，以提倡1元储蓄及服务社会为号召，致力于现代银行之改革。他又首创旅行社及招待所，其宗旨为："发扬国光、服务行旅、阐扬名胜、改进食宿、致力货运、推进文化，以服务大众为己任。"这样的经营理念，在当时的商业服务业中闻所未闻，时至今日仍为旅游行业所倡导。

笔者和太太在上海商业储蓄银行　　摄于2017.9.19

作为旅游人，我们是怀着崇敬心情走进行史馆的。令人意外的是，我的著作《守望南京：民国旅游寻寻觅觅》出现在了行史馆的橱柜中。这让我有点受宠若惊。周老先生告之：不瞒你说，我们还专门到大陆购买了你的书。这又让我感慨万分。我们这次来也有任务：以南京旅游学会名义向台湾中国旅行社赠书。所赠之书，是学员会员、民国旅游收藏家钱长江的藏品，为中国旅行社民国三十七年（1948年）编印的《台湾揽胜》原版书。行史馆负责人周维沛先生接受了赠书。我们带去的书籍还有选编中国旅行社《旅行杂志》游记的《金陵屐痕》《上海游屐——民国风情实录》两书，均为旅游学会研究的成果，以此向现代旅游鼻祖陈光甫致敬。

我和周老先生私下里也有礼物互赠。我带给他的是南京云锦织品"龙"和土特产盐水鸭。他回赠的是红茶和金门白酒。我俩相见恨晚，相聚甚欢，又互加微信，以畅达联系。

这次台湾之行，我们还专程去了花莲的太鲁阁晶英酒店。那里的院落立有陈光甫先生的铜像。酒店原为台湾中国旅行社建设的太鲁阁招待所，现已提升为五星级饭店。在陈光甫铜像前，我想起台湾观光学会会长唐学斌对我讲的他的观点："观光统一中国。"这说得好。我以为，海峡两岸的民众唯有通过旅游不断交往，方能真正走到一起。我又以为，凭着"中国旅行社"在台湾的守望，两岸也终有一统。

从台湾回到南京，不几日便是中秋佳节。周老先生通过微信带来美好的祝福。我将他的祝福发到了南京旅游学会的微信群中，与会员们分享。此乃"万山不隔中秋月，一雁能传寄远书"也。

2017.10.7

花莲『走过虹桥』『后山圆梦』
——访台随笔之二

民宿,无疑是我们在宝岛台湾之行的一个看点。实际上,三年多前我第二次赴台时,就曾在一个乡村的旅舍住宿,觉得挺温馨的,只是没在意那就是而今风生水起的民宿。乡村旅游发展的脚步实在是快捷如飞。

我们这次住了几处民宿,印象最深的莫过于花莲的"后山圆梦"。"后山圆梦",主人公取这么个名称,想来有故事,也有浪漫的情怀。

我们是从垦丁前往花莲的。一路上在"台湾最南点"(经度120度50分59.7秒)、"北回归线"(大约北纬23.5度)等处游览,到了花莲,又逛了可与夫子庙比人头的夜市场,再开车去那个预订的民宿。车子在黑漆漆的乡间小路上行驶,假如没有GPS导航,哪能找到"后山"去圆什么梦呢?我忽而觉得,乡村民宿能有这么快的发展,高科技的导航神器助了一臂之力。它给去"圆梦"指明了方向和路线。

黑暗中终于有了亮处,"后山圆梦"到了。这是一幢独立的建筑,表面上看二层楼,是客厅、客房及餐厅,实际上还有依山的下面一层,则为户主的寓室。开门迎客的是户主的女儿,让我们脱鞋入屋,叮咛注意事项,帮着分配客房,还热情地给大家备好了绿豆汤。走进客房,敞亮明净,并无看到多少艺术装饰,倒是觉得在电器开关等细节方面,让人方便得不能再方便。奔波了几天,大家都有一大堆衣服要洗。户主女儿指点洗衣机的地方,让我们随意使用。不过,她又不轻不重地告诫:切勿大声喧哗。尽管如此,我们仍有在家的感觉,以为"告诫"也是一种家规,理应要有这样的教养。

在客房安定以后,到客厅走了走。客厅里摆放的是中式老家具,家具上堆放的是老物件。这些老玩意儿,都不是刻意地摆设,显得很随意,就像到了一个老式家庭一样。一架西式三角钢琴也很不起眼的置于一角。客厅的两面墙上，还有廊道上，分别挂着户主夫妇不同时期的合影照片。男主人身着空军服装，很帅气，看来是一位退役军人。廊道的一个书架上置有留言簿。我随便打开一页，其留言为："感谢朱先生与朱太太，在这里感觉很舒服，孩子也喜欢，也感恩你们帮了我们很多，很感恩。"署名是来自马来西亚槟城的黄初智等3人。其中的孩子，还在这一页上画了一幅充满想象力的画，太有意思了。我从中又得知男主人姓朱，很期待和他聊聊。

第二天早上，我们在客厅进餐，吃的是当地家常的蔬菜米粉。男主人出现了，一副老农民的模样，哪像个退役军人。就餐时，我约他餐后在客厅里聊天。我在客厅等候他。好一会儿，他来了，说是到自家菜地打理了一下，已成习惯。也许，这样的生活就是他的"后山圆梦"。他自报家门，叫朱剖尔。我对他说，名字很有杀气。他笑了，说，按辈分他应叫"培"尔，当年其兄到派出所帮他上户口，对方将"培"听成了"剖"，以"剖尔"给他入册，算是"被"改名。他又说，他的祖籍在江苏武进，只是从未去过，有点对不住老祖宗了。

笔者与"后山圆梦"主人朱剖尔
摄于2017.9.22

聊起民宿，朱剖尔告诉我，开办民宿因免营业税，当地对每家民宿的客房也就有了一定的限额。原住民的民宿一般不超过20间客房，像他们这样的规定仅为5间。而"后山圆梦"是8间，超标了。他以为，开办民宿不应抢酒店业的生意。业主最好不要把它搞成主业，当作副业就好。这在做法上就会不一样。他强调说，民宿最早的雏形是留宿旅客"睡在我们家的沙发上"。让旅行者找到家的感觉，这就对了。

我忽然觉得：人在旅途的乐趣，不会太在意住什么条件的旅舍，而在于能否遇到一位业主，可以与之随意地谈天说地。民宿，有这样的优势。

朱先生留意到我对民宿的关注，建议我们务必去走访花莲民宿协会的理事长，并随即打电话与对方联系。这位理事长叫帖喇·尤道，是太鲁阁族人。

他经营了一家叫"走过虹桥"的民宿。"走过虹桥",又是一个充满情怀的名称。

告别"后山圆梦",匆匆看望了工艺品中心的郭渊源老友,便驱车GPS前往"走过虹桥"。我们的车好像是驰过一座桥,就到达了目的地。莫非那座桥就叫虹桥?

帖喇·尤道在民宿的接待室与我们会面。接待室里摆放着不少旅游书籍。其中有本厚厚的书,是罗马标音的太鲁阁族语字典。我对他说:"你的民族有语言没文字?他回答,是的。我这么提问,是因大陆少数民族也有类似情况,例如壮族,就是在用汉语拼音保护其语言文化。我们的交谈以此切入,坦诚而自然。他的民宿住客率很高,当时唯有一间客房空

"走过虹桥"民宿　摄于2017.9.22

着。他领我们去看,充满激情地讲解墙面如何会呼吸、地下基础如何通风干燥,要的效果是"绿色""生态",而在我看来,不仅客房装修简洁淡雅、沉静内敛,而且建筑外观中式与日式混搭,很有品味。他的民宿曾获"花莲经典民宿""严选十大民宿""好客民宿"等荣誉,可谓名副其实。

帖喇·尤道是中学退休教师,后来得知还是校长,对民宿项目有着不俗的追求。我对他说:"你不是在搞民宿,是在做自己的作品。"他回应,是的,就是在做作品,而且是要做精品。在太鲁阁族语系中,"走过虹桥"还有一层意思:到达更高一层的境界。这也难怪"后山圆梦"的朱剖尔会在我们面前,竭力推崇这位民宿协会的理事长了。

我们虽在"走过虹桥"不曾住宿,但印象深刻,如同"后山圆梦"。

2017.10.4

高雄『驳二』与屏东『枋寮F3』
——访台随笔之三

在高雄，我们一行车游山海入画的中山大学后，下山准备去订好的餐馆吃午餐，忽而发现马路一侧的绿地上有废弃物堆积的雕塑。我立即叫停车子，跑下来探看。这一看，虽延误了吃饭时间，但有了意外的收获。

这个地块很宽很广，雕塑自然不是一个，而是一组又一组，分布在各个角落，供游人休闲观赏。高雄的地皮寸土寸金，能拿出这么大的露天场地做市民广场，实属不易。一打探方知，这原是一个二号接驳码头，除了有铺设运输铁轨的偌大露天场地外，还有若干座仓库，过去往来的货船就是在这里接驳货物的，只是已闲置了很长时间。如今，没有将它拆除，而是作为老物流遗址保留了下来，又引入不少艺术团体进驻"仓库"，将其打造成与市民广场融为一体的"驳二"艺术特区。所谓"驳二"，是将原码头的排号"二"和接"驳"货物的功能相结合，简单直接，又含后现代艺术韵味。其命名的本身就是一个印记。

"驳二"艺术街区　　摄于2017.9.20

令人赏心悦目的，当然还是那些废弃铁皮、钢筋组合的雕塑，可谓是化腐朽为神奇，充满了生态环保的冲击力。这让我想起去年11月乘邮轮到韩国釜山，我和太太在海云台漫步，看到一座美人鱼雕塑。这个美人鱼从头至尾由矿泉水瓶及瓶盖黏合而成，长长的辫子竟是一连串的打火机。雕塑旁立了块说明牌，大意是：我是塑料爱尔兰王国公主伊丽莎白，来到海云台是因大量塑料漂到这里，伤害了海洋动物，让我忧心。不过，您的小功夫可以不让塑料丢进大海。请您接受海洋动物们和我国给予您的殷切关心。我在这座雕塑前流连许久，以为像这样富有创意的关爱环保的艺术作品，是值得借鉴的。这次在"驳二"艺术特区又见到这么一堆"破铜烂铁"，真是嘘唏不已。

笔者与雕塑家朱泽荣在屏东3艺文特区
摄于2017.9.20

"驳二"广场上雕塑，题材大多与货船、铁路有关，活脱脱地将老式"驳"文化奉献给了大家。我看到有人在"锚"增挂的秋千上荡漾，又有巨型的行李箱让人联想旅行的奔波，还有庞大的萨克斯似在码头上奏响……这些作品很值得称道。我正在参与北京西安村的乡村旅游规划，以为如何将艺术、环保与本土文化相结合是个课题。同行的雕塑家朱泽荣也有同感。这里，也就成了我们的小课堂。

结束高雄之旅，我们驱车前往屏东，下榻在海边的民宿"南方驿站"。由于抵达后尚有些空余时间，便在网上搜索，得知附近有个"枋寮F3艺文特区"，于是决定前去探访。

枋寮F3艺文特区，在枋寮火车站旁。我们首先发现了火车站，再找到游客服务中心。走进"中心"，是一尊马赛克装饰的牛的雕塑。有一面墙上白描了一幅图，也是牛。农耕的牛是这里的标志物。服务生给每人发了一张彩色碎纸，让我们随意贴到白描牛图上。倘若将白描的图贴满，也会变成一头"马赛克"牛，挺有情趣的。"中心"摆放着各种旅游宣传品，从中了解到：枋寮是屏东县的一个乡，系清康熙三十三年漳州移民于此伐木建寮，遂成部落，故名。"枋寮F3"艺文特区，则是县文化部门利用原铁路宿舍搞起来的，大约有20余座平房，每房引进一位艺术家做工作室，形成一条艺文街巷。

我们沿着街巷漫步，先后走访了两家工作室。走到尽头，好奇地看到有个黑人在昏暗的屋内扫地。进屋探望，原来并非是非洲朋友，而是一位原住民木石雕刻艺术家，叫嘎木里·伯冷，汉名方福明。他肤色黝黑透亮，脸部轮廓分明，给人的印象是倔强而内心似火。他的木雕以原住民题材为主，雕凿的人物如同他本身一般具有个性。墙上挂着一个他荣获全岛原住民木雕奖的奖状。我和他就在奖状下留了影。同行的领队夏宏伟听说他来自远山深处的春日乡古华村，一冲动执意要改变次日的行程，到山中探访。幸好也就这么一说，倘若我们真的钻进大山，接下来的旅程就会七荤八素乱成一团了。

"驳二"和"枋寮F3"，均为文化创意类的园区。台湾的文创启动较早。记得2004年我首访台湾，惊奇地发现台湾"故宫博物院"有众多的文创纪念品。这在大陆的博物馆里极为鲜见，即便是在景区景点的商品店也看不到。现在大陆的情况已不一样了，文创产品琳琅满目，毋需忌讳，其中就吸取了不少宝岛的经验。海峡两岸的文化交流和相互学习，也是人与人之间情感的沟通和融合，真的很重要。我对此倍加关注，也才写了这篇《高雄"驳二"与屏东"枋寮F3"》的这篇短文。

2017.9.28

彩绘『眷村』绘就文化遗产
——访台随笔之四

我们从花莲穿过云雾缭绕的中央山脉,来到了台中。

我们要在台中休整一天,好养足精神,参加日月潭国际万人泳渡活动。领队夏宏伟问我,要不要去看一处眷村?我回答得不怎么干脆。夏宏伟接下来又说,这次要看的眷村已列入文化遗产。是这样呀,那倒非看不可了。

眷村,台湾"特产",是指当年国民党部队军人及其眷属撤退到宝岛,被安置居住的社区。早期的眷村使用的是日治时期遗留的房舍,后由军方出资在公用地上修建房屋,多为砖木结构的简易平房。这样的社区,几十户至百余户规模不一,各自相对封闭、独立,不大与外界联系,呈现出特有的生活形态与眷村情结。

十多年前我首访台湾时,旅游车曾穿过一条两边是眷村的马路。我对马路上行走的老人,无不充满着敬意。因刚去游览了惊心动魄的太鲁阁峡谷,得知那里的公路就是生活在眷村的老兵修筑的。对眷村的进一步了解,是在南京人民大会堂观看台湾著名导演赖声川的话剧《宝岛一村》。编剧是在眷村长大的台湾综艺之父王伟忠。全剧以笑泪交替、辛酸诙谐的场景,呈现出眷村三代住民、四个家庭的生活。有意思的是,在全体演员谢幕时,一位扮演卖包子的眷村大妈对观众说,演出结束后请大家品尝包子。我原以为这仅是最后一句台词,没想到在大会堂门口,真的领到一只包子,还是热乎乎的。那么多观众鱼贯而出,都吃到了"眷村"包子,可以想象剧组做了多么精心的安排。那一刻,我忽而觉得,自己也有了些许眷村情结。

不过这次访台,我们并未指定去参观眷村。因眷村现已拆除或改建了相当一部分,很难看到原汁原味的了。在高雄,慧行志工的全陪吴老师热心带我们去了一处,果然如此,没看出什么名堂。后来得知,台北有个"四四南村"被完整保留下来,改称"信义区公民会馆",列为"历史

"彩虹眷村"一瞥　摄于2017.9.23

建筑物"。那是将眷村内的生活用博物馆的方式展出，并提供给市民租借，作为展览活动场地。这个情报来得太晚，错过了机会。那么，台中的又有什么可看的呢？

我们去的这处眷村，与岭东科技大学相邻，原来的村名已不清楚了，现在大家都叫它彩虹眷村。我们是自行联系出租车前往的，因全陪的吴老师已去日月潭准备慧行志工的泳渡事宜。到了目的地下车，看到的竟是一组外墙涂满彩绘的建筑，以为称之为"彩虹"倒也形象，但不可能是什么眷村。如果是，也一定是个"秀"，哪会是什么文化遗产。领队夏宏伟一定预先做过功课，拉着我走向"彩虹"，还让我一定要找到"彩虹爷爷"合个影。这是什么情况呀？

这确实就是我们要看的眷村。据说这个眷村最初是9名老兵申请建起来的，规模很小，几十座低矮平房而已，与之相邻的马祖二村、干城六村等眷村现在都被拆掉了，唯有它保存了下来。这得归功于一位近百岁的老人"彩虹爷爷"。

"彩虹爷爷"，姓黄名永阜，曾是香港籍的老兵，退伍后一度在岭东科技大学担任过警卫。他是到了晚年，方筹到一笔钱迁进这个眷村的。在眷村，他重拾少儿时画画的爱好，想怎么画就怎么画，以此排解寂寞，打发日子。后来，他得知眷村行将拆除，便将地上、墙面当作画布，涂起鸦来。这一涂，欲罢不能，给这个破旧的眷村注入了新的生命。他的涂鸦，色彩浓烈，天马行空，五花八门，越来越多的路人被吸引，又得到岭东科技大学等大学教授及学生们的推崇。许多国家的媒体也闻风而来。日本漫画界甚至称其为台湾的宫崎骏。在各方声援下，这里的房屋得以保护，并有了一个新的名称：彩虹眷村。黄永阜也有了一个新的称谓：彩虹爷爷。

同行的团员崔月花与"彩虹爷爷"合影　摄于2017.9.23

走进"彩虹"，我在狭窄的村巷里穿梭、徘徊。可以想象，以往村民生活在鸡犬混杂的急促空间，是怎样的压抑抑或怎样的温馨。而今，大多建筑里人走茶凉，唯有房前屋后的彩绘将整个村落点燃。仔细观察这些个绘画，花草虫鱼、阿猫阿狗、男娃女娃、关老爷和机器人……似在宣泄出老朽的乡愁，又返老还童般地充盈着情趣，实在可爱可掬。

在"彩虹"深处的一个敞篷下，我见到了"彩虹爷爷"。他端坐在一把椅子上随手涂鸦，并主动将涂鸦的作品送给路人。他的脸上没有我想象的那样刻满岁月的皱纹，而很稚嫩。他也很乐意和路人合影，还会摆个pose。我不自觉地走上前去，和"彩虹爷爷"合拍了一张很酷的照片。

我很感慨："彩虹爷爷"是生活在底层的普通老百姓，或称素人。正是这位素人，凭借一举之力，保住了一个眷村，创造了一个文化遗产。他虽说乃无意所作，但确实是用心所为。他的用心，饱含着对眷村的情怀，对美的捕捉和乐在其中。

"彩虹眷村""彩虹爷爷"，让我眷恋。

2017.10.13

轻移步缓缓听『千言万语』
——访台随笔之五

邓丽君墓　摄于 2017.9.19

　　我们这次访台有个心愿，就是要探访一代歌后邓丽君墓园。

　　邓丽君墓园，又名筠园，位于新北市金宝山上，2012年入选"台湾新十二大景点"。我以往的两次访台，一是公务活动，二是参加旅行团环岛游，均没有机会擅去筠园。此次是自由行，当不会再错过了。

　　筠园，由前台湾省省长宋楚瑜题写，取自邓丽君的原名邓丽筠。筠，音同"君"，原用于地名。邓丽筠取艺名邓丽君，恰好与原名的读音保持了一致。筠，又有一个读音是"芸"，意为竹子的青皮，借指青竹，可看出父母为其取名寄予的期望。

　　筠园占地70坪（台湾的1坪相当于3.3平方米）。此园虽置于金宝山墓园内，然与相邻的他墓自然隔开，且背山面海，视野辽阔，独立而幽静。金宝山的业主出于对邓丽君的仰慕，还特意将墓园约80坪的公共广场，选址在筠园的一侧，与其连在了一起，合称之邓丽君纪念公园。

在纪念公园入口处，我和全陪的台湾慧行志工吴老师合了影，然后漫步而入。实际上，墓园公共广场与筠园浑然一体，我们已不自觉地在筠园之中。

首先映入眼帘的是一个超大型的十音阶钢琴，据说是由一位日本设计师设计的。不过我以为，它似乎有点游离于邓丽君的音乐天涯，有哗众取宠之嫌。接下来看到的是邓丽君的全身铜像，矗立在音符花圃中，遥望着远方。好一个楚楚动人的音乐女神造型！只是又觉得，铜像上满贴了金箔，金光闪闪的，似与邓丽君纯洁、甜美的形象不搭。

直至深入到邓丽君墓前，我们方有了一种肃然的感觉。但见露出地面的黑色大理石棺盖上，刻着纯白色的玫瑰花环。棺后是一座石雕，乃邓丽君安眠的头像。头像的一侧伸出了她的一只纤纤手臂。那手臂的手指雕刻得尤为突出，似在睡梦中仍弹指"何日君再来"的音符。石雕上还刻有"邓丽筠1953—1995"字样。石棺后面则是一棵挂满"挽言"小木牌的大树，以及松柏、翠竹。那一片翠竹，尤将"丽筠"的蕴义得以彰显。石棺前摆

邓丽君墓的人物雕塑

放着鲜花，显而易见，不时会有粉丝前来瞻仰。我们的领队夏宏伟亦捧来了鲜花，和我们一起给邓丽君献上了祝福。

筠园的四周，隐秘地都安装了音响设施，使整个墓园不间歇地飘逸着邓丽君如诉的歌声。又有几处配置了老式扩音喇叭的雕塑，更加烘托了歌唱的氛围。在其间，我们轻移步，缓缓听，细细嚼，慢慢品。《小城故事》《在水一方》《千言万语》《我只在乎你》《如果没有你》《月亮代表我的心》……那一曲曲唱不够也听不够的歌儿，在这一特定环境里送入耳畔，尤为丝丝入心，也激起绵绵思绪。

音乐，人人挚爱。我青少年时喜欢的是京剧曲牌和唱腔、西方古典音乐。后来就只有看样板戏、听红歌了。"忽如一夜春风来"，大江南北一阵又一阵吹送着邓丽君甜蜜蜜的歌声。那时候，我忽而发现歌词竟能这么写、歌曲竟能这么唱，以为天地亦为之一新。可以这么说，在我们改革开放的浪潮中，邓丽君的歌声是一朵不可或缺的浪花。她还曾自信地举办过名为《十亿个掌声》的演唱会，这可是一点也不夸张。

我心中有个遗憾，就是未能现场聆听邓丽君的歌唱，亲眼目睹邓丽君的芳容。这次有机会来到筠园，也算是小小的弥补。其实，邓丽君心中也有个很大的遗憾，就是未能完成大陆之行，亲身感受到"十亿人掌声"。她曾购买过一套《锦绣中华》的画册，说："祖国太大了，名山大川太多了，单看看那些照片，就令人陶醉。"她甚至给自己编织了许许多多的梦想：驻足长城、憩息水乡、仰望故乡明月、倾听西部天籁，还计划在人间天堂苏州购置住宅。这些美好的愿景，现已伴随着她埋在了面向大海的筠园。

离开筠园，我们在小卖部购买了纪念邓丽君逝世十周年的邮票和冠名"天国的情人"的影唱碟片。我注意到：邮票的底衬图案是纷飞的蝴蝶；碟片的包装封面则是一只很大的彩蝶。因我是南京中华虎凤蝶协会的会员，对蝴蝶不论是灵动的还是绘画的，都很关注。我不知道出品者是出于何种想法做这样的设计，莫非是期许"丽君"在天国化作一只"丽蝶"，带着"原乡情浓"飞往大陆，完成她的"一个小心愿"！

2017.10.19

"台湾最南点"惜见残疾蝶
——访台随笔之六

台湾的最南点,是在屏东县的垦丁。

我们本来是要游览垦丁的鹅銮鼻公园的。那个公园我去过,非常漂亮,很值得一看。台湾慧行志工的全陪吴老师已经将车子开到了公园门口,正准备购买门票,被领队夏宏伟挡住了。他说,因要抓紧时间赶去花莲,在垦丁只能看一个点,就是"台湾最南点"。这是他在网上搜索到的旅讯。

我们转而向"台湾最南点"。这个"最南点"无须购门票,只是车子开不到位,得下车沿着一条小路往里走。小路挺长的,好在是铺着方格的带彩的石沙路,两旁又是绿荫丛生,走起来并不累。走着走着,我就发现路中央的一排方格,每隔几个就有一个方格的上面嵌有四个小蝴蝶,煞是可爱。我们是在蝴蝶的招引下,走到"最南点"的。那地方有个很小的观景台,并设有意向标志及说明牌。游客不多,却已将观景台挤满。在台上眺望,眼前是苍茫的巴士海峡和太平洋,没什么特别观望之处。看来到此处,主要有象征意义,因是"最南点",具体为经度120度50分59.7秒、北纬21度53分58.6秒。

"台湾最南点"的残疾雄性红珠凤蝶　摄于2017.9.21

因一路走来的是"蝴蝶路",我就特别关注"最南点"有没有蝴蝶。还别说,虽不在花季,还真有几只蝴蝶在绿丛中飞舞。我想抓拍几张照片,只是它们灵动不已,实在没法捕捉。偶尔间,发现一只黑色的大蝴蝶飞落在树叶上。我小心翼翼凑上去,幸运地拍到了一张它的静态特写镜头。我接下去再拍,没想到它很乖,一动不动,任你去"扫射"。我一连拍摄了好几张,这才发现它右翼的尾部是脱落的,显然是伤残了。怎么会这样呢?我心里一惊,竟不忍心再拍下去了。要知道,它也是有尊严的。

我将它的照片通过微信,传给国际著名蝴蝶专家、南京中华虎凤蝶自然博物馆馆长张松奎,向他讨教。他告诉我:这是只雄性红珠凤蝶。据初步观察,致残的原因有一种可能是被鸟啄过。不过,就红珠凤蝶而言,鸟儿一般不敢去侵犯它。因它在幼虫期食马兜铃,腹部会残存有毒的植物碱;长成后翼翅反面有七个红斑,起到警戒色的作用。为此,它极有可能是成虫羽化的时间过长,造成了自然破损。也就是说,它是先天性的残疾蝶,实在令人怜惜。动物界与人类一样,也有这样或那样的不幸。

离开"台湾最南点",我们驱车前往花莲。一路上,我总想着蝴蝶的事儿。领队夏宏伟又在网上搜索,告诉我:南投县有个锦吉生态活蝴蝶园。花莲的下一站是台中,中途可以绕点路去那里看看。这是个好主张。

人算不如天算。从花莲到台中,我们走的是中央山脉。山路很险要,是国民党老兵筑的。全陪兼司机吴老师从未跑过这条路,将车子开得很慢、很小心。我们也不敢打瞌睡了,眼睛都盯着窗外。窗外的风景很美,只是看的人心不定。忽而风云突变,起了大雾还下起了大雨,行车的能见度几乎为零。这让我们的车进退两难。不知怎么的,夏宏伟突然跳了出来,钻进驾驶室操起了方向盘。他一面开车、一面把头探到车外看路,那架势有点吓人。这让大家原本就紧张的神经更加紧绷起来,以为竟然平白无故地将一车人的生死,交给了这位现在已很少开车的老夏。而他自信满满地说,他开过比这天气更糟糕的山路,"探头"是必要的一招。就这样,老夏带着我们有惊无险地穿过雾雨,虽迎来了黑夜,但保住了众人的小命。只不过,锦吉的"蝴蝶梦"也宣告彻底破灭。

天算又不如人算。我们从台中去日月潭,参加一年一度的国际泳渡活

笔者夫妇与慧行志工林呈财博士（右2）在日月潭观看民俗表演　摄于2017.9.24

动，就在活动现场的附近看到了一个蝴蝶园。这仿佛是早就为我们安排好的。此处原本是一个人工杉木造林地，后为提供一个蝴蝶生态复育的环境，增植了70多种蜜源及食草植物，将其营造成了一个蝴蝶园。园子很大，因时间关系我未能深入，见到的蝴蝶又飞个不停，未能拍到理想的蝴蝶照片。拍不到，倒是令我安心。因为它们都远离了残疾，活泼、健康，充满了旺盛的生命力。

从邓丽君唱碟封面的蝴蝶图案，到"最南点"的蝴蝶小路，再到南投等处的蝴蝶园，台湾人热爱蝴蝶、热爱大自然是不言而喻的。南京人亦然。现在，民间已建起了中华虎凤蝶自然博物馆，成立了中华虎凤蝶保护协会。我作为协会的一名会员，曾写了篇《好想好想谱曲"蝶梦钟山"》的文章，也向有关部门提出过建议，期许能在钟山建一座全国最大的蝴蝶园。这是我个人的一个"蝴蝶梦"，但愿梦想成真。

2017.10.23

广岛留下思考和平空间

去年的12月29日,我和太太乘坐"诺唯真喜悦"号邮轮,登上了日本广岛。在此之前,亦是坐邮轮去过长崎。这样一来,世界上唯有的两座被投放过原子弹的城市,全都走访到了。

广岛,在日本本州岛的西南部,地处濑户内海海岸,有铁路交通,又有出海港口,是近现代历次对外侵略的兵力集结和发兵之地。在甲午战争中,日军的大本营就设在广岛,帝国会议也在这里召开。日本最重要的军工企业三菱重工亦设址于此。二战时期,广岛还是日本的毒气研发基地。它实际上就是日本的一座"军都"。

1945年8月6日,一枚名叫"小男孩"的原子弹在广岛上空600米高处爆炸,整个城市一瞬间被破坏殆尽。三天后,另一枚名叫"胖子"的原子弹在长崎落地开花。"小男孩"和"胖子"携手迫使日本帝国放下屠刀,全面投降。据1976年广岛市向联合国递交的《为了杜绝核武器以及全面军备——给联合国秘书长的请愿书》资料显示,那一回广岛的死亡人数大约为14万。自1949年起,广岛开始重新建设,并在原子弹爆炸的原址上建立了和平纪念公园。旧日的"军都",现在冠以了"和平都市"。

我们从邮轮登陆广岛,径直奔向和平纪念公园。纪念公园的核心,是一座被炸得仅剩外壳的圆顶建筑。这座建筑原为广岛物产陈列馆,处在原子弹爆炸的中心。可能是"灯下黑"的效应,它在化为一片的废墟中仍然倔强地矗立着,成为了战争与和平的象征。纪念公园里还建有和平纪念馆、追悼原子弹爆炸遇难者和平祈念馆、和平火炬、"平和の池"、慰灵碑及塑像等。一路走下去,对于来自屠城南京的我们,心情是复杂的。

静默在广岛和平纪念公园,不由得将之与长崎的作比较,以为前者更为简约,也更显肃穆,让人能很快静下心来。

长崎和平纪念公园的大块头男性雕塑
摄于 2015.7.22

广岛和平纪念公园纪念碑上的小女孩雕塑
摄于 2017.12.29

想起了长崎的那座男性和平祈念的雕像，一个高达9米多的男人，双目微合，右手上举、食指朝天，左手平伸、手掌朝下，虽说是要表达控诉原子弹灾难、期许世界和平的主题，但又是那么毫无顾忌的张扬，甚至有点不可一世，似乎欲宣泄出一种不服战败的情绪。而广岛的千羽鹤纪念碑顶端的小女孩塑像，则显得特别的温馨。这个女孩2岁时便遭遇到原子弹爆炸，受污染患上白血病，一直与疾病抗争了10年后还是撒手人寰。她临终前在病床上折叠千纸鹤，祈祷康复、祈求和平，感动了所有健康活着的人。但见那座纪念碑上的小女孩，双手托着一只纸鹤，踏歌向前凝望……在纪念碑下，则是全国各地的孩子们折叠的数以万计的纸鹤。这是一个于无声处胜有声的场景，是一种对和平充满渴望的深层次表达。相比之下，长崎的那个大块头男性就变得矮小，甚至丑陋。

虽说我对广岛的印象较之长崎的要好，但总觉得缺了很重要的东西。到底缺了什么呢？

在和平祈念馆的一块石壁上，有用日、英、中、韩文镌刻的文字："祈念和平，追悼死者空间，是让来馆者安静地追悼原子弹死难者，并对和平进行思考的场所。"我们似乎在这里找到了答案。

这确实是一个"对和平进行思考的场所"，有着很大的思考空间。广岛也好，长崎也好，它们认真思考了吗？恐怕未必。因为广岛和长崎的和平广场，仅仅是强调原子弹给两市带来的灾难，而没有反映为什么会造成这样的灾难。灾难的始作俑者是谁？是原子弹，还是挑起侵略战争的罪魁？如果这样的大是大非尚未厘清，还在思考些什么呢？

广岛也好，长崎也好，每年都要在原子弹爆炸日为死难者举行和平祈愿仪式。一位以色列的政府官员在其个人博客里写道，"对这种只考虑自己的仪式，我已经腻了"。

原子弹爆炸，或者说日本向全世界缴械投降，已经过去了70多个年头。日本现政府竟然将自己扮演成了受害者，而不愿对其犯下的罪行忏悔，甚至懒得说一声道歉，其性格如此分裂，让世人无语。倒是有一位叫藤田茂的旧日军中将，头脑还算清醒。他来自广岛，姐姐和侄子都被原子导弹炸死了。而他曾在中国忠实执行"三光政策"，麾下部队所到之处十室九空。他忏悔道："我对中国人民犯下了不可估量的罪行，也给日本人民带来了无限的灾难。我的姐姐和侄子，无疑是等于我亲手杀害。"这正应了中国的一则成语：伯仁由我而死。

忽而又想起在长崎和平公园，看到的一尊"和平女神"汉白玉雕像。这是中国政府赠送的，其上镌刻着胡耀邦亲题的"和平"二字。

倘若在侵华日军南京大屠杀遇难同胞纪念馆中，有一天能看到由日本官方赠送的和平纪念物，那样才可说明它是在认真做和平思考了。

2018.1.7

下篇：研学

Xiapian: Yanxue

有感于城市建设缺憾之若干案例

笔者与周庆雄先生及其夫人卓敏枝女士在外秦淮游轮上　　摄于 2019.3.28

　　去年 10 月，我策展了"中国旅行社南京回顾展"，特邀台湾中国旅行社董事长周庆雄及其夫人卓敏枝、总经理黄德贞等一行 5 人来南京，参加了"回顾展"的开幕式。参展之余，我陪同他们游览了南京中国科举博物馆、大报恩寺遗址公园、高淳慢城和老街、华江饭店（原中国旅行社建设的首都饭店）等处，以及乘秦淮画舫夜游。他们深深被南京城市建设的变化所感染，表示一定要重访南京。

　　果未失言，今年 3 月，作为台北会计师协会理事长的卓敏枝女士，自组旅行团 30 人再来南京。其夫周庆雄先生也陪同来了，为我们这座城市喝彩。

　　这几年，南京城市建设的成果确实有目共睹。我作为在这座城市生活的老南京人，为之感触颇深。可能我是搞旅游的，观察的视野有点特别，以为成绩多多，问题亦多多。城市的规划建设，务必放长眼看，短视不得，否则就会留下不可名状的遗憾。这里不妨列举几则案例，供大家一起商讨，从中明晰得失，以达前事后师。声明一下，举例仅为个人浅见，未必全对，或许有错。

一、"沪宁高速"接错头

南京的沪宁高速公路连接线,东起马群立交西(即沪宁高速公路端点),西至中山门内,于1996年9月与沪宁高速公路同时建成通车。有点弄不明白的是,当时为何会选择这样一条连接线?作出这样的选择,意味着这条连接线得跨越钟山风景区、穿过中山门、直奔城市中心新街口。如此大度地将高速公路与城市中心直接连线,看似要方便车辆进城出城,结果呢,不仅风景区受损、中山门变形,而且致使连接中山门与新街口的中山东路车辆成灾,生就了"肠梗阻"。更糟糕的事还在后面:砍伐中山东路的行道树。中山东路是城市的主干道,以绿荫长廊闻名全国。尽管各界人士都奔走呼吁保护中山东路的行道树,但实际上自从划定这条连接线,就已经宣判了行道树的死刑。结果呢,中山东路横向6株梧桐树被砍去了4株。马路虽得以拓宽,交通虽好了一阵,但很快又复发"肠梗阻"。令人哭笑不得的是,为缓解砍树带来的负面影响,竟高唱起"城市赞歌",说是把中山东路建成了一条景观路。所谓景观路,是随着这条马路的"绿色隧道"轰然倒塌,路两旁的建筑显露出来,形成了新的景观。这真是一则黑色幽默。可笑的还有,中山门的城门由于变了形,不堪重负,不得不置换城门建材,美其名曰:为城门瘦身。"指鹿为马"的高招,古已有之呀。砍树,恐怕不止在中山东路一处。本世纪初,我就发起过一场瞻园路行道树保卫战,收获了胜果。这在我的《堵了伐,伐了堵》(收入散文集《行色》)、《品读南京》(收入《踏歌集》)等文章中已经讲过,不再复述了。只是,类似这样的胜果实在少得可怜呀。俗话说,要致富,先开路。我曾在《常州:精明》(收入散文集《印象》)一文中,讲到了沪宁高速公路与常州的连接线。那条连接线先得经过经济开发区,七拐八拐,方能抵达城区,真够精明的吧。而南京呢?我曾

沪宁高速公路连接线的中山门　摄于2019.6.10

于2005年写了篇短文《杭州：啊！湿地》（收入散文集《印象》），提出了个想法：废掉沪宁高速公路南京连接线，恢复其原貌。理由是南京的环城路，已经完全可以取代这条连接线。废掉原有的这条连接线，受伤害的钟山风景区可得以修补；中山门城门也不再扭曲；中山东路虽绿化无法还原，但交通肯定可以得到改善。我知道，这样的主张在许多人眼里是幼稚可笑的。"开路"才是政绩，"废除"算什么呢？谁肯颁发这样的指令呢？不过，我仍然坚持这样的主张。我曾在那篇短文中写道："要知道，'废除'也是一种创作，而且首先要有创作的新概念，还要有足够的魄力和勇气。"

二、"怡然莫愁"少怡然

莫愁湖，一个有故事的湖，一个充盈着人文情怀的湖。它在清代的"金陵四十八景"中名列榜首，被题为"莫愁烟雨"；在1983年版"金陵新四十景"中则又被题为"怡然莫愁"。它早在民国十七年（1928年）就辟作公园，是南京最早的现代公园之一。

莫愁湖公园还有个特别之处，是以一个叫莫愁的美女名字来命名的。这很少见，恐怕也只有以美女西施命名的杭州西湖是如此吧。

相传，古代的莫愁女就生活在南京的湖畔。南京人为她在此修筑了郁金堂，给了她一个温馨的家园。按说莫愁女既然叫莫愁，就应当是一个不知忧愁、永远快乐的女子，而传说她的种种故事总是充满了悲剧的色彩，如同郭沫若先生题写的"莫愁哪能不愁"。讲故事的人可能认为，唯有悲剧，方能触动众人的泪点，方可对其更加的怜香惜玉。好在这些个悲剧，只不过是编造出来的传说而已。我倒以为，真正让"莫愁哪能不愁"的是在当代，是湖的四周突如其来的高楼平地起，使其受到了空间的挤压。"莫愁"在这样的挤压下感到窒息，少有

在莫愁湖南门牌坊整体后移的施工现场　　摄于2002.7

怡然，以至于其湖也被人们嬉戏为"洗脚盆"了。

莫愁湖和玄武湖是南京城内的两颗"明珠"。玄武湖被明城墙包着，只有走进玄武门或解放门的城门，方可一睹其风姿。莫愁湖未受到羁绊，是可以直接显露在公众视野中的。尤其是湖的东畔是二道埂子，完全有条件建一条湖景马路。这个二道埂子，过去是下放回宁人员沿湖搭建的棚户区，环境极为脏乱差。房地产开发商相中了它，买下来建了一个"金色家园"。假如"金色家园"能够"谦让"一点，后退湖畔一二十米，以便建一条沿湖的景观马路，那也未尝不可。可是开发商为一己之利，人为地建了一堵房地产"城墙"，将莫愁湖活生生地包围住。

呜呼！

现在，"二道埂子"已不再"二道埂子"了，旧貌换了新装。原有的"二道埂子"马路，也改称为莫愁湖东路。然而，它与莫愁湖之间被那么一堵"金色"的钢筋水泥墙隔断，致使一个本可"金色"的莫愁湖东路失去了颜色。这样的城市规划建设，实在让人无语。

类似这样的例子还有。位于三汊河的明代宝船厂遗址，是郑和七下西洋的造船之所，是南京十分珍贵的文化财富。这个遗址因被列为文物保护单位，一直未被开发商侵犯，保留到了21世纪，很是不易。为纪念郑和下西洋首航600周年，2005年兴建了宝船厂遗址公园。这个遗址公园尚未成形，开发商就立马向其周边"围剿"，使之沦为了又一个"洗脚盆"。

三、安乐酒店"安乐"死

南京的民国建筑，是一批可观的现代文化遗产，保存至今的有900余处、1500多座，成为了全国独一无二的文化风景线。

我在《品读南京》的"南京的建筑及马路"章节中，已对民国建筑作了专门的介绍。这里之所以还要讲，是因为在城市建设的大潮中，确有不少民国经典建筑被"安乐"死了，实在令人痛惜。安乐酒店是其一，而且是进入21世纪才被"安乐"死的，更令人扼腕。

安乐酒店，始建于民国二十一年（1932年），是当时最高档的酒店之一。民国作家倪锡英在《南京》（中华书局1936年出版）一书中有这样的记载："在南京，设备最完全、规模最大的旅馆只有两家，一家是中山路上的中央饭店，一家是太平路上的安乐酒店。"

安乐酒店坐落在太平南路278号。其主体建筑坐西朝东，面阔12间，长约50米，高3层，建筑面积3368平方米。它的外墙黄白相间，二、三层的迎街客房阳台悬空凸出，十分招眼。其内部修饰则是雕花长廊，琉璃瓦天井等。这在当时称得上是颇为新颖的设计。国民党元老于右任先生亲笔为其题写了店招。据说，这是由桂系元老马晓军建造的。由于酒店具有军方背景，国民党的很多军政要员，诸如李宗仁、白崇禧、黄旭初等都曾在此入住。民国三十七年（1948年）春，李宗仁参加副总统竞选，将竞选总部设在酒店，还包下整个酒店，摆了三天的流水席，免费招待国大代表。酒店迎来送往的不仅仅是政治风云人物，还有众多的文艺界大腕。上海滩的胡蝶、周璇等明星来南京宣传新影片时，都喜欢在这里下榻。京剧名角梅兰芳等也在酒店住过。著名作家张友鸾的小说《秦淮粉墨图》，就是以酒店为背景讲述人物故事的。由于酒店常有时尚名流出入，其商品部的奢侈品卖得相当之火。当时的《中央日报》上不时会刊登酒店经销皮装、珠宝等奢侈品广告。为此，安乐酒店又得了个称谓：南京奢侈品中心。这恐怕是南京最早的精品商店了。中华人民共和国成立后，安乐酒店成为江苏省第一招待所，并于1954年改称为江苏饭店。这样一座十分精致的建筑，幸运地挺过了"拆"文化的大潮，但万没想到的是守望到了2007年，仍旧被无情地铲倒了。现在的江苏饭店，已从太平南路的西侧移到东侧，坐东朝西，盖起了高楼大厦。大厦内布置有不少民国文化的内容，还搞了一座于右任先生的塑像，以追溯"安乐"的时光。然而，陈酒已泼，新瓶难装，未必是可以"安乐"了。人呀，往往该珍惜的不知道珍惜；等到懂得珍惜了，为时已晚，追悔莫及！

江苏饭店大厅的于右任先生塑像　　摄于2018.2.1

四、"老虎桥"头一声叹

南京有一处极具文化价值的建筑，竟然也是守望到了21世纪初，方被"安乐"死的，实在更令人惋惜。那就是民国时期的首都监狱。

这座监狱坐落在进香河路，早在清末就已存在，叫江南地方监狱，亦称江苏模范监狱；民国初期曾名江苏江宁监狱、江苏第一监狱等；至民国三十四年（1945年），正式命名为首都监狱。

据有关史料记载，首都监狱当年占地47184平方米，设东、西、南监及女监、病监5处。东西监为双扇形，各有四翼，以"忠、孝、仁、爱、信、义、和、平"八字区分；南监五翼以"温、良、恭、俭、让"五字区分。此外，还建有水牢、浴室、运动场、手术室、工厂等，是一座设施完备的监狱建筑。这里曾关押过中共创始人之一陈独秀等。刘少奇的妻子何宝珍也曾被捕入此狱，后在雨花台就义。抗战胜利后，这里还曾收监了164名汉奸，包括汪伪行政院副院长周佛海、特务头目丁默村、伪南京特别市市长周学昌等。这样的老监狱，在全国恐怕也是独一无二的吧。

原首都监狱　民国影像

中华人民共和国成立后，这里仍是关押犯人的监狱。由于监狱被高墙围死，大门正对着一座桥，桥上雕着凶巴巴的老虎，当地老百姓就将其称作"老虎桥"。大人常会对调皮的孩子说：再不听话，送你进老虎桥。

我对老虎桥一直有很深的印象，因住家离它不远，每每去玄武湖玩，都要经过进香河，都会与它保持一定距离的观察。偶尔也会看到剃了光头的犯人，成群集队地在高墙外的墙根下劳作，旁边则立有荷枪实弹的士兵。这似乎更加增添了高墙里面的神秘感。

20世纪80年代，我开始从事旅游工作。我曾参加在大连举办的国内旅游交易会，写过一篇短文《大连：活力》（收入散文集《印象》）。那是我第一次去美丽的海滨城市大连，开会之余自然要在城市游览。其实，大连并没有什么文化类的景点可看，唯一带大家参观的是旅顺日俄监狱旧址博物馆。这座监狱是1902年由沙皇俄国始建、1907年经日寇扩建而成的。由于是参观的"唯一"，留下的印象亦"唯一"。回到南京后，我就开始关注老虎桥监狱，以为倘若有一天，将其作为民国首都监狱旧址供游客参观，定会大红大紫。

21世纪初，老虎桥监狱迁往郊区，我以为"倘若有一天"真的到来了。然而，我的愿望却随之破碎了。因为怎么也没想到，在民国首都监狱旧址竟然盖起了"世纪缘"大酒店，以及一大批住宅。这样的一个"世纪缘"，实在是多么的荒诞！这让人不知说什么是好。

"首都监狱"就这么消失了。消失了，反倒引起人们追寻。且不说它本可以发挥游览参观之功能，就南京在保护民国建筑文化遗产、使之成为民国文化重点保护的城市而言，倘若对曾经作为国家机器的"首都监狱"这般漠视、不懂得珍惜，还奢谈什么保护呢？这个案例，太值得我们总结了。

五、明孝陵园"蛇添足"

明孝陵，明太祖朱元璋及皇后马氏合葬的陵寝。它始于明洪武九年（1376年）动迁，继而于洪武十四年（1381年）开工建设，次年初成。这一年，马皇后病故入葬。洪武十六年（1383年）孝陵大殿建毕，以示陵寝的第一阶段工程完成。明洪武三十一年（1398年）朱元璋驾崩，葬入孝陵，启用地宫。此后，孝陵工程还在延续，直至明永乐三年（1405年）"大明孝陵神功圣德碑"落成。全部工程费时共达30年之久。对于明孝陵，历代王朝均采取了维护及修缮措施。尽管如此，由于战事连绵，社会动荡，加之自然灾异，陵园仍然受到很大程度的损害。这明显地反映在明中叶于孝陵所立"禁约碑"，以及崇祯年间不得不"再申禁谕，勒之碑石"的碑文上。最为典型的是宣统元年（1909年），两江洋务总局道台和江宁府知府会衔竖立的"特别告示"碑，上用日、德、意、英、法、俄六国文字刊刻保护孝陵的告示。其内容大致为：鉴于明孝陵古迹历年破坏，受损情况严重，两江总督端方下令竖立围栏加以保护，禁绝游人越栏参观云云。此碑至今仍保留在文武方门东侧的红墙下。只不过，这类碑立得越多，越说明明孝陵损坏严重，保护乏力，流于形式。

中华人民共和国成立后，明孝陵得到了真正意义上的保护。它于1961年被国务院列入第一批全国重点文物保护单位，又于2003年被列入《世界遗产名录》，成为了地球村共同拥有的十分珍贵的文化财富。明孝陵的维护及修缮，在改革开放以来，特别是申报"世界文化遗产"以及兑现其"承诺"期间，得到了极大的推进。这一时期，明孝陵开展了一系列的维修工程，有的是隐形的，例如御河河道清污蓄水工程、陵宫甬道排水沟工程等；有的则是显见的，可谓硕果累累。尤其令人高兴的是，将曾经辉煌的南京手表厂迁出，使得下马坊遗址凸现，以便最大可能地追溯明孝陵的完整性。但如果要挑毛病，我个人认为其中也还有硬伤，尤其是两处的修缮值得商榷。

一处是神道上的棂星门。这座棂星门，原结构为三间两垣六柱，遭毁坏后仅存门基座的6块柱础石以及9块碑石。柱础石等边宽1.02米，高0.85米，侧面浮雕花草纹；碑石两侧浮雕云纹。现在看到的棂星门，是2007年在原门基上新建的。新建物与原残柱及柱头衔接在一起，让人有点难以接受。因无论是材质，还是工艺，两者均有不小的差距。与其这样，不如让新建物与残存物拉开一二米距离，形成一个对比。或者无须新建，保存残状，以记录致残的历史。

一处是方城上的明楼。明楼东西面阔39.25米，南北进深18.40米，顶部为重檐九脊、覆黄色琉璃瓦。此楼在咸丰三年（1853年）毁于战火，仅存壁高6米、厚3.05米的四壁砖墙。2008年，明楼按原样复建。不知为什么，现在登上方城看明楼，总觉得有点怪怪的。可能是我少儿时首登方城，面对四壁残墙留下过太深的印象。以后每登方城，也都会心动于倔强的残墙。而现在，一点感觉也找不到了。

我挑的这两处毛病，对文物工作者来说可能不算"毛病"，而是我缺失专业知识的自身"毛病"。而我只是觉得，这样的修缮是否用力过度了。这就如同过去一进医院，先给你挂水一样，现在总算认识到那样做未必科学。我是不是又在说外行话了？

如果说这两处涉及文物保护的专业，那么还有一处不得不提。2014年

明孝陵大金门的明太祖塑像

在明孝陵大金门前，忽而冒出一尊朱元璋骑马的铜像。据说，这还是著名雕塑家吴为山的作品。大金门，是进入陵区的大门，接下来就是16对石象生的神道。在这里放上一尊朱元璋的铜像，如同朱元璋骑着马带领着众文臣武将，以及狮、獬豸、骆驼、象、麒麟、马为自己守灵一般。

这也太奇葩了吧。明孝陵作为帝皇的陵寝，古代是有严格规制的，而今作为"世界文化遗产"，更需百般呵护，切不可随意添加什么洋玩意儿。为此，我强烈建议将这尊铜像、哪怕是名人的作品，趁早迁走他方。

六、"长干""牛首"两离离

"长干"，指古长干里，现在城南雨花台与凤台山之间，濒临秦淮河和古长江。唐《建康实录》引述："其长干是里巷名。江左谓山陇之间曰'干'。建康南五里有山冈。其间平地，庶民杂居。有大长干、小长干、东长干，并是地理名。"金陵大报恩寺的前身即为长干寺，当亦坐落在古长干里。而著名的大报恩寺琉璃塔，则是沿用长干寺的地宫建起来的。"牛首"，自然是指牛首山。它位于雨花台的西南方距10多公里处，原有两峰，东西相对，犹似牛头两角，又状如"天阙"，亦称天阙山。此山是一座佛教名山，乃为牛头宗的祖庭。其山的标志物为宏觉寺塔，远眺甚是醒目。此塔缘于唐代宗李豫"感梦"而建，又叫唐塔，实则原塔已不存，系明正统年间重建，也有相当的历史。

牛首山宏觉寺塔民国影像

"长干""牛首"，原本相距相离

为何还要撰文"两离离"呢？其实，我要说的仅为一物，现已分别置于"长干""牛首"两处，所以才有了"两离离"。这一物乃为释迦牟尼顶骨舍利，及其层层叠叠的外包装。

话说2008年7月17日，考古专家在大报恩寺遗址考古发掘时，找到了长干寺的地宫，继而发现了地宫里的石函，以及石函中通高1.32米呈方形柱状的铁函。石函碑文有明确记载：内中瘗藏"感应舍利十颗，并佛顶真骨"。这一重大的考古成果，举世为之瞩目。考古专家从发现铁函到将其打开，前后整整花了4个月时间，以确保内中文物的安全。他们从铁函中获取了七宝鎏金阿育王塔。此塔通高1.17米、最大边长（塔座底板）0.45米；表面为银皮，饰有佛本生、佛传故事、佛像等纹样；塔身还凿有452个圆孔，镶嵌着金、银、琉璃、砗磲、玛瑙、珍珠、玻璃七类宝石，寓意"佛教七宝"。不可思议的是，在塔的身上还裹着丝织品，上有20多条长短不一的书法，写着捐赠施主姓名、捐资数目等，字迹鲜活得像刚书写的一样。铁函和七宝阿育王塔出土后，曾在朝天宫存放了一段时间。我专程找关系到朝天宫去欣赏，面对工艺精美复杂的阿育王塔，以及浸泡在液体中的丝织品书法，感到无比的震惊。再接下去说，将七宝阿育王塔开启，内中是银椁、金棺。继而再开启金棺，那才是最终要寻觅的佛祖舍利。由此而观，佛祖舍利的外包装是何等的神秘、庄严、绚丽，不可一世。

现在，除了佛祖舍利外，其所有的包装物均在大报恩寺遗址公园收藏。我曾数次陪同外地嘉宾来此参观，每每看到一件件展品，总会不由自主地感慨一番。美中不足的是，这些个包装物，未能按石函、铁函、阿育王塔、银椁、金棺依秩陈列，也就未能最大限度地迎合游客的层层叠进的观赏心理。这当然仅是我个人的观感，还应由大家来评说。

再来说至尊无上的佛祖舍利，已在牛首山落户。为此，在牛首山兴建了佛顶宫、佛顶寺、佛顶塔等一系列建筑。尤其是佛顶宫场面宏大，赢得了好评。我仅去过一次，虽总体感觉不错，但又以为将佛祖舍利与其原装物"两离离"，未免有很大遗憾。我还写了篇文章《兴冲冲访牛首怅怅然返》（收入《踏歌集》），谈了观后感，这里也不再复述了。总的感想是：作为城市规划建设者来说，为何不能实现"长干""牛首"二合一呢？

七、江心洲上起"江风"

南京的江心洲,位于城市西南的长江上,面积15万平方公里,是长江中的第四大岛（仅次于上海崇明岛、镇江扬中岛、南京八卦洲）。长江中的大小岛屿,有的有岛名,有的无岛名,统一称作江心洲。南京的江心洲,状如青梅,历史上曾名梅子洲。不过,梅子洲从没叫响过。南京人有南京人的习惯,一直把它叫成江心洲。江心洲原以生产蔬菜为主,是南京城的"菜篮子"。据称,南京市民吃的韭菜,三分之二产自江心洲。洲上后又植果树,搞水产,逐步形成千亩蔬菜园、千亩葡萄园、千亩精品果园、千亩水产养殖园的格局。这实际是发展旅游农业的一个走势。当下,

江心洲的林荫道　摄于上世纪90年代

各地的农业旅游搞得很红火。而江心洲,应是全国最早启动农业旅游的基地之一。

1997年,江心洲所辖的雨花台区旅游部门在洲上首创葡萄节,规模不大,但很有新意,很有亮点,掀起了一股"绿色江风"。次年因长江洪峰不断,抗洪成为首要任务,葡萄节停办。1999年重启葡萄节,自此年复一年,再没间断。特别是2002年南京区划调整,江心洲划归了建邺区,葡萄节并未因行政易主而受影响,反倒是越办规格越高,规模越大。这很难得。因为"新官"上任,往往就要摈弃前任之所为,另烧"三把火"。在他们看来,人家搞的项目,接过来再搞,干得再好,功劳似乎不能全记在自己头上。这也成了一种"潜规则"。我在机关待长了,没少见"潜规则"下的游戏。

正因为如此,我尤其感到建邺区"新官"人格之可敬,之可爱。

我作为市旅游部门的一员,每年都会参与江心洲葡萄节的节庆活动。我当时以为,江心洲选择葡萄节作为农业旅游的切入点,是很聪明的做法:一是选项好,参与性强。一串串的葡萄长在藤上,尤同尤物,参与者亲手去采,其乐融融。二是选时好,恰逢学校放暑假。学生有的是时间,要找地方玩;家长也要挤出时间陪他们玩,远的去海边,近的选项自然数江心洲为合适了。三是选址好。江心洲距市中心仅6.5公里,实际上是在主城区的范围内。这对到郊外游的人来说似乎太近了一些。"近",有时未必是好,就像谈恋爱距离往往产生美。好就好在,江心洲是"近",又不让你觉得"近",因为去那里要经过一条夹江。夹江上没有桥,必须轮渡。尽管轮渡只需四五分钟,但足以赢得游人的心理距离。更叫好的是,乘船上洲,"客从水入",那样一种距离感实在美得不行。

2006年,我参加第八届江心洲葡萄节(1997年葡萄节作为首届)开幕式,回来后写了一篇文章《江心洲的葡萄咋熟》(收入散文集《行色》)。之所以写这篇文章,是因为听到一个资讯:城市规划要在夹江上建三座桥和一条过江隧道,而且其中一座桥已经动工。这对江心洲的经济发展当然是大好的消息,但就农业旅游而言恐怕就是谢幕的预告了。果不其然,没过几年,桥建好了。又过了几年,江心洲成了一个灰蒙蒙的大工地,在搞一个智慧城的房地产项目了。这一次会刮起什么样的江风呢?

我是搞旅游的。旅游玩的是知识,是趣味,是情调。"客从水入",是我在2003年写的《诸暨:客从水中》(收入散文集《印象》)一文中提出来的,以为可以纳入旅游美学的范畴。

厦门的鼓浪屿,如果有桥开上去,味道就少多了。南京的玄武湖,五个洲桥堤相连,反而失去不少韵味。江心洲建桥了,江心洲的城市化也就指日可待了。如此这般,"江心洲的葡萄咋熟"?撇开旅游不说。作为一个偌大的城市,从长远规划来说保留这么一块生态净土,不更是意义深广吗?忽而联想到寸土万金的上海。它拥有的崇明岛,有80个江心洲那么大,与陆地也已架起了桥梁,至今仍是一块生态净土。这给我们好好上了一课。岂止是一课呢?

八、慢山慢水"梦"慢城

几年前，高淳区旅游部门负责人约我去开会，研讨他们的"全域旅游规划"初稿。原以为会有若干专家参会，结果除了我以外，就是高淳的主人以及做规划的人了。这个规划是委托北京的一家机构做的。北京的这个机构尽管名气很大，但毕竟来自"远方"，很难深入了解本土的"诗"情，做出来的东西也就问题多多了。其实，本土就有许多做旅游规划的机构，有的也十分优秀，做本土的应该更为合适。只是，外来的和尚好念经，也就见怪不怪了。这次请我来给高淳"全域旅游规划"初稿把脉，可能因我是高淳人，又长期从事旅游工作之故。其实，高淳虽说是我的故乡，但在我少儿时它仍旧是"远方"。我出生在上海，在南京长大，一直到知识青年"上山下乡"的大潮，才第一次走进祖辈生长的地方。那时候的高淳，归镇江地区管辖，并不隶属于南京。我"插"队在凤山公社红星大队第八生产队，一"插"就是七八年，对故乡也就有了初步的印象。

高淳是个典型的鱼米之乡，民风淳朴、自给自足的经济极具代表。吃的不说，就说穿的。农户在自留地上种棉花，用收获的棉花纺纱、染纱、织布，穿的就全解决了。我和几个"插子"都从农民手中买过土布。我还目睹过家家户户忙过年（清鱼塘捞鱼、磨豆腐搞"豆腐宴"、搭戏台唱戏等），即便是炒米糖、黄豆糖等糕点，也都是自家将米熬成糖浆制作的。这么说吧，高淳如果与世隔绝，"无依无靠"，也不愁过日子。到了20世纪80年代，我开始从事旅游工作，自然会特别关注故乡高淳。那一阶段，各地都在兴办工业，发展经济，城乡的变化日新月异，也就难免带来了环境污染。我当时有个另类的想法：倘若高淳县（现在是区）不搞工业，给予其特殊的政策和津贴，使其建设成为全国最强的农业县，不是另有一番天地吗？我曾将这样的想法讲给有关人士听。他们均不苟同，以为现在谁不在追逐GDP，谁不在争先恐后追求经济乃至政治地位呢？我也知道，这个想法与自己从事的旅游并无多大关联（现在应该有关联了），仅是出于自己对故乡"世外桃源"原生态的向往，未免是痴人说梦了。不自觉地跨入了21世纪，高淳桠溪成为国际慢城联盟组织的一员。这又重新燃起了我的"痴人说梦"。有关国际慢城的情况，我在《"慢城"嫁接景区异常出彩》（收

笔者与大哥邢定钰（中）、大嫂刘楣在高淳发展大会上　摄于2019.3.30

入《踏歌集》）一文中已作过介绍，这里不再复述。当然，如何真正建好"慢城"，各国有各国的国情，各地有各地的做法。在我看来，以为"慢城"不仅仅是一个国际组织的名称，而是一种生态环境，是一种栖居方式，是一种生活态度。这对当下"时间就是金钱"的快节奏生活而言，是一种中转，是一种调剂，是一种反思。再回到本文开篇讲到的高淳"全域旅游规划"。北京规划人为其设计了若干条宣传口号，没有找到我满意的。假如由我来设计，我会提议：高淳——慢山慢水慢城。

　　以上仅枚举了八个案例，还是那句话，仅限于我的个人观点。

关于创新建设太平南路有轨电车的构想

关于太平南路的沿革与现状

1、太平南路的形成

太平南路，位于城南，北起中山东路，南至建康路，全长2022米，宽36米。它是于1969年由太平路和朱雀路合并而成的，与同一年新辟中山东路至北京东路的太平北路相对应。

原太平路，在中山东路至白下路段。这一路段原为吉祥街（旧称义祥街）、花牌楼（旧称雍睦里）、门帘桥、太平街等几条相接的老马路，民国二十年（1931年）拓宽后合称太平路。原朱雀路，在白下路至建康路段。这一路段原为五马街、四象桥、益仁巷等，也是同一年拓宽马路后合并的，称之朱雀路。

实际上这些老街的旧地名，早在清末就已存在。据徐寿卿编《金陵杂志》（清宣统二年〈1910年〉南京共和书局出版）及《金陵杂志续集》（民国十一年〈1922年〉南京共和书局出版）记载：全市分东、南、西、北、中五区。在第一区第一段街巷地名中，就有吉祥街、花牌楼、门帘桥，以及太平街、五马街、四象桥、小益仁巷等路名。

2、太平南路的发展及现状

太平路及朱雀路拓宽后，街道整齐，居民密集，是南京较早的商业街。尤其原花牌楼一带，早在清末民初就开设过大小书店四五十

上海商业储蓄银行南京分行及中国旅行社南京分社大楼　20世纪30年代影像

安乐酒店建筑外观　20世纪30年代影像

新建的江苏饭店（原安乐酒店）　摄于2017.2.1

家，时称书店街。在这条街上，旅馆、酒楼、商店林立，文化设施也很丰富，有中华书局（今南京古籍书店）、明星大戏院（红星影剧院）、国民大戏院（人民剧场）等。民国三十六年（1947年）兴建的大型太平商场，成为了商业街的主角。这条街还曾是金融中心，有中央合作金库、上海商业储蓄银行南京分行、中南银行南京分行、中国实业银行南京分行等。值得一提的是，南京首家旅行社——中国旅行社南京分社，就设在上海商业储蓄银行南京分行内。

作家倪锡英在地理小丛书之《南京》（民国二十五年〈1936年〉中华书局出版）中写道："在南京许多新辟的道路中，以繁华见称的，要算太平路和中华路了。太平路北自大行宫起，南至近夫子庙的建康路，是就从前花牌楼、太平街、门帘桥的原路开辟而成的;中华路自白下路内桥起,南面直通中华门,是就原来的南门大街开辟而成的。这两条可说是新南京的姊妹路,两旁都是新建的大厦,非常壮观。太平路比中华路筑得早,因此也格外热闹,全路上炫耀着 Neon Light(霓虹灯),在一片灿烂的灯影下,逐着行人和车辆,造成了一个热闹繁华的夜市面。"他又写道:"在南京,设备最完全、规模最大的旅馆只有两家,一家是中山路上的中央饭店,一家是太平路上的安乐酒店。""安乐酒店规模比中央饭店小一点,价格也很贵,是广东人开设的,除了旅舍外,广东菜也是很出名的。"而今,中央饭店和安乐酒店(已改名江苏饭店)都在。安乐酒店的老建筑非常有特色,可惜在 2007 年被拆除,盖成了高楼大厦。

　　南京解放后,随着新街口商业中心的形成,太平路及朱雀路的商贸功能虽逐渐衰减,但仍不失为是一条比较有影响的商业街,后又发展成全市最著名的黄金珠宝商店聚集地。这条街上还有四川酒家、刘长兴面馆、绿柳居菜馆、古籍书店、十竹斋、圣保罗堂、亨达利钟表行、吴良材眼镜店等一批著名店堂和特色商铺。据统计,20 世纪 90 年代末,太平南路有大小商店 330 多家,营业面积 15 万平方米,年营业额 26 亿元。

　　随着城市改革开放的发展,新街口商业中心及湖南路等几个商业副中心的扩张,各处众多大型"销品茂"(Shopping Mall 的音译)的崛起,导致太平南路逐渐失去优势,趋向边缘化。

　　3、太平南路的公共交通状况

　　太平南路的公交汽车,要追溯到民国十二年(1923 年)宇垣汽车公司首辟公交线路,原计划开行夫子庙至下关一线,因朱雀路的原五马路、益仁巷街道过窄,后改从太平路的原门帘桥至下关。民国二十年(1931 年)太平路及朱雀路拓宽形成后,大行宫至夫子庙成为了主要的公交线路。至民国三十六年(1947 年),江南汽车公司、南京市公共汽车管理处、首都汽车公司等几大公司经营的公交,均少不了行驶于太平路及朱雀路。除了公交汽车外,还有出租汽车、马车、三轮车,人力车等交通工具。其中的客运马车有 6 条固定线路,第一条线即为建康路至大行宫。

　　这里特别要讲到的是,民国时期南京独有的市区"小火车"虽不经过

长白街"小火车"的车道　20世纪30年代影像

太平路，但从与其相邻且并行的长白街穿过。这条"小火车"一直到1958年11月方退出城市营运。南京刚解放时百业待兴，由于车辆及燃料十分匮乏，全市仅有包括郊区在内的5条公交线路。其中市内公交只有两路，即1路，由夫子庙经太平路至下关车站；2路，由中华门至下关江边码头。随着城市发展，公交车的线路逐渐多了起来。自1960年始增设了无轨电车，先后开辟了5条线路，其中31路由建康路至中山码头。

改革开放以来，夫子庙四周的通道均已畅通，太平南路不再是南部通往夫子庙的最主要干道。目前，公交汽车全程行驶太平南路的有1路、31路、202路，在部分路段行驶的有80路、313路，还有Y1路、Y2路的夜间全程行驶。

关于太平南路以交通促复兴的设想

1. 太平南路改变公共交通状况的优先选项

2016年，秦淮区决定按照"保护更新老城、开发建设新城"的总体格局，改造和复兴太平南路。其基本定位为具有民国文化特色、充满现代生活气息的商业街区。为此，区有关部门按各自职责制订方案，提交批准。率先付诸行动的为沿街建筑立面、店招店牌、绿化亮化等改造工程。

显而易见，改造和复兴太平南路的目的，是要将其建设成为既是一条文化商业街，而且伴随着太平南路支巷休闲板块的兴起，使其成为休闲旅游一条街。它还是连接总统府、江宁织造府至夫子庙的文化长廊，成为外地人到南京的必游之地。

2. 太平南路设置有轨电车的几点意见

我参与了区旅游部门关于太平南路街区的旅游策划，尤为关注如何在街区增加一些必要的旅游设施，特别期望能在中国旅行社旧址（今工商银行城南支行）辟出一角，设立民国旅游陈列馆。

我还认为，改变太平南路公共交通状况至关重要，可以此达到以交通促复兴的效果。

我经过实地查看，亦征求了有关人士的意见，提出一个大胆的设想：在太平南路铺设仿民国风格的有轨电车。这应该是改变其公共交通状况的优先和最佳选项。

3. 太平南路设置有轨电车的依据和作用

在太平南路铺设有轨电车，是有历史依据的，并非是凭空生造的且不说20世纪60年代在这条街上有过无轨电车，最主要的是民国时期与这条街并行的长白街开过有轨的"小火车"。这在前面已经特别提到了。当时的市区"小火车"还在长白街与白下路交叉处设置了白下路站。安排此站，很大原因是方便乘客光顾太平路。为此，现在将"小火车"从长白街平移到太平南路，并改成仿民国"小火车"的有轨电车，既是对民国城市交通文化的一个整理，也是一种创新。

在建康路与太平南路的交叉口（右侧高楼为原中国旅行社南京分社）
摄于 2018.2.1

须知，民国"小火车"，是老南京人的深刻记忆，是总难忘却的乡愁。而今，"小火车"仅残存从南京西站南侧至下关大马路的一小段铁轨，以及留下些许地名，其他的早已荡然无存。倘若现在能在太平南路重现民国"小火车"风貌，其意义是不言而喻的。况且，这也完全符合太平南路改造和复兴的文化定位。

须知，推行有轨电车，也完全符合城市环境保护的要求，顺应了时代潮流。

目前，太平南路上的交通比较复杂，以至于部分路段实行了车辆单向行驶（不包括公交车）。如果以有轨电车替代公共汽车，有利于改善这条街道交通状况。这样的话，不仅解决了道路交通问题，更重要的是增添了一道独特的、亮丽的"民国风"公交线，无疑会吸引更多的本市市民和外地游人到这条街来逛逛。人气旺了，当然就能促进太平南路的复兴。

我进而设想，在这条街上实施半步行街模式，即除了有轨电车外，禁止其他车辆通行。同时，作为交通的补充，可以增设三轮车、人力车等。这也构建了"民国风"的城市交通实景，使之成为天然的影视拍摄场地。实现这样的构想，从城市建设发展来看，是一种文化创新的模式，值得大胆尝试；从旅游的角度来看，势必直接影响南京旅游的大格局。

4. 太平南路设置有轨电车的几点意见

如何实现建设太平南路有轨电车的构想？我以为，要达成一个共识、形成一个报告、列入一个计划，方可实现一个梦想。

（1）达成一个共识

我在参与秦淮区旅游部门制定太平南路旅游策划方案时，就提出过设置"民国风"有轨电车的构想。然而，大家一致认为这个想法牵涉面太广，难度太大，不是一个区所能担当起来的，未能采纳。我倒是认为，越是有难度的事情，就越富有挑战性。关键不在于做这件事难度有多大，也不在于敢不敢去尝试，而在于能不能认识到这是件有利于城市发展的大好事，要不要做这件大好事。

为此，首先是个认识问题。如果我们都能有这么个认识，特别是各级领导同志能达成一个共识，就没有做不成的事。

（2）形成一个报告

我们对一件事有了一个共识，并不意味着就要盲目去做，首要的是开展可行性研究。以往进行项目可行性研究，常常是领导定了调子去做，即使明明不可行，形成的报告也就可行了。应摒弃这样的做法，聘请专业团队，科学做好在太平南路设置有轨电车的可行性研究报告。"可行"就是可行，

"不可行"也不要违背科学。

应该看到，在太平南路设置有轨电车虽不算是个大项目，但确实存在着复杂性和不确定因素。这条街的店堂众多，还有省属单位，对门前交通往来都有各自的需求，如何妥善解决是个课题。我也曾给自己出题，例如，有轨电车的停车场如何处置？继而想到，无须建停车场，电车停在街上本身就是风景，甚至电车的维修都可以在现场进行，亦成一景。诸如此类的问题，都应进行可行性分析，加以透彻研究。研究工作做得越细致，愈能为项目的最后决策提供明确无误的依据。

（3）列入一个计划

在完成项目可行性研究报告后，确定了项目的可行性，就要向市里申请立项，列入全市的城市工程计划。这是项目能否顺利实施的基本保障。前面提到，这个项目涉及许多方面，包括规划、市政、城建、城管、供电、公安等部门，还有省属单位，仅凭一个区的力量确实是无法办到的，必须举全市之力。顺便说个小插曲：去年市旅游部门申请新能源环线游大巴项目，虽有市分管领导的明确指示，有关手续还是忙了大半年，方办理完毕。为此，该项目一定要预先列入全市的计划。列入了计划，凭借南京人的智慧，应该没有什么事情可以被难倒。

（4）实现一个梦想

当前，全国都在为实现"中国梦"而努力奋斗。我作为南京旅游人，也有这样那样的小"梦想"，太平南路的改造和复兴即为其一。想象一下：在太平南路上缓缓行驶着"民国风"的有轨电车，以及三轮车、人力车；人们在这条街上购物、茗茶、喝咖啡、聊天，该多么具有人文情怀，又充满时尚色彩，是多么美好的生活场景呀。

什么是城市？城市的功能是什么？城市，就是百姓安居乐业的集聚地。城市要为百姓提供宜居的住房、良好的工作场所、舒适的公共休憩环境。而在这样一条街上，这些城市的主要功能不都得到了集中体现吗？

太平南路的改造和复兴，关键在于能否交出一个出色的答案。它应该成为继秦淮风光带后的又一个旧城改造典范。

我们南京旅游人，多么希望能实现这样一个小小的梦想。

2017.1.15

策展『中国旅行社南京回顾展』

1

完稿《南京名人雕塑之旅》后，便着手忙于策展"中国旅行社南京回顾展"。这个展览是我们旅游学会今年筹划的一件要事，计划在10月份开展。

"策展"，对非专业的我来说，很具挑战性。我退休前，在市旅游部门分管市场开发以及节庆活动。那时候搞节庆活动，不像现在外包给专业公司去做，而要亲力亲为。从迎新年听钟声活动到梅花节，再到雨花石艺术节、长江旅游文化节等，市旅游部门组织的全市旅游节庆活动，我都是策划组织者。"1997南京——台北旅游展望研讨会""2003'非典'后海峡两岸旅游研讨会""2004海峡两岸旅游论坛""2007长三角旅游城市高峰论坛""2008国际旅游与世界和谐论坛"等几个有影响的大型会议，亦是我一手策划操办的。2002年，南京市创新成立了旅游策划委员会。我担任委员会的秘书长，组织院校及企业的专家开展过不少项目策划咨询类活动。虽说这些都属于旅游策划的大范畴，但与专业的"策展"还是有所不同。

2

我是在退休后的第二年，才实实在在搞了次策展。那是"国旅联合"的张波找到我，要为汤山的颐尚温泉度假酒店做一个文化提升项目。其实，我在与度假酒店老总接触中，感觉对方并不是真正要搞什么文化提升，只是想花小钱甚至不花钱弄点"文化"点缀，好表现一下自己是有"文化"的。尽管如此，这对热衷搞文化旅游的我来说，还是有了一个施展的机会。我和张波，还有"包豪斯艺术设计"的朱泽荣，在"颐尚"转了又转，选定在酒店会议中心的室外搞一个文化廊。我将文化廊的内容定名为"名人与汤山"，收集了从古至今近30位与汤山有关的名人资料，形成文字，配以图片。文化廊由钢化玻璃构建，是把文字

笔者和索利曼在江宁区政府与"世温联"合作备忘录签约仪式上　摄于2012.2.1

和图片直接印在了玻璃上，使其既通透也有质感。此项目一共投放了10万元人民币，想不到获得了蛮大的反响。据说汤山的不少温泉企业前来"偷"艺，以此模仿。2012年2月，世界温泉与气候养生联合会秘书长索利曼为其65届年会选址来汤山考察。他在"名人与汤山"文化廊前流连拍照，还让译员逐版翻译给他听。我们当时没在文化廊展板上注释英文，只因版面限制，也没想到会有老外去看，留下了遗憾。

我搞的第二个策展，是"民国南京旅游藏品展"，地点在南京中国近代史遗址博物馆内。那是2013年的事了，我的专著《守望南京：民国旅游寻寻觅觅》得以出版。借着专著的研究成果，我就想要搞一次"民国南京旅游文化论坛"，再有就是搞一个展览。展什么内容呢？我们旅游学会有位会员叫钱长江，专门收藏旅游品。我在民国南京旅游的研究中，他的藏品给了我很大的帮助。我就想了个展名"民国南京旅游藏品展"。我和南京中国近代史遗址博物馆展陈部的刘刚谈及此事，结果一拍即合，还真把这件事搞成了。在这次"策展"中，我仅参加了前半段工作，后期的设计制作及布展，均由刘刚他们完成的。这个展览设在博物馆的流动展厅，面

笔者与市旅游委金卫东（中）、邢晋（右1），南京中国近代史遗址博物馆尤伟华（右2）、刘刚（左1）在"民国南京旅游藏品展"入口处　摄于2013.9.27

积虽很小，但在游览的中轴线上，观者踊跃，展期一延再延，影响不小。刘刚兴致勃勃地对我说，他们的这个展厅办过无数回展览，而冠以"旅游藏品展"的则是头一遭，而且在整个展陈界恐怕也是头一遭。这让我挺有成就感。

画家蒋宋美龄专题展　摄于2014.3.4

我搞的第三个策展，是"画家蒋宋美龄专题展"，地址在美龄宫的地下室。美龄宫，又称小红山官邸，或国民政府主席官邸，是一座具有民族风格的二层仿宫殿式建筑（另有下一层），因其建筑设计听从了宋美龄的意旨，且建成后宋美龄常来小住，故有此称。此建筑原由金陵饭店集团代管，自中山陵园管理部门接管后进行了全面修缮。

其一、二楼尽可能按原貌予以恢复,并设史料陈列展厅,唯地下室刷着白墙,显得空旷。我参观后,建议在地下室搞一个宋美龄国画的展陈。因宋美龄不仅是政治家,还是一位书画家,曾师从张大千、黄君璧等大师,擅长画山水和花鸟,出版过《山水》《兰》《竹》等画集,在书画界颇有名望。我的这个意见被采纳了,是由南京包豪斯艺术设计公司具体实施的。我亦参与了其中的文案工作。2014年3月4日,"画家蒋宋美龄专题展"正式开展,陈列了宋美龄的26幅国画作品,并通过图片、实物仿品等资料,追踪其绘画艺术的轨迹。如今,大家去美龄宫参观,仍可在地下室一睹蒋宋美龄的绘画风采。

3

这里,就要讲到策展"中国旅行社南京回顾展"了。

我在搞民国南京旅游研究中,深感中国旅行社在中国现代旅游业中发挥的作用。它成立于民国十六年(1927年),如果加上其前身、即成立于民国十二年(1923年)的上海商业储蓄银行旅行部,已有95年的历史。它成为首家中国人自己办的旅游接待机构,打破了洋人对国人的垄断。"旅行社"以及"招待所"两个专业名称,也都是由它首创的。它的分支机构包括南京在内分布在全国,冠以"中国旅行社"名副其实。

中国旅行社一直营运到1954年,因各种因素亏损而歇业。它的两个分支机构,即民国十七年(1928年)成立的香港分社、民国三十六年(1947年)成立的台北分社则延续了下来。香港分社于1951年由新华社香港分社接管,重新注册为香港中国旅行社,也就是当今的香港中旅集团。台北分社亦于1951年重新登记为台湾中国旅行社。现在,大凡大陆赴台的政要代表团、包括江苏省近900人参访的台湾周活动,都是由台湾中国旅行社地接的。

去年9月,我们旅游学会的几位会员赴台,参加日月潭国际万人泳渡活动。在台北,我们主要的行程就是拜访台湾中国旅行社。这个旅行社仍为上海商业储蓄银行所辖。旅行社的董事长周庆雄老先生,以及总经理黄德贞女士等热情地接待了我们,陪同我们参观了银行的行史馆。中国旅行社的建立与发展,是行史馆的一个重要篇章。我惊喜地发现,我的专著《守

笔者与南京中国科举博物馆馆长冯家红（左1）、副馆长毛勇（右2），"包豪斯艺术设计"总监朱泽荣（右1）在特展厅前　摄于2018.8.24

望南京：民国旅游寻寻觅觅》赫然陈列在行史馆中。那时候我就在想，什么时候能办一个中国旅行社在南京印迹的展览。同行的"包豪斯艺术设计"总监朱泽荣，也认为一定要创造条件办这样的一个展览。

我们之所以会有这个想法，是因为中国旅行社是伴随着南京早期的现代旅游一道成长的。南京的第一家旅游接待机构，就是中国旅行社南京分社。分社办公大楼至今依然耸立在建康路与太平南路的交叉口。以后，分社又陆续在下关、中山路、大行宫、中央大学、金陵大学、金陵女子文理学院、南京火车站、明故宫机场等地方开设了办事处，可以说服务网点遍布全市。中国旅行社编印的《首都导游》《南京导游》等小册子，对南京的吃、住、行、游、购、娱作出了全面的介绍。在其主编并向全国发行的《旅行杂志》中，亦刊登了众多南京游记及图片。我还曾将这些游记找了出来，选编为《金陵屐痕》一书，由南京出版社于2015年出版。

今年4月，我们旅游学会在南京中国科举博物馆举办《南京神话传说之旅》一书的首发式。在现场，我与博物馆馆长冯家红女士达成了在其特展厅办展的约定。也就是从那一刻起，我们开始了"策展"的具体事宜。

南京中国科举博物馆的特展厅，面积是"民国南京旅游藏品展"展厅的2倍多，条件优越，可有更多的展陈空间。我将展览定名为"中国旅行社南京回顾展"，意在通过中国旅行社在南京的往日脉动，重现那一时期的城市旅游风貌，以总结过去，启迪未来旅游的发展。当然，展览的不仅是文字和图片，还要用实物说话。旅游学会会员钱长江收藏有许多珍贵的旅游品，愿意竭尽所能提供展品。为此，我将这次展览的副题定为"钱氏私家旅游藏品展"，也是为表达对民间旅游品收藏的敬意、鼓励和支持。

目前，我已完成展览的全部文案以及图片收集，撰写的文案大约有8000字。尽管这才是"策展"的前期工作，但一想到展览在望，还是兴奋不已，按捺不住写下了这篇文章。下一步就要请"包豪斯艺术设计"的专业人员来进行设计、制作、布展了，但愿一切顺风顺水。

2018.8.16

郭锡麒与他的江宁摄影

1

撰写了《周玲荪与他的江宁绘画》一文（收入《江宁春秋·15》），我就想续一篇《郭锡麒与他的江宁摄影》。

郭锡麒何许人也？

郭锡麒（1896-1976），字澹观，广东中山人。他就读于上海广肇公学，毕业后曾在上海伊文思书局、上海柯达公司等单位工作。由于受工作环境的影响，他业余时间对摄影产生了浓厚的兴趣，并于民国十八年（1929年）加入中华摄影学社，成为我国最早的摄影组织的"健将"之一。民国三十七年（1948年）中国摄影学会在南京成立，他当选为理事。1950年他从上海招商局美术室离职，开始从事自由职业摄影，至1976年在上海病逝。

郭锡麒自打喜欢上摄影之后，便开始学习相片的冲洗、晒印、放大、修底等，并潜心研究相片着色技术，被称为"最擅长设色"的摄影家之一。他痴迷于摄影技艺，抗战时期困居昆明，一旦进入暗房工作，便全神贯注，即使敌机轰炸也全然不顾。有时情况紧急，他宁愿丢弃其他物品，也不会忘了携带底片箱和照相机。他一生积累作品5000余幅，在《中华摄影杂志》《中国摄影》《美术生活》《图画时报》等报刊上发表作品无数，在上海、昆明、南京、杭州等地也曾举办过6次以上的个人影展，可谓是名副其实的摄影大家。

对我们从事旅游业的人士来说，郭锡麒还是旅游界的前辈。他"酷好旅行探胜"，尤其擅长风光摄影。这与他热爱旅游，并对自然景色有深切感悟有关。他在祖国各地以及印度、缅甸等国都曾留下足迹，为名副其实的旅游摄影元老。他曾在上海友声旅行团《旅行月刊》中撰写"中国第一亚洲步行团"文章，并在文中感慨道："旅行是人生最快乐不过的一种生活，也是人生最难长期享受的一回事体；可是旅行还是以长期的、徒步的为最有价值，最可取法。因为旅行的时间长久，一步一步走去，才能深刻地观察一切民情风俗，尽量地饱尝湖光山色啊！"可见他对旅游之热爱，尤其是对徒步旅行之情有独钟。正因为此，他才会拍摄出那么多、那么好的"湖光山色"的作品。

郭锡麒的摄影专集有《南京影集》《西湖情景》等。其中的《南京影集》一度是国民政府馈赠海内外嘉宾的文化礼品。他原计划还要陆续出版曲阜、昆明、黄山、普陀等一系列专集，有的已编辑就绪并准备付梓，终因抗日战争爆发而终止。这对摄影界、旅游界来说，实在是极大的憾事。

2

《南京影集》（下称《影集》）何以会成为国家礼品呢？

《影集》于民国二十二年（1933年）出版，收入郭锡麒的摄影作品共计80幅。这是郭锡麒遍走南京山水，从拍摄的200多幅照片中精选出来的。他在这部作品集的"自序"中写道："自民国政府定都而后，平添新气象，

浦镇　　郭锡麒摄影作品

冠盖既满，筇屐更加焉。不佞嗜摄影，且癖与游，盖欲求奇闻壮观，以知天下广大。尝托兴登临其地，叹为胜境。"从中可知，他聚焦的镜头何以会率先锁定首都南京，也再次展露出他的旅游摄影之风范。

郭锡麒选定在《影集》中的80幅作品，从题材的选择及排序上都很有讲究，重点鲜明，不求全概，且包括了"中山陵""国民政府""中央大学礼堂""励志社""铁道部"等民国新建的杰出建筑，可谓是"平添新气象"。《影集》以"石头城"开启，以"春溪渔隐"收关，其中的每一幅照片，无论是拍摄的角度、还是光线的取舍，都十分出彩，很是耐看。我特别欣赏的是他的作品"浦镇"。他将江北的这个老镇拍成了散文诗画，实在太美妙了！这正如他的摄影好友、国民政府内政部政务次长甘乃光在《影集》的"序"中所云："余以为郭君之美术摄影，迥异流俗，实非挽近明信片式之名胜风景画所能望其项背。"

我注意到，现在出版的有关介绍民国文化的众多读物，其中的不少照片就是选自郭锡麒的《影集》。遗憾的是，这些刊登出来的照片未能注明出处，这就使得读者无从知道这些珍贵的照片是谁留下的文化财富。

当年出版《影集》的是上海别发印书馆。这家印书馆由英国商人于清末民初开办，是那一时期国内最有影响的摄影书籍出版机构。它十分看好郭锡麒的摄影作品，将文稿专递英国伦敦，采用"凹版精印"。它的装帧也非常考究，而且充满新意。全书以"黄绸为面，线装为册"，并一改右侧书脊为左侧装订，以适应西方人翻书阅读的习惯，可谓是中西合璧，前所未见。该作品中的文字，是英文在前、中文在后，主要对象为西方读者和海外华人。它在中国香港地区、上海、新加坡，同时发行，一经面市，随即在海外掀起了一股"南京热"。国民政府主席林森对此作品也十分赏识，专门款题了"南京影集"书名，并将它作为文化礼品向来访的海内外嘉宾馈赠。

可以这么说，《影集》是一部十分经典的南京城市形象的海内外宣传品。也可以说，郭锡麒是早期向海外推广南京旅游的杰出人物之一。对此，我们旅游人是不应该忘却的。

3

郭锡麒与江宁是什么关系呢？

前面提到，郭锡麒的《影集》一共刊登了80幅作品。在这80幅作品中，有6幅取材于江宁，占了蛮大的比例。这说明他在南京采风时，不仅将镜头对准城市及近郊，也聚焦到了远郊的江宁。

郭锡麒的江宁作品，主要拍摄的是汤山和牛首山。在入选《影集》的6幅江宁作品中，汤山有4幅，牛首山有2幅。

汤山，在南京城的城东，自古以来就是休闲游览的温泉圣地。牛首山，则在城市的南郊，是著名的佛教名山。这在民国十三年（1924年）出版的《南京游览指南》、民国十七年（1928年）出版的《新都游览指南》中都有推荐。汤山被纳入了"东山路"的游线和二日游的线路。牛首山则为"南山路"的游线和五日游的行程。

郭锡麒为创作《影集》，自然不会错过汤山、牛首山这两大风景名胜。从《影集》中刊登的汤山、牛首山摄影作品来看，他少不了不辞辛劳，多次往返于江宁。尤其是在汤山，他一定是找到了最佳感觉，以为汤山虽以温泉著称，倘若仅一幅温泉照片，不足以展现整体风貌，于是不惜《影集》有限的篇幅，从拍摄的众多照片中挑选出了4幅，作为一个组合重点加以介绍。他对汤山可谓是宠爱有加。

如果说郭锡麒通过国家文化礼品《影集》，成为了南京城市形象的代言，那么他亦是向海外展现江宁风光的第一人。

4

汤山组合的4幅照片，分别题名为"汤山道上""汤水镇""汤山温泉""汤王庙"。

首幅照片自然是"汤山道上"。从南京城至汤山，有筑于民国八年（1919年）的钟汤路可以直达，路宽12米至15米，交通还算便捷。在民国十六年（1927年）发行的《旅行杂志》秋季号上，刊登了《温泉试浴记》一文。文中写道："驱车从朝阳门东行，经孝陵、马群镇、麒麟门、坟头庙、侯家塘，而至汤水镇，计程50里，时间一小时而弱。沿途笑语，披拂凉风，无复车尘马足之苦矣。"可见，当时钟汤路的路状非常之好。我们在民国三十六年（1947年）社会部南京社会服务处编印的《汤山》游览手册中，还查找到这么一段文字："汤山区名胜古迹，自中山门沿京杭国道两侧，而止于汤山麓下之汤水镇，计二十八公里有余。沿途如马群、坟头诸村，均毁于抗敌炮火下，断垣残壁，弹痕累累，凄惨景象，触目皆是。公路筑于战前，为全国示范计，每段分列各式筑法，或柏油、或水泥、或碎石，殊为奇观。"原来钟汤路当时是一条全国的实验路，以不同路型分段排列，从中摸索出哪种筑法既经济又实用，而且还可让乘客参与评说优劣，很有创意，也充满了情趣。

汤山道上　　郭锡麒摄影作品

"汤山道上"的文字说明为："林木夹道，苍苒翠甲，拏攖夭矫，曲折蜿蜒，如入仙境。"显而易见，郭锡麒曾在"殊为奇观"的钟汤路上往返多次，最终没有选择在柏油路或水泥路段拍摄，而是将镜头瞄向了弯曲的碎石路。想来他更崇尚自然。在他的眼里，那才是一种"仙境"。

题为"汤山温泉"的照片，文字云："在中山门外六十里。山之东南有温泉七处，合硫磺质，冬夏常热，可疗癣疾。附近有公共浴场，以短垣间隔，分别男女。"照片呈现的是自然溢出的温泉形成了河流，缓缓流动。我在《周玲荪与他的江宁绘画》一文中，提到过周先生的水彩写生"汤山温泉"。那是大雨后的汤山温泉图，好一个汹涌澎湃的壮观场景。郭锡麒的照片与之形成了对比，反映的是自然温泉河流之常态。遗憾的是，这样的常态如今已一去不复返了。

题为"汤王庙"的照片，文字为："唐德宗时，韩滉女有恶疾，浴于

汤王庙　郭锡麒摄影作品

汤泉，应时而愈，乃以女妆奁建圣汤延祥寺。今仅剩小庙，俗呼汤王庙。"照片中的汤王庙为一瓦屋、一草房，简易而古朴，现已不复存在。我以为，而今倘若按照片中的汤王庙予以复建，倒是充满情趣的。只是，现代人一搞复建，就会建得富丽堂皇，反倒完全失去颜色。想起几年前我去普陀山旅游，就想拍几张"不肯去观音庙"的照片。那可是普陀山观音道场的源头。结果"庙"是找到了，已复建为"不肯去观音院"，完全是现代化的建筑。我端起照相机，竟不知道该如何下手。我甚至怀疑自己的审美观是不是出了问题。

在汤山组合的4幅照片中，我最欣赏的还是"汤水镇"。照片的文字说明是："镇为汤泉乡首村，前有清溪，水声潺潺，有温泉在其后。"照片的场景则为：在蓝天白云下，是小树林掩护的村落，显得特别宁静。村落前溪水潺潺。一位孩童立于水中，身边两只白鹅"引颈向天歌"。这样的画面宛如一曲乡野牧歌，实在是太引人入胜了。联想到现在许多地方在搞美丽乡村的建设，建设得美是美了，就是人工斧凿得太狠，耐看不得。

汤水镇　郭锡麒摄影作品

5

牛首山较之汤山，距城仅一半多路程，按说去城里比较方便，但路况很差，反倒不易前往，而且山上的景物也已惨遭破坏。民国二十二年（1933年）《旅行杂志》第7期刊登的《牛首山之游》一文，记叙了作者骑马去牛首山的经历。文中云："到了石子岗，岗极陡，乘车者至此都要下车，而复再把车推过去。骑驴骑马就不用这一着。不过在岗的一侧是一大山谷，骑在马上就是不下来，心里总是有一点战战兢兢。""所以这或许是许多人不愿游牛首山的原因之一吧。"著名学者罗香林曾于民国二十四年（1935年）撰稿《金陵牛首山访古记》。他在文中曰："政府以牛首为要塞区域，半山上，宪兵守之，禁游人，不得上。余等以先得参谋部许可，故是日周行无阻，遍历名迹。"牛首山之所以在《新都游览指南》中跌入第五日方游览的行程，可能多半也出于这方面的原因。

郭锡麒往返于牛首山摄影，一路上少不了经历折腾，上山可能还会遭遇守兵的麻烦。不过，他选入《影集》的两幅牛首山作品的题材，却让人感到有点意外。

第一幅照片为"多宝塔"。这或多或少给人以怪怪的感觉。因牛首山的塔,最典型的莫过于弘觉寺塔。此塔位于东峰南坡,始建于唐代,又称唐塔,后于明正统年间重建,尽管清中期遭雷击内部木结构被烧毁,但砖石外壳依旧,很是醒目。我在《周玲荪与他的江宁绘画》一文中,介绍了他于民国十一年(1922年)和民国二十一年(1932年)两次水彩写生牛首山,画的均为弘觉寺塔。可以说,弘觉寺塔就是牛首山的标志。郭锡麒到牛首山采风,不可能不去拍摄弘觉寺塔,只不过最终未将其入选《影集》。

牛首山还有一塔也相当有名,叫辟支塔,位于双峰间,始建于宋代,又称宋塔。此塔在1958年因开采铁矿,为防止放炮时塔有可能被震倒,遂先行拆掉。原计划是要将塔移址重建的,后因故未能付诸实施。史学家朱偰于民国二十五年(1936年)著《金陵古迹名胜影集》,其中收有他所拍摄的辟支塔照片,并附有说明:"此塔出现人间,盖近九百年矣。"想来郭锡麒一定也拍摄过辟支塔,只是未纳入《影集》而已。

多宝塔　　郭锡麒摄影作品

那么,多宝塔又是一座什么塔呢?照片上倒是有文字说明:"距城南三十里,矗立于牛首山中,层峦耸翠,飞阁流丹,巍然一塔,夹以千松,画图不啻。"然而,我翻阅了若干书籍,竟然未找到有关多宝塔的资料。为此,我特地向地方志专家杨永泉讨教。杨先生告诉我,他也是在照片上见到多宝塔的尊容,并未查看到有关的文字资料。他以为,从多宝塔的外形来看,应该是晚清时期的建筑,估计南京沦陷时被毁了,以后也就无人提及。如此来说,这张"多宝塔"的照片,倒是为牛首山留下了一个难得的史料。

第二幅照片"饮马池",似乎也不具代表性,仅是在牛首山众多文物古迹中，很不起眼的一处而已。此景物尽管在《南京游览指南》《新都游览指南》中都曾提及，也只是一笔带过，称作"山巅双峰间有池，四时常盈，相传为昭明太子之饮马池也。"

昭明太子，即萧统，南朝梁武帝萧衍的长子，被立为皇太子，"昭明"

饮马池　　郭锡麒摄影作品

是他死后的谥号。萧统学识渊博，以编《文选》名冠天下。《文选》对后世的影响极大，成为学子的必修课本，以至于有"《文选》烂，秀才半"之说。为此，江浙一带留下许多昭明太子读书台的遗迹。南京就有钟山头陀岭太子岩、江宁湖熟读书台等处。至于这些地方，太子是否真的光顾过已不重要，重要的是表达了百姓对其编《文选》的崇敬之情。倘尚没有《文选》，谁会知道南朝有位昭明太子呢？郭锡麒选拍昭明太子饮马池，不仅是被那个地方的风光所吸引，多半也是发自这样的一种情感。有意思的是，照片显示的"饮马池"，并未见饮马的池水，而是突出了一株青松。也许在他的心目中，昭明太子的《文选》，就是那株不老松。

而今，牛首山已模样大变，新增了佛顶宫、佛顶塔、佛顶寺等大型建筑，可谓穷尽洪荒之力。这没有什么不对，没有什么不好。但我想要表达的意思是，我们在山上大兴土木的同时，千万要百般呵护好历史文化遗存。那可是牛首之根，牛首之魂啊！

2017.3.28

《金陵名胜写生集》导读

大约在7年前，我着手做民国南京旅游研究，偶尔从信天游旅行社的钱长江那里看到了周玲荪编绘的《金陵名胜写生集》，以为其不仅是美术类书籍，而且与旅游有关，还很有民国史料价值。那时正值南京出版社编辑出版"民国史料工程"丛书，我向社长卢海鸣推荐了钱先生的藏书《南京游览指南》《新都游览指南》，也包括《金陵名胜写生集》。2014年1月，两册"游览指南"均纳入"民国史料工程"系列得以重现，唯"写生集"杳无音讯。这让我不免觉得有点惋惜。

今年4月，南京出版社编辑联系我，告之《金陵名胜写生集》将在年内重新出版，而且是列入"南京稀见文献丛刊"之中。获此书讯，自是高兴。据我所知，"南京稀见文献丛刊"是南京出版社于2006年创办的项目，专门搜集整理出版南京历史上稀有的、珍贵的经典文献，迄至去年底已出刊了十三辑（每辑5册左右），使之成为了古都南京的文化品牌和特色名片。《金陵名胜写生集》能收入"南京稀见文献丛刊"之中，既是丛刊自身的需求，也是作者周玲荪先生在天堂收获的一份荣耀。我为之倍感欣喜。

1

周玲荪（1893-1950），浙江海盐人，从小爱好音乐、图画，民国元年（1912年）就读于浙江两级师范学校，毕业后任商务印书馆南京分馆编辑。从此，自称"海盐周玲荪"的他，便终生与南京结下了不解之缘。民国七年（1918年），他经著名学者李叔同推荐，任南京高等师范学校艺术系主任，又于民国十年（1921年）任东南大学图画研究会导师，并在其附中兼任音乐、美术教师。此后，他一直在南京市立一中和蒙藏学校任美术、音乐教师，抗战初随蒙藏学校迁往重庆，光复后又重返南京。中华人民共和国成立后，他入职南京市文物保管委员会，负责其绘画等工

周玲荪影像

作,在一次筹办大型展览会时,因突发脑溢血离世。我是品读了《金陵名胜写生集》之后,开始关注作者周玲荪生平的。从其履历来看,他算不上什么名人,长期从事的是音乐、美术教学工作,充其量就是个普普通通的教书匠。他也有过"野心",曾于民国十八年(1929年)拟出国留学,终因经济拮据未成行。这位"匠人"虽出国深造不成,但很有匠心,在教学期间写下了《中等学校唱歌集》《师范学校风琴练习曲集》《钢琴教材》《水彩风景画》等众多著作。这些著作当时均成为新学制高中及师范学校的适用教材。《金陵名胜写生集》也被列入了"国立东南大学和南京高师图画研究会丛刊"。他对音乐、美术教学的执着、坚守,很值得今人尊重和感佩。记住他的名字,似可从中体会到一种"乡愁"。

2

周玲荪的《金陵名胜写生集》,是上海商务印书馆于民国十四年(1925年)发行的。周玲荪在"编绘大意"中表明了编绘此画集的宗旨:一"为爱赏金陵名胜者之参考",二"为学习写生画者之参考"。他认为,学校绘画教学大都注重写生,而在这方面虽有理论书刊,但缺少写生参考图。他希望用自己的写生成果为学习绘画者服务。这倒还在其次。有意思的是,他将"为爱赏金陵名胜者之参考"放在了首位,更希望自己的写生成果能为南京的游客服务,其中还包括了外国的观光客。为此,他聘请了林翥青等6位同事(均为英文教授),给册中写生图的文字说明,以及"金陵沿革概要""最新南京简明地图"等文字作英译。这种以双语形式出版的书刊,在当时是很前卫的,倘若不具一定的国际视野是不会这么做的。这也正是《金陵名胜写生集》的难能可贵之处。

大家可能已经注意到,《金陵名胜写生集》的"序一""序二"是柳诒徵和顾实两位大学者写作的。柳诒徵先生乃中国近现代史学先驱、现代儒学宗师,曾在南京高等师范学校、清华大学、中央大学执教,担任过南京图书馆的馆长。顾实先生是古文字学家、诸子学家，曾执教于国立东南大学，与学者陈中凡等人共同主编过《国学丛刊》。他俩当时已很有名望，仍乐意为无名之辈的著作、而且是美术类的作品站台。在他们眼里，周玲荪"浑笃恬静"（柳诒徵语）、"笃学恬静"（顾实语）。可见周玲荪平日里的为人。柳先生在"序一"中云："诒徵不解画，姑以浅见为说。"顾先生亦然。他俩对绘画"新法"的论说，自然与美术专业人士的不一样，倒是不约而同地运用了阴阳之说加以点评，既别出心裁，又充满哲理，令人耳目一新。这也体现了他们对新生事物的赞许，对后生的无私提携。

3

《金陵名胜写生集》，为横十六开本，分作一、二两册：一是"油画写生集"，收入金陵名胜12图景，依次为秦淮河、燕子矶、雨花台、明孝陵、莫愁湖、台城、玄武湖、鸡鸣寺、钟山、大钟亭、北极阁、石头城；二是"水彩写生集"，亦收入金陵名胜12图景，依次为鼓楼、乌龙潭、武庙、清凉山、五台山、栖霞山、牛头山（即牛首山）、富贵山、狮子山、天堡城、午朝门、白鹭洲。两册合计收入24图景。由于它们均是实地写生，又都是彩绘的，与黑白老照片或传统国画不一样，正如柳先生在"序一"中所说，"乃觉山川风物，跃跃然尽入目中物，而非夫人腕底画"。这就为今人留下了十分珍贵的金陵名胜文献资料。为此，从未出刊过彩印的"南京稀见文献丛刊"，这一次一反常规，以重现作者油画和水彩写生的多彩原貌。

周玲荪水彩写生"富贵山"

《金陵名胜写生集》中的24个图景，迄今仍不失为南京风景名胜的代表。其中的富贵山，是个例外。此山处于钟山西南方向，乃为扼守主城之咽喉，经历过历代战火。明代筑太平门，城跨其上；太平军在钟山筑天堡城，又在其上设第二要塞，曰"地堡城"。它因地势险峻，早在作者写生时已"禁止游览"，后因出自缓解城市交通的需要，于1989年建成了贯穿山体的富贵山隧道。如此来说，富贵山的这幅水彩写生画就尤为值得珍藏。再有就是五台山，现已形成了五台山体育中心。若留意观赏它的水彩写生画，会发现其三面山峦的坳间有一片偌大的平地。20世纪50年代，就是利用这个自然地势，建成了可容纳10万余观众的台阶式露天体育场。这座体育场的规模在当时堪称全国第一。可以想象，当年建设体育场时省去了挖掘多少土方，节约了多少人力、财力。

除了富贵山、五台山，其他图景也均为现在游览的热点。当然，而今的这些景点与写生图景相比较，大的环境已有了极大的改观，也增添了不少新的建筑。比较典型的是狮子山，2001年在山上耸起了一座宏伟的阅江楼。筑这座阅江楼是有讲究的，早在明初朱元璋就为之作过规划，还亲自撰写了《阅江楼记》。这个古老的"规划"总算被今人完成了，颇有古往今来的说法。更为突出的是牛首山。此山乃牛头宗的祖庭，是一座佛教名山。牛首山最为醒目的标志物是宏觉寺塔，从写生图景中可一瞥而知。时至2015年，牛首山以供奉佛祖顶骨舍利为名大兴土木，建起了佛顶宫、佛顶寺、佛顶塔。这么一来，反倒淡化了宏觉寺塔等历史遗存，难免有些憾缺。

这里还需说一下水彩写生图景之武庙。武庙，初称关公庙，俗称"武夫子庙"，始建于明洪武二十七年（1394年），是明太祖所建十庙（功臣庙、历代帝王庙、城隍庙、真武庙、蒋王庙、卞壶庙等）之一，位于鸡笼山下国子监的所在地。明万历二十二年（1594年）下诏封关羽为帝，改关公庙为关帝庙，亦称英烈庙，继而崇为武庙。清代改明国子监为江宁府学，并将其间的武庙改成了文庙，亦称"府夫子庙"。到了清末，江宁府学连同文庙迁到了朝天宫，原址则仍然恢复为武庙。民国时期，在武庙基础上予以扩建，辟为考试院。中华人

周玲荪水彩写生"武庙"

民共和国成立后，民国考试院所在地成了南京市政府机关的办公场所。之所以多聊几句武庙，是因其长时期锁在机关大院内，院外人了解甚少。但令人高兴的是，南京市政府于2014年作出决定，从那一年起每逢重要节日（元旦、劳动节、国庆节），政府大院向普通市民开放。也就是说，老百姓现在不仅能通过周玲荪的水彩写生画，也可以有机会走进市政府大院，亲眼目睹昔日武庙之风采了。

4

《金陵名胜写生集》有个与众不同之处，即"附录"了"最新南京游览指南"。这个"附录"绝非是顺带一下、"秀"上一把，而是做足了功课，"指南"得十分详尽。前面已经提到，周先生编绘"写生集"的宗旨，以"为爱赏金陵名胜者之参考"为先。他在"附录"的导语中做了这样的表述："南京地大物博，事项繁琐。初到其地，从事游览考察，殊非易易。特编游览指南一篇，以供来游者参考之用。"为此，他"附录"了最新的颇为周全的游览指南，自然也就顺理成章了。

"最新南京游览指南"（以下简称"附录"）共分交通、游览行程、食宿娱乐、物产、各种事业之重要机关等5个章节，完全可以独成一册南京游览指南书籍。早它一年出版的《南京游览指南》（陆衣言编，中华书局印行），是当时极受欢迎的旅游手册。我拿"附录"与之作了一个比较，以为两者各有特色，并不分伯仲。由此可见，"附录"已具旅游类书刊的相当专业水准。

"附录"也好，《南京游览指南》也好，"游览行程"无疑是其中的核心内容。引人关注的是，这两个"指南"都将行程的起点设计在了中正街上。不止于此，民国十七年（1928年）出版的《新都游览指南》（方继之编，大东书局印行），其"游览行程"的起点也还是始于中正街。所谓中正街，即今白下路的一段。这条路早在南唐时期就已存在，为皇宫至东城门的官道至明代由东向西称作里仁街、存义街、时雍街、和宁街、中正街，皆铺方石。民国十九年（1930年），将中正街以及又做过改称的大中桥、昇平桥、珠宝廊等拓并，命名为白下路。可以这么说，那一时期若是在南京游览，中正街处在了中心的位置。"附录"中的"游览行程"以中正街为起点，分为东、西、南、北、中、汤山等6路，较之《南京游览指南》的东山、南山、西山、北山、中山、栖霞等6路，则略有不同。前者是将汤山单列，而把栖霞山景区纳入到了东路；后者则是将汤山景区归至东山路。由此看来，"附录"给予了汤山特殊的待遇，其间不仅记录了如何从中正街来往于汤山，而且详细介绍了在汤山温泉、住宿、餐食的收费情况等，对此可谓情有独钟。我作为旅游人，细细品读《金陵名胜写生集》及其"附录"后，忽而发现作者不仅在美术上颇有建树，而且也是南京现代旅游业的开拓者之一。对于这样一位旅游界的老前辈，不禁令我等叩首致敬。

5

《金陵名胜写生集》自印行以来，已经数版。每版逐加修正，以期完善。万万没想到的是，上海商务印书馆于民国二十一年（1932年）惨遭侵华日军的轰炸，将其图版焚去了一半。这使得周玲荪先生异常痛心。然而，他不曾放弃，重行实地写生，将被毁去图版的景图又补了回来。此外，他还增绘了两图：一为油画写生"中山陵"（原版发行时尚无"中山陵"），二为水彩写生"汤山温泉"。

民国二十三年（1934年），迎来了《新编金陵名胜写生集》。"新编"共收入26图景，其中有14幅图是新绘的，还新添了徐悲鸿画的周玲荪素描画像。这仍旧是由上海商务印书馆出版发行的。周玲荪先生的不懈努力终结硕果，用他自己的话说，"此于痛惜之余，又略得安慰之意"。

我曾在网上搜索有关周玲荪先生的资料，发现有的网友将《金陵名胜写生集》与《新编金陵名胜写生集》有所混淆。其实，两者之间还是有许多差别的。我在这里也就特地做这么一个补充说明。

这次"南京稀有文献丛刊"选用的是周玲荪最早的版本，避开了"新编"，目的是更加强调其史料性，更加突出其"稀有文献"之价值。

恐怕周玲荪先生自己也不曾想到，《金陵名胜写生集》在他百年之后，成为一种特殊的城市文献。

《江苏游展——民国风情实录》后记

《金陵展痕》《上海游展——民国风情实录》书影

关于民国旅行家的游记,我与旅游界同仁已选编了两个文集,即南京出版社2015年出版的《金陵展痕》、东南大学出版社2017年出版的《上海游展——民国风情实录》。由此而观,中国现代旅游业在民国时期已具有相当的活力。这与何光暐主编的《中国旅游业50年》(中国旅游出版社1999年出版)中提出的观点大相径庭。那本书虽然阐述的是新中国成立50年来的旅游业发展概况,但在开篇的第二节《新中国成立前的旅游经济现象》中提出"近代以来的中国旅游活动局部存在,未形成产业"这样的一个观点,显然是个谬误。为此,深入研究中国现代旅游业初期发展的状况,是我们旅游人应予以担当的责任。

说到中国现代旅游业的开启和发展,中国旅行社功不可没。中国旅行社,始于民国十二年(1923年)诞生的上海商业储蓄银行旅行部,成为中国第一家旅行代理机构,很快遍布全国,是中国现代旅游业开始的标志。它不仅开展招揽游览业务,还组织客运、货运,建设招待所(酒店),编辑出版各种旅游读物,以及数次赴国际展会参展(以1934年的美国芝加哥博览会、1948年的英国伦敦康乐休闲展览会为代表),曾被称作"中国旅行事业国外宣传第一声"。即便当下盛行的国际邮轮旅游,也可追溯到民国十三年(1924年)中国旅行社包下"杰弗逊总统"号邮轮,送载留美学生漂洋过海,被海外邮轮公司称作"中国学生船"。民国十六年(1927年),上海商业储蓄银行旅行部转化为中国旅行社。"旅行社"这一专业名词由此诞生并一直沿用至今。如此来看，何光昕等人认为"新中国成立前的旅游经济现象"观点，是完全站不住脚的。

《金陵屐痕》等已出版的两册文集中的文章，绝大多数选自在全国发行的《旅行杂志》。这个杂志是中国旅行社主编的众多旅游读物中的一种，创办于民国十六年（1927年），头两年是季刊，从第三年开始改为月刊，自此即便在抗战烽火中也未间断，一直办到1954年停刊。它作为旅游之家，记录了旅行者的所见、所闻、所感，反映了现代旅游业初期的状态，亦涉及那一特定时期的政治、经济、文化等方面的情报。2018年8月，上海书店出版社应有关方面特需，按上海图书馆的珍藏全套《旅行杂志》（1927—1954）影印出版，分装71册，发行了50部，可见其具有很高的文献史料价值。这也是我之所以持续选编民国旅游人游记的缘由。

此次选编的《江苏游屐——民国风情实录》（以下简称《苏游》），是我与南京大学章锦河教授共同完成的。章教授是南京大学旅游学科的带头人、旅游研究科学性立场的守望者，治学严谨，思维跨越，理念瞻前。他很重视前辈撰写的游记，以为这些游记具有颇高的文化旅游含量，即便对当下旅游领域的"舞台化""商业化""生态补偿"等热点问题的研究分析，亦不无启迪。他还认为，"选编"是中国的传统文化之一，其编者无关乎自身名利，乃为无私付出而益于社会。我十分赞同他的卓见，引以为知音。这也成为我们共同选编《苏游》的原动力。尽管这是一项复杂的系统工程，非常繁琐，耗时费心，但值得我们认认真真地去做。《苏游》的文章，包括其中的插图，全部选自于《旅行杂志》。这既因《旅行杂志》本身就是一座取之不竭的"富矿"，亦是以此向中国现代旅游先驱者致敬。

在"选编"工作中，呈现出的是前辈一幕幕的昔景屐痕，让我们时而激动，时而叹息，时而向往，时而沉思。我们在《甪直罗汉观光记》中，看到了前辈对保护文物的不遗余力；在《十二圩考察记》《淮北盐区游记》中，追寻到传统行业的变迁；阅览到《国立太湖公园》，亦可对当下建设国家公园引为参考……诸如此类，不胜枚举。想起了一首老歌的歌词："过去的就让它过去吧,我们并不惋惜……"回眸过去,目的是更加科学性地搞好现在,更加科学性地规划未来……

在《旅行杂志》中,有关江苏的游记甚多,其文章数量亦为诸省之最。我们先是从中筛选出百余篇,再从中精挑80余篇,分为"城镇见闻""游子乡愁""山水揽胜""旅途掠影"4个篇章,分上、下两册出版。尽管刊出的文章仍然有限,但已是以往选编文集容量的2倍有余。这得感谢南京旅游学会会长黄震方的倾力支持,感谢我们的学刊《南京旅游研究》(我和章教授都是学会会员)。学刊毕竟是自己的家园,容广耕耘。

从"城镇见闻"等4篇标题及目录中,已可大致了解文选的框架及内含。需说明的是,《苏游》未收入南京游记,因南京已是直辖市(首都),且出版过《金陵屐痕》。民国江苏的省会城市是镇江,在《苏游》中也就以镇江游记排在了首位。此外,对少数跨省的游记,采用了节选的方式。当然也有三文例外:《苏皖脚踏车旅行志》一文涉及早期的"自行车之旅";《蜜月》一文记录了"新婚旅行";《沪浔旅程》则为"难民之旅",弥为难得,未舍得删节。

我们在选编中,竭尽所能收集作者的生平资料,以便向读者作介绍,亦以此向留下"旅行墨宝"的前辈致敬。南京市文化和旅游局季宁为之投入了大量的业余时间,义务做搜集资料工作。尽管如此,由于种种原因,仅能查找到少量的情报,留下了遗憾。为此,在这里诚恳地向作者和读者致歉。

在选编中,将游记原文由繁写字转为简写字(包括规范标点符号),也是一项十分繁杂的工作。"博澜视觉"承担了此项重任。我本人也亲力其中,自己不仅"繁"转"简"了若干篇文章,还负责对所有的文字进行审核校对。好在我有充裕的时间,且心无旁骛,盯上去做这件事,即便工作量再大,也就不难完成了。只是,由于个人能力有限,勘校文字的错误仍然难免,敬请诸位指正。再有:在《旅行杂志》中,有的繁体字印刷模糊,实难识别,只得以"口"替代了。读者对此如有兴趣,倒可加以考证,自行填补。

写到这里,要特别感谢一下章锦河教授的团队。去年下半年,我筛选了一批民国游记,与章教授讨论"选编"一事。那时候"选编"尚未定论,章教授的博士生胡欢等就主动参与进来。这也成了最终开展这项工作的催化剂。据悉，胡欢女士现已获博士学位，并被杭州师大聘用入职。衷心祝愿她事业有成。

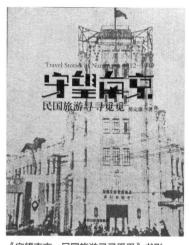

《守望南京：民国旅游寻寻觅觅》书影

《苏游》的书名，由"包豪斯艺术设计"公司的雕塑家朱泽荣先生题写。朱先生亦是旅游学会的会员，曾承担《中国旅行社南京回顾展》的全部设计布展工作，对民国旅游文化亦情有独钟。对此，我们表示衷心的感谢！此外，南京旅游业协会朱芸、张承强，"包豪斯艺术设计"的海悦等也帮助做了不少事务性工作，在这里一并表达谢意。

在开展"选编"工作过程中，我们有幸两次接待了台湾中国旅行社董事长周庆雄等一行的来访。周老先生比我年长，出任过台湾观光协会会长。我和他通过我的著作《守望南京：民国旅游寻寻觅觅》而结识，继而成为知己。他曾连续两次访问南京，一次是专程参加《中国旅行社南京回顾展》开幕式，一次是体验宁镇扬旅游线路。他得知我们在做"选编"工作时，还给予了很高的评价。这是来自海峡彼岸的激励的力量。我曾对周老先生说，你们的名号"中国旅行社"，不就是两岸统一的基石吗？旅游界有句行话："观光统一中国。"两岸民众通过多种形式的旅行，频繁交流，加深彼此之间的了解，是可以极大促进祖国统一的。

《苏游》经过一年有余的"折腾"，即将完成了。谨请大家在赏析的同时，帮挑挑个中的毛病，以便修正。

2019.7.25

南京呀南京，往事知多少……

南京新街口广场孙中山铜像　摄于 2018.8.1

南京，乃六朝古都、十朝都会，是山水绿叶之城，而今又以"博爱之都"名扬天下。

博大精深的南京文化，是与它的深远历史相伴形成的，给我们这座城市留下了丰盛的遗产，包括遗迹、文物、诗歌、成语、神话故事等，亦成为人类社会的共同财富。

南京居民衍生的历史，可追溯至五十多万年前穴居汤山岩洞的南京直立人。递至五六千年前，早有阴阳营、湖熟、薛城之先民，居于滨水之台地，除从事渔猎外，亦开始了农耕。在这一漫漫长河中，南京故事总会与古籍《淮南子》中的神话传说相系，充满了浪漫色彩。

春秋战国时期，范蠡筑越城，楚威王设金陵邑，开启了南京建立城邑之始。自此，金陵成为南京的代言。"埋金""王气"之说亦源于此。

金陵，钟山龙蟠，石城虎踞，此乃帝王之宅也。

公元229年9月，东吴大帝孙权将都城从武昌迁至南京，这是南京首次成为首都。此后，东晋和南朝的宋、齐、梁、陈分别在南京建都。六朝古都南京由此而来。

钟山与玄武湖　　民国影像

六朝，是南京历史上的黄金时代。这一时代，大批贵族、文士、能工巧匠避难南渡，聚会南京，演绎了"东山再起""闻鸡起舞""手不释卷""才高八斗""入木三分""画龙点睛""六朝金粉"等连台大戏。正如南朝齐谢朓《入朝曲》所颂："江南佳丽地，金陵帝王州。"六朝的南京，成为中国第一大城市，亦是中国灿烂的文化中心。

六朝以后，隋、唐、宋、元更替，南京的城市地位急剧下滑，其间也有过南唐时期的昙花一现，但毕竟"六代豪华"不复。尽管如此，南京的文化遗产足以傲视群城，引众多文人雅士前来游今怀古。"六代精灵人不见，思量应在月明中""旧时王谢堂前燕，飞入寻常百姓家""南朝四百八十寺，多少楼台烟雨中""无情最是台城柳，依旧烟笼十里堤""春花秋月何时了，往事知多少"……

公元1368年，朱元璋在南京称帝，建立了大明王朝。自此，有了"南京"的称谓，这也开启了全国统一王朝在南京建都的先河。据史载，朱元璋是在1356年率领红巾军占领南京城的，采纳了儒生朱升的"高筑墙、广积粮、

中国地标——南京大报恩寺塔　清代西洋绘画

缓称王"的建议，待到条件成熟后方登上皇帝宝座。明朝南京，不仅筑起迄今为止保存最为完好、世界最大的城垣，还建设了中国地标大报恩寺琉璃塔，又有郑和七下西洋之壮举。世界上最早最大的百科全书《永乐大典》（计二万多卷），也是在那一时期编撰的。明朝为南京书写了气吞山河的历史。

公元1912年元旦，孙中山在南京就任临时大总统，带领全中国人民走向共和，奏响了中国现代史的序曲。此前的清王朝，南京虽然政治地位又失，但经济、文化力量难撼。《红楼梦》《儒林外史》《桃花扇》等名著就是那一时期的产物。即使到了奄奄一息的清末，南京仍举办了具有国际博览会性质的南洋劝业会。

南京呀南京，往事知多少……

时至今日，老百姓日子过好了，对生活有了新的追求，讲究起质量和幸福感来，其中的一个指标是，大众旅游由新常态转为常态。不仅如此，人们以往成群结队出游就很满足了，而现在不光是"走马观花"，还要"下马赏花"，以了解当地的风土人情、体验当地的历史文化。我们，作为热爱南京的旅游人,多么希望游客在做旅行攻略时,能更多地读到"南京往事";多么希望游客来这里游览时,口袋里能揣上"南京故事"。这就是我们编写一套《南京旅游文化故事丛书》(口袋书)的初衷和目的。

这套丛书是由南京市旅游委员会和旅游学会共同组织编撰的。我们以为,目前有关南京的史料书籍虽为数不少,但与旅游契合的,特别是便于随身携带的并不多见。我们又以为,要用通俗的、有趣的表达方式来讲述南京的历史,而且要落实到景区景点,让游客在身临其境中品味文化。这样的书籍是读者或游客所需求的,虽编写起来比较难,但我们乐于去尝试。

这套丛书初定为4册,即《南京神话传说之旅》《金陵成语溯源之旅》《南京名人雕塑之旅》《金陵诗词游展之旅》。这虽说是口袋书,但我们不想急于求成,而要发扬工匠精神,精工细作,成熟一册出品一册,给读者或游客交出一份份"良心"答卷。谨请大家予以关注,并多提宝贵意见。

《南京旅游文化故事丛书》编委会

2017.10.31

关于『莫愁女孩』『石头小子』的形象创意

笔者与季宁（左）、马青（右）在"青·阅读分享会"上

今年6月30日，我应南京电台马青的邀请，参加了在湖南路凤凰云书坊搞的一次读书分享会，分享我和市旅游委季宁合著的《南京神话传说之旅》口袋书。马青是南京电台资深的主持人，以"马青时间"节目著称，拥有众多的"粉丝"。她怎么会挑中我们这本小小的口袋书，来组织一场"青·阅读分享会"的呢？

那次读书分享会，我和季宁提前来到会场，与以往只闻其声、不见其人的马青女士会了面。她告诉我，是在网上购买了《南京神话传说之旅》一书的。她说，这虽是一本口袋书，但内容丰富，有文艺格调，很适合揣进口袋游南京。她还说，阅读这本口袋书，可以让南京之旅变得与众不同。她尤其喜欢书中虚拟的"莫愁女孩""石头小子"两位导游，以为很活泼可爱，也很有南京人文气息。她甚至提出，用这两位人物形象，可以开展多方面的文创。

说到"莫愁女孩"和"石头小子"，是我在编著南京

132

导游书籍时创意的南京导游形象。这大约是缘于2002年，我在莫愁湖公园组织的一场旅游纪念品开发研讨会。在会上，我突发奇想，提出制作莫愁女纪念品，要打破传统，以"快乐"为主题，塑造一个全新的莫愁女孩形象。而传统的莫愁女，虽名"莫愁"，"哪能不愁"，是一位凄美的悲剧女子。我在《莫愁湖，莫愁女与莫愁女孩》（收入南方出版社出版的散文集《印象》）一文中云："南京人具有无忧无虑的基因。老南京的口头禅'多大事啊'就是佐证。如若塑造一位'快乐的莫愁女孩'，无论是做成卡通玩具还是小雕件，都会惹人喜爱。""特别是进入21世纪，人们都在讲求生活质量，而'快乐'已成为生活的主旋律。"我当时提出的这么一个想法，亦仅停留在口头上，并未付诸行动。

2004年，我着手主编《爱，是屋顶上的蓝：南京旅游全景手册》一书。特约设计吴学君女士提议，在书中可以设计两个卡通人，让他们带着读者游南京。我十分赞同，立马想到的就是"莫愁女孩"，希望能将她塑造成阳光的、时尚的、快乐的、真正"莫愁"的导游形象。

《爱，是屋顶上的蓝：南京旅游全景手册》中的插图

再要塑造一个什么样的人物，能与"莫愁女孩"搭档呢？首先应该是个小男孩，再有得取个代表南京文化的名字，于是"石头小子"应运而生。为什么是"石头小子"呢？石头城或石城，原本就是南京的一个别称，在历代文学著作中"出镜"率很高。以南京为背景的传世名著《红楼梦》，又名《石头记》，就是一个最好的诠释。唐代诗人元稹作《石城莫愁女》，竟将"石头"与"莫愁"联系在了一起。诗云："石城湖上美人居，花月笙歌春恨余。"又有唐代诗人张祜的《莫愁乐》："侬居石城下，郎到石城游。自郎石城出，长在石城头。"可见，"石头小子"与"莫愁女孩"是多么的般配呀。

《爱，是屋顶上的蓝：南京旅游全景手册》中的插图

　　我把这两个人物的构思交给了设计者吴女士，就由她折腾去了。2005年12月，《爱，是屋顶上的蓝：南京旅游全景手册》由上海文化出版社正式出版。"莫愁女孩"和"石头小子"成为了书中的主人公，虽说形象不算完美，但毕竟是第一次与读者见面了。

《金陵成语之旅》中的插图

　　时隔4年，我和季宁合写了两册业内交流资料，一册是介绍"金陵成语"的，一册是讲述"金陵神话传说"的。我请"南京博澜艺术设计"担当装帧设计，要求设计人员延续"莫愁女孩"和"石头小子"的形象塑造，结果又有了新的收获。我将这二册书中的两个孩子的造型，选出一部分与大家分享，只不过仅能印成黑白的图片了。

　　这次"青·阅读分享会"阅读的《南京神话传说之旅》，是东南大学出版社今年3月出版的。此书的装帧设计，我仍然委托"南京博澜艺术设计"担当，目的是将"莫愁女孩"和"石头小子"的形象延续下去，效果也挺不错的。前面提到，马青女士就对"莫愁女孩"和"石头小子"情有独钟，还请男女播音员为这两个孩子的对话录音，在分享会上播放。至于她讲到的搞文创产品，我一直也有此意，只不过以为不是件容易的事，须有高水平的专业队伍和高水平的创作，方有可能出好的作品。联想起美国的"芭比娃娃"、肯德基"大叔"、麦当劳"小丑"，以及"泰迪熊"等，哪一个不是千锤百炼搞出来的"文创"呢？不过，话又说回来，只要心存梦想，又有什么不可以尝试一下的呢？

《金陵神话传说之旅》中的插图

我的这个梦想，依旧是梦想，似在做自我催眠，姑且不说了吧。不过，我还是要感谢马青女士组织了这么一场阅读分享会，以及对"莫愁女孩"和"石头小子"的认可和推荐。我原还以为不会有什么人来参加阅读分享会的。现如今，还有多少人热衷于阅读呢？不过，我错了，来参加的人真不为少。尤其令人感动的是，还有不少家长带着孩子来参会；在互动环节中，孩子的发言也非常积极、很是认真。这真让我不曾想到。

作者与"雏鹰假日小队"队员合影

有意思的是，阅读分享会后，我去卫生间路过一个阅读室，看见一群孩子人手一册《南京神话传说之旅》，排成一行高声朗读。他们的家长则聚在一旁，眼中充满欣赏的目光。我走进阅读室打探。孩子们围了上来，请我给他们的书签名。原来他们的家长自愿组合在一起，集体带孩子参加各种阅读活动，还给孩子团体命名为"雏鹰假日小队"。更让我惊喜的是，孩子们都来自长江路小学。长江路小学，是我的母校。我在长江路小学、连同小学的附属幼儿园一共生活了9年，看到小小的学弟、学妹在读我写的书，真是太开心了。"雏鹰假日小队"的队员，个个都生龙活虎、展翅欲飞，实在可爱、可喜，堪为惊艳。眼前的他们，不正是我想象中的"莫愁女孩""石头小子"吗？

2018.9.18

《金陵诗词游屐之旅》的构思及谋篇

《南京文化旅游故事》丛书前4册书影

南京市旅游委员会和旅游学会联合出品的《南京旅游文化故事》（口袋书）丛书，共计4册，分别为《南京神话传说之旅》《金陵成语溯源之旅》《南京名人雕塑之旅》《金陵诗词游屐之旅》。这是由我具体策划，约请市旅游委季宁一道来写作的。至此，前3册已撰写完毕，唯有第四册迟迟未曾动笔，亦不敢轻易动笔。何以呢？

其实，前3册的写作都是有一定基础的。七八年前，我和季宁合编旅游界的内部交流资料，写过有关金陵神话传说、金陵成语的两个小册子。《南京神话传说之旅》《金陵成语溯源之旅》就是以这两个小册子为基础，进行整理、加工、扩容完成的。至于《南京名人雕塑之旅》，也是在那段时间就开始构思了，一直想写而未能写成。现在找到机会再来写，自然就胸有成竹了。难以下笔的还是《金陵诗词游屐之旅》。我本身就对古诗词缺少研究，又以为必须将其列入丛书之中。因为我知道，南京众多的山水，都曾留下古代诗人的游屐和作品。其实，南京具有历史底蕴的景区景点，都避不开古诗词。可以这么说，"诗词游屐之旅"，是《南京旅游文化故事》中不可或缺的一个部分。

这就势必要我们的写作知难而上了。

有关金陵古诗词的书籍，据我掌握的就有《金陵诗词选》（南京大学出版社）、《诗人眼中的南京》（南京出版社）、《金陵诗文鉴赏》（南京出版社）、《秦淮诗词》（江苏文艺出版社）、《栖霞诗珍》（方志出版社）、《唐诗咏金陵》（中国文联出版社）、《金陵颂——历代名家咏南京诗文精选》（南京出版社）、《南京历代经典诗词》（南京出版社）等。我和南师大黄震方教授主编的《美丽江宁》丛书（8册），其中也有一册《诗词文赋》。类似这样的作品，肯定还有许多。那么，我们的《金陵诗词游屐之旅》如何创造出新意来呢？

首先要搭好《金陵诗词游屐之旅》的框架。这让我有些难以定笃，恰好正忙着策展10月要举办的"中国旅行社南京回顾展"，就请搭档季宁先拿出个意见来。季宁提出了以区划来分篇章的建议。他在给我的微信中云："想来想去，查来查去，最后还是觉得区划概念适中，容易统筹。""考虑了一段时间，感觉很难找到更好的分类方法了。"他的理由是：其一，游客一看就知道相关诗词及景点的地理位置；其二，写到某景点时便于融合各时代诗人关于该景点的诗词，时空相结合，利于来龙去脉的展现。

季宁拿出的这个方案，带有行政性色彩，肯定会受到各区旅游部门的欢迎。对此，我不敢苟同。写书是为了什么？为了给读者阅读。一个旅行者到一个城市旅游，关心的不是这个城市有多少个行政区，而是有什么好山好水悦目，有什么文化遗存赏心。也就是说，写书首先要了解读者的心理，想读者之想，应读者之需。

在我的想象中，读者揣着《金陵诗词游屐之旅》口袋书，沿着古代诗人的印迹游山玩水。他们来到南京，惊叹"江南佳丽地，金陵帝王州"；登上钟山，可敞开胸怀高诵李白的"钟山龙盘走势来……"；乘坐画舫，且在桨声灯影中低吟杜牧的"夜泊秦淮近酒家……"如此这般，这会让"阅读分享"变得多么美好！

为此，我给《金陵诗词游屐之旅》一书，拟订了"山之颂""水之吟""城之歌""筑之曲"4个篇章。其中"筑之曲"的"筑"字，《辞海》中注明有多种字义，其一为"建筑物"。当然，这仅是初步的构思，可能还会有比较多的调整。这样的谋篇布局，其实也是有许多问题的。季宁在与我讨论中，就提出："有的诗写山又写水，没准还写城墙，那咋编排好呢？""唐诗'南朝四百八十寺'，这样的名句适合放在哪个篇章里呢？"诸如此类，均需好好地琢磨一番。

全书定好了框架，如何写好范文引领全篇，就显得尤为重要。翻阅类似的作品，每篇文章的写作通常是三段式：诗词本身、诗词注释及简析，有的还会加一段诗人小传。这是一种"偷懒"的写法，对读者也有了一个交代。我不想这么做，期许突破这么个套路。如何突破，还真没想好。总的来说要围绕"诗词游屐"来做文章，让大家穿越且追随古代诗人旅行，感受南京的山山水水，品味金陵的历史文化，体会诗人诗作的魅力。

写作《金陵诗词游屐之旅》，看来要自己给自己多出些难题。这应是一个机缘，也是一个自我的挑战。我和季宁如何交出一份良心的答案，拭目以待。

2018.9.22

金陵帝王州之曲

"江南佳丽地,金陵帝王州。"这两句千古传唱的绝句,引自南朝齐诗人谢朓的《入朝曲》。《入朝曲》是谢朓应荆州刺史萧子龙请作的10首《鼓吹曲》之一,属乐府诗之《鼓吹曲辞》。此类曲辞,多为歌功颂德之作,用于宫殿宴乐或军中歌乐,很少会有佳作留世。而这首《入朝曲》鹤立鸡群,被后朝昭明太子萧统选入《文选》。

入朝曲

江南佳丽地,金陵帝王州。
逶迤带绿水,迢递起朱楼。
飞甍夹驰道,垂杨荫御沟。
凝笳翼高盖,叠鼓送华辀。
献纳云台表,功名良可收。

在谢朓的笔下,记录了四朝(东吴,东晋和南朝的宋、齐)"帝王州"的景象,为今日南京城留下一张金灿灿的历史名片。有意思的是,诗中描绘的市政布局,例如"飞甍"(宫殿建筑)前的"驰道"、"御沟"(宫内河道)两侧的"垂杨",与现代城市建设没什么不一样;而在笳声、鼓声徐引下,车船行进,又恰如而今节庆活动的巡游。

可能被我们忽略的是:南京在东吴时期叫"建业",在东晋和南朝的宋、齐时名"建康"。那么,谢朓身在建康城,何以在诗中点的是"金陵帝王州"呢?南京名"金陵"时并非是都城呀。

"金陵"名号,缘于公元前333年,楚威王灭越后在今清凉山修筑城邑,名金陵邑。这虽不是都城,但成

古金陵邑图(清版画)

为了南京这座城市的第一个行政建置。楚威王为何以此命名呢？据唐代《建康实录》载，"因山立号，置金陵邑"。今清凉山为南京群山之首钟山的余脉。钟山，古有金陵山之称也。

石头城（民国郭锡麒摄影作品）

"金陵"之由来，民间说法并非"因山立号"，而是与"王气"有关。相传楚威王看出此疆土暗藏王气，于是筑城时深埋黄金，以金克土。这种"埋金"说流传甚广，以至于宋代《景定建康志》载："周显王三十六年楚子熊商败越，尽取故吴地，因埋金以镇之，号曰金陵。"此后又有传说：秦始皇第五次东巡至金陵栖霞山时，有谋士相告"500年后金陵有天子气"，于是旨命"凿方山，断长陇，渎入于江"，以泄王气。有意思的是，王气并不曾被秦始皇泄去，还没到500年，南京就成了三国东吴的"帝王州"。看来谢朓选用"金陵"，看中的是它的"王气"。

"金陵"名号仅用了122年，便被秦始皇废除了。自此以后，南京城市名称虽一改再改，但极少再复用"金陵"，即便偶尔复用，城市的级别低，使用的时间也短。例如，唐代曾设金陵县，为时仅1年；五代时有过金陵府，也只用了30来年。尽管如此，"金陵"这块招牌仍然成为了城市的代言。洪武元年（1368年），朱元璋在应天府称帝，颁布《立南京北京诏》：奉天承运，皇帝诏曰："以金陵、大梁为南北京。"请注意，诏书提到的就是南京最早的名号"金陵"。虽说金陵已经是过去时，而在明太祖眼里，仍认定南京就是金陵。这里还要插个小花絮：袁世凯竟也很看重"金陵"，于民国三年（1914年）在此设金陵道，下辖江宁、句容、溧水、高淳、江浦、六合等11县。这个金陵道直至国民政府定都南京，方被废除。

自谢朓唱出"金陵帝王州"后，历代诗家词人吟到南京，多以"金陵"

为题。唐代诗人李白最为典型，作诗有《登金陵凤凰台》《金陵城西楼月下吟》《金陵歌送别范宣》《金陵酒肆留别》等，刘禹锡亦有《金陵五题》等。宋元时期的代表作有王安石的《桂枝香·金陵怀古》、张耒的《怀金陵》、范成大的《望金陵行阙》、曾极的《金陵百咏》、苏洞的《金陵杂兴》、张可久的《双调·水仙子·次韵金陵怀古》、萨都剌的《满江红·金陵怀古》、傅若金的《金陵晚眺》等。明清时期的代表作则有高启的《登金陵雨花台望大江》、彭泽的《金陵雨后登楼》、徐渭的《观金陵妓人走解》、侯方域的《金陵题画扇》、龚鼎孳的《上巳将过金陵》、纳兰性德的《金陵》、王友亮的《金陵杂咏》等。而今，咏叹金陵的古诗词已成为乡愁南京的不可或缺的元素。

我们从以上诗词中挑选了纳兰性德的《金陵》，以供赏之。清代词人纳兰性德，原名纳兰成德，避太子保成讳改名纳兰性德，字容若，号楞伽山人，叶赫那拉氏，满洲正黄旗人。他是康熙进士，官一等侍卫，多次随康熙皇帝南巡，对"江南佳丽地，金陵帝王州"有深层次的感悟。他以"金陵"为题，怀想作为"建业""建康"都城的"六朝几兴废"。他对同为词人的南唐后主李煜，更有一种"剪不断、理还乱"的情感。他在诗的最后两句中，联想到了李煜的"故国不堪回首月明中"，以为倘若钟隐（李煜的号）还在，又该如何"回首"呢？

> 金陵
> 胜绝江南望，依然图画中。
> 六朝几兴废，灭没但归鸿。
> 王气倏云尽，霸业谁复雄。
> 尚疑钟隐在，回首明月空。

2018.10.31

春归秣陵树 人老建康城

清代女诗人李清照有首著名的词作《临江仙》，在词中接连点出了南京的两个老名号，一为"秣陵"，一为"建康"。这是何由呢？

临江仙

庭院深深深几许？云窗雾阁常扃。柳梢梅萼渐分明。春归秣陵树，人老建康城。

感月吟风多少事，如今老去无成。谁怜憔悴更凋零。试灯无意思，踏雪无心情。

李清照词意图（明版画）

李清照是于建炎二年（1128年）南渡来到江宁（今南京）的，与时任江宁知府的丈夫赵明诚相聚，次年便写了这首词。那个时期强虏猖獗，国势衰危，社会得不到安定。她写这首词时应是在元宵节之前。尽管"柳梢梅萼"已透露出春的信息，但她无心外出"踏雪""试灯"（元宵节前预赏灯彩），将自己"常扃（关闭）"在"庭院深深"的户内，孤寂与忧愤之情无以复加，"词"由心出，疾笔而喷发。

古代诗人写到南京，多以"金陵"呼之，而李清照偏偏选择了颇具贬义的"秣陵"。"秣陵"，缘于公元前211年，秦始皇废楚金陵邑，改置秣陵县。金，贵为五行之首；秣，则为喂马的草料。秦始皇这么一改，或许也是放心不下金陵有"王气"呀。不过，近日有南京大学教授胡阿祥提出了不同的看法。他在《嬴秦国号考说——兼说秦置秣陵无贬义》一文中指出：秦人祖先以养马得以立国，而"秦"为养马的草谷，所以定国号"秦"；秦人置秣陵，看中的是其地乃东南形胜，并无贬义。当然，这仅是他的一家之说。不管怎么说，"金陵"之名因"王气"而得，又因"王气"而失矣。自此，南京就与"王气"紧密地联系在了一起。

公元212年，孙权将秣陵改名为建业。229年，孙权在武昌（今湖北鄂州）称帝，国号吴，并在这一年夏将都城迁到建业，开创了南京建都的历史。此后，曾有过一次折腾：末代暴君孙皓一度将都城迁回了武昌，搞得劳民伤财、民不聊生，迫使他又不得不还都建业。其间，在民间流传了一则童谣，表达了百姓对孙皓暴政的强烈不满。左丞相

李清照像

陆凯在武昌劝说孙皓时曾引用过这则童谣。后世则将其以《吴孙皓初童谣》之名载入史册。

吴孙皓初童谣
　　宁饮建业水，不食武昌鱼。
　　宁还建业死，不止武昌居。

　　公元280年，西晋灭吴，南北统一。建业由都城沦为了地方性城市，先后改称为秣陵县、江宁县、建邺县等。注意到没有，由东吴的"建业"演变成了西晋的"建邺"，同音不同字。这是历史上惯用的加偏旁贬低法，以表明建邺已不再是都城了。古人的用字还真有讲究。

　　回过头来，再来说在《临江仙》中除了点名"秣陵"外，又点了南京的另一个名号"建康"。"建康"，缘于公元313年为避晋愍帝司马邺讳，改建邺县为建康县。此为"建康"名之始。317年，琅邪王司马睿在建康城重建晋朝，史称东晋。南京再一次成为了都城。此后的南朝宋、齐、梁、陈均以建康为都城。在这一时期，建康城得以快速成长，范围拓展为：西至石头城，东至倪塘（今江宁），南至石子冈，北过钟山，东西和南北各40里。可以这么说，建康城已成为当时全球罕见的大都市，在历史上写下了不朽的篇章。

　　让人有些疑惑的是，李清照在词中何以将遭贬的"秣陵"与辉煌的"建康"并题呢？她来到南京，虽与丈夫赵明诚团圆了，但面对社会的动乱，心情却十分压抑，故以"春归秣陵树"宣示自己的到来。"秣陵"在这里用得极为贴切。那么，"人老建康城"呢？《临江仙》是李清照南渡后，第一首有准确纪年的词作。她写作时还只有46岁，便自觉"人老"，"云窗雾阁常扃"，"踏雪无心情"。在如此状态下，她何以选用了"建康"？是在追怀昔日繁华的建康不在，还是出于其他什么原因？或许她写的就是眼下的"建康"。因在她南渡的那一年，南京尚为江宁府，而写作时正赶上改江宁府为建康府。两个"建康"，两重天呀。这就是古往今来的历史。

　　笔者倒以为，"人老建康城"对南京来说是一个金句，时至今日可作为城市的代言。现在，全国的城市人口趋于老龄化。老年人最宜居在哪里呢？"人老建康城"呀。

　　李清照生活在两宋交替、苍凉沉郁的时代，不幸且又"有幸"。她的丈夫赵明诚任江宁知府没两年，便奉命移赴湖州，在途中尚未到任，又受诏再回建康府，路上染疾，在建康城病逝，年仅49岁。她悲痛欲绝，为丈夫撰写祭文，又握笔写了千古佳作《声声慢》。倘若她没有这般撕心裂肺的经历，恐怕也就不会有《声声慢》了吧。

声声慢

寻寻觅觅，冷冷清清，凄凄惨惨戚戚。

乍暖还寒时候，最难将息。

三杯两盏淡酒，怎敌他，晚来风急。

雁过也，正伤心，却是旧时相识。

满地黄花堆积，憔悴损，如今有谁堪摘？

守着窗儿，独自怎生得黑？

梧桐更兼细雨，到黄昏，点点滴滴。

这次第，怎一个愁字了得！

2018.11.7

孙权据江东（明版画）

二分无赖是扬州

唐代诗人徐凝的诗作《忆扬州》，名扬四海。读这首诗，以为诗人是在忆今日扬州，实际上忆的是古代的南京。

忆扬州
萧娘脸薄难胜泪，桃叶眉长易觉愁。
天下三分明月夜，二分无赖是扬州。

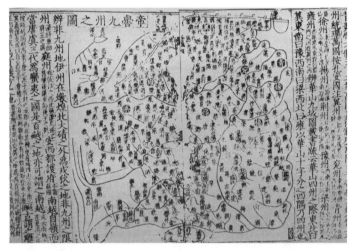

帝喾九州图局部（宋版画）

为何说此诗忆"扬州"，忆的是"南京"呢？这得从"扬州"的由来说起。

相传上古时期，尧舜禹分天下为九州。"扬州"是其一。《尔雅·释地》记："江南曰扬州。"《周礼·职方氏》记："东南曰扬州。"可知，那时候的扬州范围甚大，涵括了淮河、东海以及江南的广阔区域。

汉代设13州刺史，领天下诸郡。扬州为其一，治所初在历阳（安徽和县）、后在寿春（安徽寿县），继而又迁至曲阿（江苏丹阳）。三国时期，扬州一分为二：北部属曹魏，治所在寿春；南部属东吴，治所在建业（南京）。

西晋时，将寿春的扬州治所并入建邺（建业已改称建邺）。东晋和南朝的扬州治所，也均在建康（南京）。南朝乐府民歌有一首存世的《懊侬歌》，唱的就是从江陵（今湖北荆州）行船到扬州（今南京）的途中，船客与船主的对话"逗趣"。

懊侬歌
江陵去扬州，三千三百里。
已行一千三，还有二千在。

民歌是我国文学史上最早出现的诗歌样式。南朝的朝廷设乐府机构，搜集民歌融入乐府，为之演唱娱乐。那时候的扬州治所，就在南京。而现在的扬州，隋朝前属于吴州，曾名广陵、江都等，一直到隋开皇九年（589年）方将吴州改为扬州，设州治于江都。又到了唐武德九年（626年），将扬州大都督府和治所从南京移至江都。自此，"扬州"才有了专属之地。

由此可见，南京曾拥有400多年的"扬州"历史。这段历史说长不长，说短也不短，只不过自从有了专属的扬州后，新旧扬州混淆在了一起，以至于旧"扬州"逐渐淡出了大家的记忆。倒是唐代诗人徐凝不曾忘怀，写下了一首千古绝唱《忆扬州》。

大凡古代诗人咏到南京这座城市，都会用"金陵"的名号而代之。典型的是谢朓《入朝曲》中的金句"江南佳丽地，金陵帝王州"。而徐凝的这首诗，恰恰咏的不是这座城市，倒是这座城市的两位美人。如此说来，他的诗不选"帝王州"的"金陵"名号，而是用了"佳丽地"的"扬州"，也就不言而喻了。

在《忆扬州》中，忆的是哪两位美人呢？一位是东晋时期的"桃叶"，一位是南朝梁的"萧娘"，均为生活在扬州治所的所在地建康城。诗人以"脸薄难胜泪""眉长易觉愁"，追忆了"萧娘""桃叶"与亲人离别时的愁容和心境。

"萧娘"，别误以为是一个美女，而实打实的是一位俊男。他乃南朝梁临川靖惠王萧宏，是梁武帝萧衍的六弟，只因长得过于貌美而柔懦，被北魏戏称为"萧娘"。据《南史·梁临川靖惠王萧宏传》记载："宏闻魏援近,懦不敢近,召诸将欲议旋师。""魏人知其不武,遗以巾帼。"甚至"北军歌曰:不畏萧娘"。"萧娘"的称谓,后来成为专有名词被流传下来,又经多次辗转,还真的变了性,现泛指美貌多情的女子。然而,历史上的"萧娘"非萧宏莫属,已载入史书。现今在仙林新城应天学院的北侧,仍残存着临川靖惠王萧宏墓的石刻,系全国重点文物保护单位。

桃叶与王献之(清版画)

至于"桃叶",就比较有知名度了。她是大书法家王献之的爱妾。王献之曾在秦淮河与青溪合流的渡口迎接桃叶,歌《桃叶辞》(又名《桃叶歌》),传为佳话。那个渡口也因此得名桃叶渡。想来,桃叶即便与王献之有短暂的离别,定然亦"眉长易觉愁"吧。《忆扬州》之所以千古流芳,还在于三、四两句"天下三分明月夜,二分无赖是扬州"。诗人用了"三分""二分"的数字来写月亮,虽不合常理,但给人以梦幻般的向往,效果出奇之好。诗人又以"无赖"二字,报怨月光过于明亮,倍添了思念之烦恼。有趣的是,后人在阅读这首诗时,已抛去诗人的原意,将其作为地方的美景来欣赏。如此一来,最大的受益者当是今日扬州城,以至于"二分明月"成了它的代言。而在南京人眼里,《忆扬州》忆的是南京,也不排斥忆的是扬州,"多大事呀!"今日之扬州,不亦是古代大扬州之一隅吗?这就是南京人,憨厚、大气,具有"博爱"之胸怀。

历代诗人咏南京明月的诗词繁多,例如,"皎皎明秋月"(南朝宋·谢灵运《邻里相送至方山》）、"月下沉吟久不归"（唐·李白《金陵城西楼月下吟》）、"苦竹寒声动秋月"（唐·李白《劳劳亭歌》）、"晚凉天净月华开"（南唐·李煜《浪淘沙》）、"石头明月雁声中"（宋·刘翰《石头城》）、"带月出寒浦"（北宋·梅尧臣《早渡长芦江》）、"仍值月相寻"（北宋·王安石《定林》）、"一轮秋影转金波"（南宋·辛弃疾《太常引·建康中秋夜为吕叔潜赋》）、"廊回斜落月"（明·范景文《朝天宫即冶城山》）、"海东飞上白玉盘"（清·王友亮《金陵杂咏》）、"年年花月总相宜"（清·承培元《卖花声·莫愁湖》）等等，枚不胜数。南京的月亮，被历代诗人描绘得如此多姿多彩，不正是"二分无赖是扬州"的最好注释吗？

2018.11.4

送许拾遗归江宁

"江宁"作为南京的城市名称,始于西晋太康二年(281年),是将临江县改称江宁县,意为"以江外无事,宁静于此"。那时期,江宁因在长江以南,属江外蛮荒之地,与同为蛮荒的西宁、南宁、宁夏等地一样,都有一个"宁"字。朝廷是指望这些地方都不会滋事,能够"安宁"。南京简称"宁",就是因"江宁"而来。

杜甫(清殿藏本)

自"江宁"问世后,曾在多个朝代被多次使用,是使用率最高、时间最长的南京城市名号。唐代就曾两度使用"江宁"。一为贞观九年(635年)改归化县为江宁县。二为至德二年(757年)置江宁郡废县,次年复置江宁县。就是在那一时期,杜甫的同事、好友许八(在家中排行第八)拾遗(官职)"诏许"(受天子恩准)回江宁"觐省"(看望父母)。杜甫在京城为许拾遗送行,写下了这首与南京紧密关联的经典诗作:

送许八拾遗归江宁觐省甫昔时尝客游此县
于许生处乞瓦官寺维摩图样志诸篇末

诏许辞中禁,慈颜赴北堂。
圣朝新孝理,祖席倍辉光。
内帛擎偏重,宫衣著更香。
淮阴清夜驿,京口渡江航。
春隔鸡人昼,秋期燕子凉。
赐书夸父老,寿酒乐城隍。

看画曾饥渴,追踪恨淼茫。

虎头金粟影,神妙独难忘。

这首诗的题目相当之长,既点明了事由,又表明自己早年游过江宁,看到了东晋大画家顾恺之为瓦官寺作画的样稿,期许好友这次能找到样稿的下落。

全诗的开首,就以一连串的敬语及细节,描绘了"诏许""觐省"的社会及家庭生活场景。他甚至想象出友人在淮阴驿站过夜、在京口(镇江)航渡、到家趋庭问安、拜会乡亲及祭神祈福的情景。这是一幅多么生动的风俗画卷呀。诗中又以"春隔鸡人昼",点出在京城天刚亮就会有鸡人(官名)呼早朝,而回到家中可以陪侍父母,一直可以待到"秋期燕子凉"了。此时此刻,他送别许八拾遗的羡慕之情溢于言表。

清代繁华的江宁城(清人绘)

全诗最难能可贵的还是在"志诸篇末"部分,讲到了顾恺之的画稿。这其中有一个有趣的故事:东晋时建康(南京)瓦官寺落成,邀请社会名流行善施舍。捐者络绎,皆不过十万。顾恺之闻之,一口气认捐百万。寺僧劝其量力而行。他则表示绝无戏言,并要求给他留下寺内一堵粉墙。接下来他"遂闭户往来一百余日",终在粉墙上绘出《维摩诘示疾》。令人不解的是,画像虽完成,但画中人物的眼眸尚留白。顾恺之请寺庙张榜:凡首日观画像者请捐十万,次日捐五万,第三日则随意布施。但见首日,他当众为画像中的人物点睛,顿时整幅画像神采飞扬,满寺生辉。为此,捐资者众,很快就突破了百万。顾恺之,字长康,小字虎头,时人昵称"顾虎头"。顾虎头是在金粟庵创作绘画样稿的，留下了"虎头金粟影"。近400年时，杜甫在游江宁时见到了顾虎头的画稿，"看画曾饥渴""神妙独难忘"。为此，他耿耿于怀，在送别许拾遗时仍念念不忘这幅画稿。这是他通过诗词，表达对古人绘画艺术的评判和珍爱，体现了他特具的美学内涵，亦成为中国绘画史上名作鉴赏的重要文献。而今，瓦官寺及金粟庵均已恢复，游人可以前往进香。只不过，顾恺之在瓦官寺的壁画，以及在金粟庵的画稿，不知是哪个朝代就消失殆尽，"追踪恨淼茫"了。

自清顺治二年（1645年）改应天府（南京）为江宁府以来，"江宁"就成了南京城名的"专利"，仅是在太平天国期间中断过（南京在太平天国时称天京或天城），之后又复名，一直延续到清朝终结。著名诗人袁枚曾出任过江宁知县。康熙六年（1667年），拆江南省为江苏、安徽两省。江苏省的省名就是取"江宁府"和"苏州府"的首字合并而来。勿忘国耻的是，中国历史上首个丧权辱国的中英《南京条约》，最初并无此称，仅在清朝官方文献中取名《江宁条约》，因是在道光二十二年（1842年）签约的，又称《道光条约》。至于后来称作《南京条约》，是按西方文献的做法调整的，以免引起无谓的争议。

中华人民共和国成立后，所设的江宁县与南京市毗邻。1958年，江宁县划归南京。2000年，南京市撤江宁县，设江宁区。

2018.11.11

白下西风落叶侵

明末清初的思想家、文学家顾炎武有一首诗作《白下》。白下，就是南京。

白下

白下西风落叶侵，重来此地一登临。
清笳皓月秋依垒，野烧寒星夜出林。
万古河山应有主，频年戈甲苦相寻。
从教一掬新亭泪，江水平添十丈深。

顾炎武是南京的常客，因以明孝陵守陵人自居，还在钟山脚下居住过一段时间，自号"蒋山佣"。那是一个秋天，顾炎武再次来到南京，作旧地重游。他在轻击的清笳中，仰空着夜空。月亮还是那样的明亮，而繁星却似乎闪烁着寒光，犹如他那秋风扫落叶般的心情。他想起了"新亭对泣"的故事。这个故事距他生活的年代已过去了一千多年：西晋首都洛阳失陷，晋怀帝被囚。晋室的一些官僚贵族相聚于南京的新亭。仆射周顗坐而叹曰："风景不殊，正自有山河之异！"众人面向北方，感极而泣。唯丞相王导正色道："当共戮力王室，克复神州，何至作楚囚相对！""新亭对泣""楚囚相对"的成语由此而来。身处明、清之际的顾炎武，想到那样的一个场景，恍如就在眼前重现，触景生情，挥笔写下了这首诗。

南京历代的官方称谓有金陵、建业、建康等，多达近30个，在世界大都市中极为少见。古代诗人书南京，喜用"金陵"代指。而顾炎武写这首诗，则选用了"白下"。

"白下"作为城市名号，始于唐高祖武德九年（626年），是将金陵县改为了白下县。南京曾在唐朝10易其名，折腾得最为频繁。其中的"白下"并不起眼，也只用了不到10年，便又改成了归化县。此后，"白下"再没做过城市名号。也就是说，在南京历史的长河中，"白下"城名仅存活了区区几年。那么，它为何还会被后人用来代指南京呢？

其实，早在东晋时期，曾在幕府山下白石一带修筑了白石垒，使之成为军事防御堡垒。南朝时期又在白石垒筑白下城。据《宋书》载，南朝齐文帝曾于"甲申，车驾于白下阅武"。白石垒及白下城发生过多次战役，尤其是经过齐武帝改造扩建后，还成为南朝政权举行北伐的出征之地。这就难怪"白下"会叫得那么响了。顾炎武写《白下》，可能是因当下"频年戈甲苦相寻"而联想到了白下城。

自从"白下"城名消逝后，城市的门、楼等仍有以"白下"为名的。位于白下门外（今大中桥附近）的白下驿便是一例。古代驿站或驿馆通常设在交通干道上，供公差人员来往住宿休息，亦成为送客之处。白下驿今虽已无存，但留下了唐代诗人王勃的经典诗作《白下驿饯唐少府》。

王勃（清版画）

白下驿饯唐少府

下驿穷交日，昌亭食旅年。

相知何用早，怀抱即依然。

浦楼低晚照，乡路隔风烟。

去去如何道，长安在日边。

王勃是在26岁时由洛阳动身，水路至楚州（今淮安区），沿运河入江后抵江宁（今南京）的。他在江宁结交了一位唐氏县尉（敬称少府）并成为挚友。这首诗是他在"下驿"（即白下驿）饯别唐县尉时写下的。诗中涉及了两个典故。其一，借用了韩信早年因家贫寄食"昌亭"（南昌亭长）的故事，以答谢友人对自己来南京的真诚款待。其二，引用了"日近长安远"

的成语故事：晋元帝司马睿在都城建康（今南京）大殿上，当着众臣的面问年幼的长子司马绍："汝意谓长安何如日远？"答曰："日近。举目见日，不见长安。"这个成语意为对京城遥不可及的眷恋、向往。王勃是获罪被革职离京的。他在南京的白下驿为唐县尉饯行，因友人就要启程去长安谋仕途，而他自己也将远赴交趾（今越南）探望老父。那样一种"去去如何道"的别离心情，既是祝福友人的前途似锦，也流露出自己的失落和怅惘。万万没想到的是，他在交趾探望老父返程时海上遇难，结束了年轻的生命。《白下驿饯唐少府》成为了王勃在南京的"绝唱"，给南京留下了弥足珍贵的文化遗产。

　　由此想到，"白下"作为南京的城市名称，虽说短暂又短暂，甚至可以忽略不计，却留下了深深的痕迹。因为它有历史，有故事，有讲究，无法磨灭。

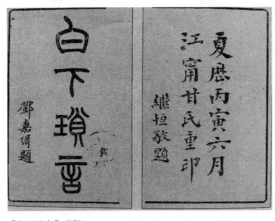

《白下琐言》书影

　　"白下"，不仅出现在古人的诗文中，还有不少文献著作以它为书名。例如清代甘熙的《白下琐言》、汤叙的《白下集》、胡恩燮的《白下愚园集》，民国胡光国的《白下愚园续集》等。民国十六年（1927年）国民政府定都南京，在拓宽城南的中正街时，将其改名为白下路。中华人民共和国成立后，于1955年将原定的第二区改称白下区。2013年3月，白下区并入秦淮区。尽管如此，原白下区仍有不少单位保留了"白下"的名号。

2018.11.16

同居长干里，两小无嫌猜

"青梅竹马""两小无猜"，是两则广为人知、招人喜爱、常被引用的成语。这缘于唐代诗人李白的诗作《长干行》。

"两小无猜"国画私家藏品

长干行

妾发初覆额，折花门前剧。
郎骑竹马来，绕床弄青梅。
同居长干里，两小无嫌猜。
十四为君妇，羞颜未尝开。
低头向暗壁，千唤不一回。
十五始展眉，愿同尘与灰。
常存抱柱信，岂上望夫台。
十六君远行，瞿塘滟滪堆。

> 五月不可触，猿声天上哀。
> 门前迟行迹，一一生绿苔。
> 苔深不能扫，落叶秋风早。
> 八月蝴蝶来，双飞西园草。
> 感此伤妾心，坐愁红颜老。
> 早晚下三巴，预将书报家。
> 相迎不道远，直至长风沙。

李白，是中国历史上伟大的浪漫主义诗人。他是南京的常客，在唐诗中数他吟诵南京的作品最多，写到的景点也最多。《长干行》是他初游南京行走长干里，激发了灵感，创作的一首浪漫的爱情叙事诗。

全诗以长干里的一位商妇为主人公，自叙人生情感的经历。她与邻家男孩"两小无嫌猜"，"折花门前剧（游戏）"；14岁的时候便成了男孩的"君妇"，情窦未开，羞颜向壁；15岁"始展眉"，与夫君相爱炽热，"愿同尘与灰"。俗话说，好花不常开，好景不常在。她16岁时夫君就经商远行，劳燕两分飞。如果说此前她是以"年"记事，那么与夫君分别后，就是以"月"来表达思念之情了。她知道夫君去的方向是长江三峡，一想到那里的哀猿长啸、暗礁"滟滪堆"，不由得担惊受怕。"苔深""落叶"，日子过得无比煎熬，一看到那双飞的蝴蝶，更是伤透了心。她盼望夫君归来前"预将书报家"，好让她"相迎不道远"，哪怕到七百里外的"长沙风"（今安徽安庆东）等候。

诗人李白是从古乐府诗和民歌中汲取养分，写作这首叙事诗《长干行》的。他似乎已走入这位长干里女子的内心世界，将其温柔缠绵的情感描绘得极为细腻，正如清人所编《唐宋诗醇》中对此诗的点评："儿女子情事，直从胸臆中流出，萦回曲折，一往情深。"

唐代诗人崔颢也爱好古乐府诗和民歌，也以长干里为题写了首叙事诗《长干曲》。《长干曲》中也有男女二人，一位船家女，一位男乘客，只不过虽"同是长干人"，但"生小不相识"，是在异乡"莲舟"上邂逅的。全诗16句分成4节，以男女对话的方式展开。第1节是女的听到乡音，便"无嫌猜"地作自我介绍，还询问对方来自何处。其直率泼辣、个性解放的女性形象跃然纸上,在封建社会中很是少见。第2节是男的的回答,确认与她同乡,在"九江"(这里泛指长江下游)讨生活。第3、4节依旧是女的和男的的对话,言语之间流露出相见有缘、与其"独自"不如"相待"的情感。这首诗的意义还在于,反映了长干里的儿女自古就有闯天涯的勇气和魄力。

古越城遗址(清版画)

长干曲

君家何处住,妾住在横塘。
停舟暂借问,或恐是同乡。
家临九江水,来去九江侧。
同是长干人,生小不相识。
下渚多风浪,莲舟渐觉稀。
那能不相待,独自逆潮归。
三江潮水急,五湖风浪涌。
由来花性轻,莫畏莲舟重。

　　在咏南京的古诗词中,有众多首是写长干里的。长干里今在何处呢?六朝时期,秦淮河南北两岸有两个最为繁华的商业、居民区。北岸为长干里,南岸则为横塘。在《长干曲》中,"妾住在横塘",自然就会视长干人为同乡了。古长干里的范围很大，如同清代诗人周宝偀在《长干里》诗中所吟，"长干长干有大小"，"南环白鹭东赤矶"。南京最早的城池"越城"就是在长干里。越城，又叫越王城、越王台，建于公元前472年，是越王勾践灭吴后令范蠡建筑的，故还称作范蠡城。江南首座佛寺"建初寺"，以及赫赫有名的"长干寺"，也都在长干里。唐末、五代时期，杨吴及南唐构筑城墙，将秦淮河分成内、外秦淮，也使得长干里被分割在城墙内外。《长干里》诗中有"而今一半压城里"，说的即是。周宝偀还有一首诗《越城》，记录了昔日的越城及建初寺等寺庙，湮没于长干里荒草烟霭中的景象。

    越城
  禅院风清古迹埋，长干西侧小徘徊。
  一堆土石迷烟草，人踏斜阳问越台。

  而今，虽在南京市区地图上已找不到长干里地名，但只要谈论城市发展的历史，只要吟诵南京的诗词，就不会缺席"长干里"。据了解，南京正在开展"越城"遗址的考古发掘，"建初寺"的复建也在进行之中。而一组充满情趣的"青梅竹马""两小无猜"雕塑，已早早坐落于中华门城墙外、外秦淮北岸的小游园里，供游人赏玩。

2018.11.28

多少楼台烟雨中

李商隐（清版画）

唐代诗人李商隐的七律咏史诗《南朝》，以"蒙太奇"的手法请出几位帝王粉墨作秀，演出了一台南朝饱经兴废的舞台剧，令人唏嘘不已。

南朝

玄武湖中玉漏催，鸡鸣埭口绣襦回。
谁言琼树朝朝见，不见金莲步步来。
敌国军营漂木柹，前朝神庙锁烟煤。
满宫学士皆颜色，江令当年只费才。

全诗开场的两句说的是，齐武帝在"玉漏"（古代计时器）催促下，在"绣襦"（指锦绣短袄打扮的宫女）的陪伴中，到玄武湖、鸡鸣埭晨猎，好不潇洒。接下来讲的是，齐东昏侯下令将黄金雕成莲花贴地，让潘妃踏上去"步步莲花"。再讲到了陈后主置"前朝神庙"（祭祀的祖庙）于荒废，整日沉湎在"琼树"（《玉树后庭花》乐曲）靡靡之音中，甚至把江总这样的重臣当作"废料"，而封"颜色"（指宫中美女）为学士。即使"敌国"（指隋朝军队）建造众多战船，故意将"木柿"（造船的废木片）抛入江中，让它们沿江而下威慑于他，他也视而不见，迎来的自是"一片降旗百尺竿"了（引自李商隐《咏史》）。李商隐的这么一首《南朝》，值得反复咀嚼，虽有些沉重，然发人深省。

　　与李商隐同时代的诗人杜牧，也有首诗写南朝的诗作《江南春》。这首诗读起来朗朗上口，轻松愉悦，又让人忍不住往深处琢磨，领会其中的善良热讽。

　　　　江南春
　　千里莺啼绿映红，水村山郭酒旗风。
　　南朝四百八十寺，多少楼台烟雨中。

　　全诗虽是4句，但信息量相当之大。开首两句写的是南京的自然风光，很美很美，不愧题为"江南春"。后两句忽而从唐朝穿越到了南朝，给人以追逐旧梦般的感觉。"南朝四百八十寺，多少楼台烟雨中"这两句诗看似都在写佛寺，其实未必。那时期除皇家佛寺外，绝大多数寺庙都小而又小，构不成"多少楼台"。诗中的楼台，更多的应是指宫廷以及达官贵人的建筑。南朝的建康宫，是在孙吴的台城基础上修建的，搞了许多殿宇，还建了东宫。齐东昏侯更是大兴土木，砌建了仙华、神仙、玉寿诸殿。这些殿宇全部刻画雕彩、麝香涂壁，奢尽华丽。台城的位置大约是以今大行宫地区为核心，东到六朝博物馆一线，西到邓府巷旁，北至如意里，南至游府西街小学。除了建康宫及东宫外，台城的内外也兴建了大批宫室。刘宋建有亲蚕、弘训、长乐等诸宫，齐代建有宣德、青溪及世子宫，梁代建有安德、金华、江夏等诸宫，陈代建有弘范、慈训、东安等诸宫。这恐怕才是诗中描绘的"多少楼台"吧。

　　以往之所以将"多少楼台"误指为寺庙，是因为注意力都聚焦到了"南朝四百八十寺"。南京自东吴建江南首座佛寺"建初寺"以来，佛教盛行，寺庙丛生，尤以南朝最为鼎盛。只不过，诗中的"四百八十寺"并非是实数，仅为一种艺术修辞。后来有人竟然收索资料，将480寺一一罗列了出来。其实，据现代学者考证，那时期南京的寺庙远不止这个数，足有七百余座之多，堪称"佛都"。

南京佛教在明朝也相当盛行，典型的代表是皇家大报恩寺和琉璃塔。塔，梵文音译为"堵波""偷婆"等，初为供奉释迦牟尼舍利的半圆形墓冢。有意思的是，外来的"堵波"一经入境，便与中国式楼阁相结合，变身成一种新颖的高层建筑，命名为"塔"。"塔"字，在原先的汉字中并无此字，就是因"堵坡"中国化而私订的创新字。大报恩寺琉璃塔，高约78米，九级八面，外八内方，砖木结构，是一座典型的江南楼阁式建筑，被誉为"天下第一塔"。它的名声远扬海外。荷兰人约翰·尼霍夫（1618—1672）曾在清顺治十一年（1654年）访问过南京，并在《尼霍夫游记》中，为大报恩寺琉璃塔这无与伦比的杰作赋诗一首：

杜牧诗意图（明版画）

　　"虽然这骄傲的建筑堪比七大奇迹，
　　它们都是远古时代对这世界的挑战；
　　你那金殿的光辉却令我颤栗，
　　啊！南京，在此上帝的名字还未被召唤。"

美国诗人郎费罗（1807—1882）也曾写过一首赞美诗：
　　"位于南京的近郊，你看
　　那座瓷塔，奇异而且古老，
　　高耸入云天。
　　它九层彩绘的楼台，
　　有着枝叶盘绕的栏杆
　　和层层衬着瓷砖的塔檐。
　　上头悬挂的瓷铃无时无刻

响着轻盈柔和的乐铃声。
同时整座塔的闪耀
多彩多姿的烨烨烂漫，
完全融入一个缤纷的彩色世界，
就像阳光照耀下花团锦簇的迷宫。"

令人扼腕的是，大报恩寺琉璃塔在太平天国的战火中被毁。它的举世无双的身躯虽已倒下，但已永远载入历史文献中，亦留存在了中外绘画和诗歌中，给了人们丰富的想象空间。2008年，考古学家在大报恩琉璃塔下的原长干寺地宫中，发现了佛祖释迦牟尼顶骨舍利，举世为之震惊。2015年大报恩寺遗址公园建成，并立起一座九层轻质保护塔，对地宫原址加以保护，亦供游人观赏。

现代的南京，山水城林，广厦林立，璀璨似锦。假如唐朝的杜牧穿越到来，恐怕不止于再用"多少楼台"而歌了吧。

2018.11.25

瞻园风帘入图画

上一篇说了金陵的"多少楼台"及"塔",此篇讲一讲"园"。

中国古典园林集自然美、建筑美、绘画美和文学美为一炉。其造园艺术经历了从模山范水到写意山水,从师法自然到高于自然的发展轨迹,至明清达到了炉火纯青的境地。

早在六朝,南京的宫廷苑囿就很是繁荣,以华林园最具代表。华林园,取自洛阳旧都的园名,位置在今鸡笼山及市政府机关大院一带。它起自东吴,历经东晋和南朝,与整个六朝相始终,有"六朝第一名园"之称。宋代有位诗人叫曾极,曾因作"九十日春晴景少,一千年事乱时多"的诗句,在江湖诗案中被指为谤毁时政遭贬。他写过一首《华林园》,录之。

华林园

羽葆来临鼓吹停,华林畅饮倒长瓶。

万年天子瞢腾眼,错认长星作酒星。

皇家园林除外,这里主要是讲私家园林。六朝的私家园林大体分布在玄武湖、钟山等山水周围。比较有代表的是西园。那是东晋宰相王导听取风水先生意见,将冶城山(今朝天宫所在地)扬尘的工坊迁移,在其址上建设的,可视为早期环保的故事了吧。

王安石词意图(明版画)

自隋文帝灭陈，将南京"平荡耕垦"后，六朝园林消失殆尽。在隋唐宋元的数百年间，随着南京城市地位的下落，私家园林显得十分平淡，名园更是寥若晨星。其中，值得称道的有宋代王安石的半山园。

王安石曾先后居南京20余年，三任江宁知府，又两次进京拜相，是一位具有传奇色彩的人物。他在第二次离开钟山进京拜相时，沿途在瓜洲中转，写下了著名的《泊船瓜洲》。"瓜洲"今属扬州，与"京口"（镇江古称）隔长江相对。王安石取道京杭运河前往京都，就是从这里入水的。诗中有"京口瓜州一水间"句，有趣的是，如今的"京口瓜洲一水间"，已架起了一座润扬长江大桥。

泊船瓜洲

京口瓜洲一水间，钟山只隔数重山。

春风又绿江南岸，明月何时照我还。

诗中的后两句，成为了世代传诵的金句。尤其是诗中的"绿"字，既表达了王安石重返政治舞台、推行新政的抱负与信念，也流露出他对"钟山"故地的怀念之情。

王安石罢官后，选择在南京城东门与钟山各七里的半道上建园隐居，取名半山园。他为官时清廉俭朴，退下来建半山园已然。他亲手栽植树木，"扶疏三百株"，又"凿池构吾庐"，还"沟西雇丁壮"，开凿水渠与青溪相连通，并写诗道："屋绕湾溪竹绕山，溪山却在白云间。"王安石就是在如此幽静的半山园里，享受着闲居生活。他又写有一首《浣溪沙》，表达了自己怡然自得、脱俗出尘的心境。

王安石（清殿藏本）

浣溪沙

百亩中庭半是苔，门前白道水萦回。爱闲能有几人来。

小院回廊春寂寂，山桃溪杏两三栽。为谁零落为谁开。

王安石晚年舍园宅为寺，寺庙被宋神宗敕赐名"报宁禅寺"，而民间则称之为半山寺。半山寺到了明初因筑城墙日渐废圮。其遗址在今海军指挥学院内,被列为市级文物保护单位。

南京的私家园林在明清时期重启繁华,佳作迭出。民国陈诒绂等写的《金陵园墅志》中辑录的明朝私家园林超过了130座。其中,中山王徐达及其后裔的园林就有10多处。除徐氏园林外,著名的还有汉王朱高煦(一说为陈理)的遁园、姚涮的市隐园、徐霖的快园、顾璘的息园、朱之蕃的小桃源、顾起元的遁园、阮大铖的石巢园等。《金陵园墅志》辑录的清朝私家园林数量比明朝还要多,其代表有李渔的芥子园、孙星衍的五松园、马士图的豆花庄、陈作霖的可园、刘文陶的刘园、袁枚的随园、蔡钧的韬园等。有的名园如追溯前身,亦是源于徐氏园林,例如白鹭洲,最早为徐达的东园;愚园,则为徐达五世孙魏国公徐傅的别业,在咸丰年间毁于战火,后被江宁织造幕僚胡恩燮购得,于旧址重建;莫愁湖,也曾是徐氏后裔徐九公子的私家园子。这里,得特别表一表有"金陵第一园"之称的瞻园。

瞻园,原为徐达的西园,当时称作魏公西圃,至明末被其裔孙六岳老人改为此名。乾隆二十二年(1757年),乾隆皇帝第二次南巡驻跸于此,为其题写"瞻园"匾额,使其名声大盛。"浙西六家"词人常在瞻园雅集,园中的景致自然成为吟唱的主题,留下众多词作。这里选沈皡日《惜红衣·题瞻园》为代表。

惜红衣·题瞻园

如此亭台,云根水曲,最宜清夜。淡月疏烟,风帘入图画。骚人词客,应两两海棠花下。幽雅,红萼翠尊。尽今番潇洒。

小桥欹榭,高木参差,碧桃又低亚。玉兰几树,琼香动平野。梦想十洲三岛,好与此间描写。倚碧阑星影,记向蕊珠归也。

瞻园随着时代的变迁,有过多次修建,功能也有过多次变换。它在清代一度是江宁布政使司署,太平天国时期曾为东王杨秀清及幼西王萧有和的王府,北洋政府时期用作江苏省省长公署,北伐后被内政部征用等。中华人民共和国成立后,瞻园回归社会,先后对园林进行了三次大的整修,同时内设太平天国历史博物馆,供游人参观、游览。

2018.12.3

登赏心亭忧时意

亭,是一种古老的建筑样式,与古诗词具有的"音乐美、建筑美、绘画美"紧密联系。

亭最早称作"亭燧",又称"亭堠"或"亭候",通常置于边防要塞,类似于碉堡。秦汉时在交通要道上,大致每十里建有一亭。每亭设亭长,为其配备刀剑、弓弩等武器,负责地方治安,是朝廷的末端组织职务,相当于派出所所长。刘邦就曾担任过泗水亭的亭长。亭继而成了"迎饯"的佳地。所谓"十里长亭",泛指"送别"的地方。

《园冶》中云:"亭者,停也,所以停憩游行也。"亭之所以越来越有生命力,是后来被移植到了园林,使其大放异彩。上一篇说到沈皞日所作《惜红衣·题瞻园》词,开首便是"如此亭台",可见亭在瞻园中的艺术魅力。

说到南京的古亭,最具知名度的是劳劳亭和新亭。此两亭尽管早已不存,但通过古诗词的传播,总还能让人感到是那么的鲜活。

李白春夜宴桃李园(清人绘)

劳劳亭，又称"临沧观""望远楼"，在雨花台的西岗。西岗古代又叫劳劳山。它始建于东吴，是古代送别之所。劳劳，意为告别时举手相招。汉乐府《孔雀东南飞》中有"举手长劳劳"句。古汉语"劳"通"辽"字，亦有目送远望之意。唐代诗人李白曾作诗《劳劳亭》《劳劳亭歌》两首，择其一。

劳劳亭
天下伤心处，劳劳送客亭。
春风知别苦，不遣柳条青。

古人送别时习惯折柳寓情。"柳"为"留"的谐音。诗中状物拟人，让春风深知离别之苦，以至于不教柳条返青，把客人留住。这首诗虽寥寥4句，却与众不同地道出了离别时的复杂情绪，甚是精彩。清代画家、诗人郑板桥也写过一首"劳劳亭"词。他的这首词多少受李白《劳劳亭》的启发，又反倒让西风"逼成衰柳"，亦是折不了柳、欲留下客之意。

念奴娇·劳劳亭
劳劳亭畔，被西风一吹，逼成衰柳。如线如丝无限恨，和风和烟。江上征帆，尊（注：同酒具"樽"）前别泪，眼底多情友。寸言不尽，斜阳脉脉凄瘦。

半生图利图名，闲中细算，十件常输九。跳尽胡孙（注：同猢狲）妆尽戏，总被他家哄诱。马上旌旄，街头乞叫，一样归乌有。达将何乐？穷更不如株守。

新亭，位于劳劳亭之北，亦是六朝古亭。在"白下西风落叶侵"一文中，讲到了历史上盛传的"新亭对泣""楚囚相对"的掌故。新亭由此而名声大噪，流传的古诗词较之劳劳亭更多。诗人李白不仅写了《劳劳亭》，也写了《金陵新亭》。

金陵新亭
金陵风景好，豪士集新亭。
举目山河异，偏伤周颉情。

　　　　四坐楚囚悲，不忧社稷倾。
　　　　王公何慷慨，千载仰雄名。

　　李白的这首诗，像是在再现古"新亭对泣"的故事，充满了正能量。且看周颛等晋室老臣，从洛阳移居南京相聚新亭，"举目山河异"而泣，唯"王公"（即王导）慷慨正气，令后人"仰雄名"。

　　说到南京的古亭，不得不提"赏心亭"。它位于秦淮河北岸下水门（今水西门）城上，始建于南朝梁代，后毁于兵燹，至北宋年间由昇州（南京）丁谓再建，又在南宋年间由建康（南京）知府重建。时过境迁，现在大家看到的外秦淮河畔赏心亭，已仅是仰其名新建的仿古建筑。

　　赏心亭之所以给世人留下永久的记忆，与几位爱国诗人在亭上吟诗人有关。其一为南宋诗人陆游，作《登赏心亭》。

陆游（清人绘）

登赏心亭

蜀栈秦关岁月遒,今年乘兴却东游。
全家稳下黄牛峡,半醉来寻白鹭洲。
黯黯江云瓜步雨,萧萧木叶石城秋。
孤臣老抱忧时意,欲请迁都涕已流。

陆游所在的南宋年代,金兵南侵,朝廷主战派与主和派斗争激烈。主战派主张迁都建康(南京),主和派意见则定都临安(杭州),结果是主和派占了上风。陆游奉诏从巴蜀沿江下"黄牛峡"(西陵峡中段),至瓜步山(在六合境内)在建康中转,赶赴都城临安。这是他第三次途经南京,在赏心亭上壮志难酬地写了这首诗。他十年前就曾上书"迁都建康",而今事与已违,过了这么多年仍为此"忧时意""涕已流"。亭名为"赏心",实则伤心呀。

另一位主战派代表辛弃疾,曾在赏心亭写有《水龙吟·登建康赏心亭》《菩萨蛮·登建康赏心亭为叶丞相赋》《念奴娇·登建康赏心亭呈留守致道》3首,倾诉自己报国无望的悲愤之情。录其中最为著名一首如下。

水龙吟·登建康赏心亭

楚天千里清秋,水随天去秋无际。遥岑远目,献愁供恨,玉簪螺髻。落日楼头,断鸿声里,江南游子。把吴钩看了,栏杆拍遍,无人会,登临意。
休说鲈鱼堪脍,尽西风,季鹰归未?求田问舍,怕应羞见,刘郎才气。可惜流年,忧愁风雨,树犹如此。倩何人唤取,红巾翠袖,揾英雄泪?

作者在词的下阕接连用了3个典故:"鲈鱼堪脍",说的是晋人张翰(字季鹰)在洛阳做官时想起家乡吴中的美味,弃官而归;"求田问舍",是说刘备责备许汜在国难之际只想到置田购房,为君子所不耻;"树犹如此",是指东晋桓温在北伐归途中,看见当年手植的柳树长得又高又大,叹曰:"木犹如此,人何以堪?"他是借这些典故来宣泄自己不轻弹的"英雄泪",只有"倩"(请托)"红巾翠袖"(代指女子)来"揾"(擦拭)了。

亭,作为中国传统的建筑小品,多么赋有人文情怀呀。

2018.12.26

牧童遥指杏花村

在南京外秦淮北畔的一隅处,有心人塑了一座"牧童遥指杏花村"的铜像。这取材于唐代诗人杜牧的诗《清明》。

清明

清明时节雨纷纷,路上行人欲断魂。
借问酒家何处有,牧童遥指杏花村。

铜像中的牧童指向的杏花村在哪里呢?明代顾起元在《园居杂咏》诗中云:"杏花村外酒旗斜,墙里春深树树花。"这更加明确杏花村就是个酒家。民国《首都志》里写有:"南京杏花村'谓杜牧之沽酒处,信然。'"显然,南京确有这个酒家,而且就是《清明》一诗中所指的杏花村。至于杏花村的具体位置,应与始建于晋朝的瓦官寺有关。明代焦竑在《重建凤游寺碑记》里记载:"另开一境,崇岗曲折,林麓蓊然为杏花村。"凤游寺的前身即为瓦官寺。杏花村的周围环境,也确如"碑记"中所记"林麓蓊然"。清初诗人余宾硕在《金陵览古》中云:"至杏花村,春时花烂如霞蒸,中多名园……"清代金陵48景则将它列入其中,题为"杏村沽酒"。而今,虽说已将凤游寺复名瓦官寺重建,但仍沿用着凤游寺的街名。也就是说,杏花村是在今门西

金陵城西南杏花村(清版画)

凤游寺一带。

有趣的是，现在全国至少有十几个地方都在争"杏花村"的名分。怪就怪杜牧在《清明》一诗中并未明示"杏花村"究竟是在何处，而这首诗的气场太大，以至于为此争名。"杏花村"之争，也引起学术界的讨论，认为相对疑似的有两处：一为安徽贵池，可能与杜牧在宣州做过官有关；另一处在山西汾阳，因那里有杏花村地名，又产汾酒。然而，没有任何史料表明杜牧去过这两个地方。即使是汾阳的杏花村地名，也说不清是在哪个朝代命名的。倒是杜牧多次到过南京，写过多首诗词。其中的《江南春》《泊秦淮》与《清明》属同一个系列，应该是杜牧同一次游南京所作。据了解，近来秦淮区拟结合门西的环境综合整治，再现"杏村沽酒"的胜境。有一种旅游景观，叫无中生有。而"杏村沽酒"拒绝无中生有，是旧景再现，很值得期待。

在唐朝，南京著名的酒家除了杏花村以外，还有不少。最为突出的数孙楚酒楼。这座酒楼非常独特，是世界上寿命最长的酒家。它位于西水关一带，始建于晋朝。据说当时的太守孙楚常到这里喝酒吟诗，于是店主干脆就把它命名为孙楚酒楼。孙楚酒楼世世相袭，代代相传，尽管有过几次损毁，随即又会得以重建，直至清代仍鲜活着，被列入清金陵48景之中，题为"楼怀孙楚"。

李白醉饮图 清版画

孙楚酒楼之所以经久不衰，其中一个原因是诗人李白的诗与酒。李白不仅是诗仙，也是酒仙，一生"钟鼓馔玉不足贵，唯有饮者留其名"。他每每游南京，都要到孙楚酒楼饮酒作诗。他所作的《金陵城西楼月下吟》是流传甚广的名篇。诗题中的"城西楼"就是孙楚酒楼。他还有一首诗，题目长得离谱，多达43个字，概述了他通宵达旦喝酒的全过程，简直帅呆了。这首诗题相当之长，为《玩月金陵城西孙楚酒楼，达曙歌吹，日晚乘醉著紫绮裘、乌纱巾，与酒客数人棹歌秦淮，往石头城访崔四侍御》。

昨玩西城月，青天垂玉钩。
朝沽金陵酒，歌吹孙楚楼。
忽忆绣衣人，乘船往石头。
草裏乌纱巾，倒披紫绮裘。
两岸拍手笑，疑是王子猷。
酒客十数公，崩腾醉中流。
谑浪棹海客，喧呼傲阳侯。「阳侯：古之诸侯。」
半道逢吴姬，卷帘出揶揄。「吴姬：金陵女子。」
我忆君到此，不知狂与羞。「君：指诗题中的崔侍御。」
一月一见君，三杯便回桡。「桡：桨」
舍舟共连袂，行上南渡桥。
兴发歌绿水，秦客为之摇。「绿水：古歌曲。」
鸡鸣复相招，清宴逸云霄。
赠我数百字，字字凌风飙。
系之衣裘上，相忆每长谣。

李白豪饮如此疯狂，如此既俗又雅，在这首诗里表现得淋漓尽致，堪称中国饮酒第一人。他25岁时第一次出川远游，在南京逗留了不少日子，就作有《金陵酒肆留别》。诗中虽没有点明"酒肆"在哪里，但想象一下很可能就在孙楚酒楼。也许从那一次起，他就成了孙楚酒楼的常客，甚至有人一度将其称作"太白酒楼"。

孙楚酒楼所在的西水关地带商贸繁华，尤其是明朝时期酒肆众多，著名的有江东、鹤鸣、醉仙、集贤、乐民、南市、北市、轻烟、翠柳、梅妍、淡粉、讴歌、来宾、鼓腹、重泽、叫佛，称作"花月春风十六楼"。孙楚酒楼虽不在这"十六楼"之列，但因名诗使其永葆青春，是无冕之冠。清代诗人陈文述又曾以《孙楚酒楼》诗一首，唱出了这座酒楼的前身今世。

　　　　　孙楚酒楼
　　　秋色三山雨，江流六代烟。
　　　偶谈孙楚事，因过酒楼前。
　　　花月唐天宝，风流李谪仙。
　　　凭阑同一醉，高咏二千年。
　　孙楚酒楼"高咏二千年"，终在清咸丰年间毁于一旦，实在太可惜了。了解了孙楚酒楼的历史，倒是萌发了一个想法：像这样的一座千年老店，而今如能疏理其文化，匠心打造，使之重现江湖，那将是件很了不得的事呀。

2018.12.2

品读南京

笔者与南京大学章锦河教授（中）、吴小根教授（右）在《中国旅行社南京回顾展》展会上。 摄于2018.10.16

去年7月，应南京大学国土资源与旅游系章锦河教授约请，计划前去做一次关于南京城市肌理的讲座，后因时间安排问题未能成行。

当时，为准备那次讲座撰写了文稿。现在回过头来看此文稿，以为不仅内容丰富，亦颇有些许新颖的观点，是我对南京旅游文化研习的一个小结。为此，将文稿做了一番整理，冠以"品读南京"呈现给读者。

"品读南京"共分6个部分，即"南京的城市名号""南京的城墙""南京的建筑及马路""南京的人物塑像""南京的佛寺""南京的'非遗'"。实际上，第二、三、四均应属于城市建筑的大的范畴，只因内容太丰富，将其分开来予以单列。

这里还需说明的是，此文稿原为讲座准备，说是"品读南京"，其实仅品读了一些"皮毛"，有太多太多的缺项和遗憾，敬请谅解。

一、南京的城市名号

说到南京这座城市的肌理，首先想谈一谈它的历代名称。

南京历代的名称，按现今市域来看，前后出现过70多个。这不仅在国内的历史文化名城中绝无仅有，在国际大都市中也极为罕见。

南京历代的名称，按其等级可分为国都名、州名、府(郡)名、县名四级。例如扬州，在汉末六朝时期曾是它的州名，在唐朝一度是它的府名。

南京历代的名称，按来源可分官方的和民间的两大类。官方的有金陵、秣陵、建业、白下、扬州、丹阳等，近30个。民间的有秦淮、钟山、白门、江城、南都、虎踞龙盘、江南佳丽地等，在40个以上。这些名号大多是在改朝换代过程中，统治者根据自身好恶命名的，有的与其地理位置有关，也有出自文人墨客之笔及平民百姓之口的。在这些称谓中，也就难免有褒有贬，或为中性。正能量的有建业、建康、昇州、集庆、应天等。贬义的有秣陵、建邺、归化等。请注意，此"建邺"非彼"建业"也。吴王孙权在南京建都，命名建业，意为建立帝王大业。西晋时，吴都建业的"业"字被加了个耳朵，成为"建邺"，是沿袭了历史上惯用的加偏旁贬低法，

笔者与南京旅游学会成员召开工作会议　　摄于2014.10.24

以表明"建邺"已不再是都城建业了。

南京拥有这么多的称谓，反映出政权或王朝更迭的频繁，城市建置沿革的多变，以及城市成长的肌理。这里不妨挑两个城市名称来说一说。

先来说说"金陵"。

南京历代有那么多的名称，为什么非得专门讲一讲金陵呢？因为金陵在南京的历史上，是第一个具有行政区治性质的城市名称。这是公元前333年，楚威王灭越后在今清凉山（也包括石头城）修筑城邑命名的，曰金陵邑。

春秋战国时期的南京，处于"吴头楚尾"之地，因吴、楚两国之间战争不断，时而成为吴国疆土，时而又是楚国的领地。吴国与东邻的越国亦是战事频繁，相互并吞。为此，在讲金陵名号之前，还得提一下更早的冶城和越城。

公元前495年，吴王夫差利用南京及周边的矿产资源，在今朝天宫后山设立了冶城，铸造兵器。所谓冶城，仅是一个围有土墙的"百工作坊"。因冶城依山而围，所以朝天宫后山也就被称作"冶山"或"冶城山"。这座冶城一办就办到了东晋时期。有一年，家住乌衣巷的宰相王导在院子里纳凉，恰逢刮来大风，将冶城的扬尘和浓烟带了过来。王导被熏得够呛，久病不起。风水先生掐指一算，对王导说："君本命在申（西南方），而申有冶，金火相烁，不利。"王导于是就下决心将冶城迁到了石头城东，并把原址改作了私家花园，称作西园。这是一则有关古代风水的逸文，而我以为更是环保的故事。雾霾之害，古已有之。王导将冶城迁移，称得上是在治理环境，只不过治标不治本而已。其实，我们在开展环保的初期也是这么做的，总会有这样一个过程。

再来说越城，是吴越之争的产物。越王勾践败给吴国后"卧薪尝胆"，终在公元前473年将吴国彻底灭掉。次年，也就是公元前472年，勾践令范蠡筑城于今中华门外长干里。这是南京最早的一座城池，叫越王城、越王台，史称越城，后来又俗称范蠡城。这座城池建有范蠡宅邸，驻扎着军队，周长"二里八十步"，相当于1200多米，呈正方形，算起来占地近1000平方米。勾践筑越城是有战略考虑的，"以镇江险"，巩固后方，达到逐鹿中原的目的。实际上，越城在六朝的很长一段时期均发挥了一定的作用。至隋灭南朝陈，建康城池被夷为平地，越城亦就此湮没。据说，越城直至清代尚有遗迹，有清文人周宝偀《越城》一诗为证："禅院风清古迹埋，长干西侧山徘徊。一堆土石迷烟草，人踏斜阳问越台。"越城，成了南京第一座有确切年代可考的军事古城，对城市的变迁和发展均有很大的影响。

虽说人们上溯南京城的历史，通常从越城的兴建算起，金陵方为最早的行政设置，也就成了南京的发端。

想当年楚威王何以将自己修筑的城邑命名为金陵邑？

唐代《建康实录》载，"因山立号，置金陵邑"。在春秋战国时期，以山名命邑名是一种惯例。楚威王选择今清凉山置邑，是因当时的长江还在清凉山的西麓下流过，有临江控淮之险要。而清凉山是南京群山之首的钟山余脉。钟山古称金陵山。"因山立号"是取脉之主峰金陵山之名。

金陵的由来还有一说："金坛得名"。这也是依《建康实录》载："楚之金陵，今石头城是也，或云地接华阳金坛之陵，故号金陵。"当时的茅山有一峰名金坛，道家的华阳天宫便坐落于金坛之陵。而南京之山，为茅山山脉的余脉，即宁镇山脉的一部分。这也还是以相邻地名来取号的。不过，"实录"中用了"或"字，并不自信。这种说法很少被人提及。

金陵之由来，流布最广的倒是民间传说。

相传楚威王在南京筑城设邑，因看出此疆土包藏王气，就在城下深埋黄金，以金克土而镇之，所以取名金陵邑。这种"埋金"说，越说越真，以至于宋代《景定建康志》作了这样的记载："周显王三十六年，楚子熊商败越，尽取故吴地，以此地有王气，因埋金以镇之，号曰金陵。"也有拓展"埋金"说的。据说埋入地底下的是若干个用金子做的小人，故称金陵。埋在钟山，就叫金陵山；埋在幕府山西为金陵岗；埋在清凉山曰金陵邑。这当然都是后人的附会。

又传公元前210年，秦始皇第五次东巡至钱塘江，返回时在金陵栖霞山下的江乘渡江。有风水谋士相告：500年后金陵有天子气。秦始皇遂"凿方山，断长陇以为渎"，以泄王气。这期间也有"埋金"说，说的是秦始皇驻跸江乘，登临栖霞山眺望，见眼前紫气升腾，疑百年前楚威王所埋之金未能镇住王气，下令再次埋金。尽管是传说，但《景定建康志》做了这样的记载："父老言秦厌东南王气，铸金人埋于此（指后称金陵岗之地）。昔有一碣：不在山前，不在山后，不在山南，不在山北，有人获得，富了一国。后因砌靖安路而失之。"也有野史云，秦始皇是诡称在山中埋金。这么一来，淘金之人"遍山而凿之，金未有获，而山之气泄矣"。现在看来，秦始皇埋金或诡称埋金也好，开凿方山引淮水泄王气也好，均不足为信。而可信的是秦始皇对金陵的王气确实放心不下，于是将金陵地名改为秣陵。金，贵为五行之首；秣，则为喂马的草料。秦始皇的这一改，其昭然之心显露无遗。秣陵，成为南京的一个贬义名号。不过，南大历史系教授胡阿祥提出了不同的看法。他在《嬴秦国号考说——兼说秦置秣陵无贬义》一文中指出：秦人祖先以养马得以立国，而"秦"为养马的草谷，所以定国号"秦"；秦人置秣陵，看中的是其地乃东南形胜，并无贬义。这是他的独家之说。

无论怎么说，"金陵"之名因"王气"而得，又因"王气"而失矣。自此，"金陵"与"王气"就紧密地联系在了一起。

也别说，"500年后金陵有天子气"的预言，尚未到500年就兑现了。公元229年，东吴大帝孙权将都城从武昌迁到了南京。这是历史上第一次在南京建都。之后，先后又有9个王朝以南京为都城。真不知是风水谋士预测了历史，还是先有历史再杜撰传说的。还有一个历史事实很值得玩味：尽管南京有"十朝都城"之称，但在南京称帝的王朝很快又都昙花一现。这是否与"埋金镇王气"有关呢？

金陵自改称秣陵后，城市名称随着历史的变迁一改再改，只是很少再有"金陵"身影了，即使有，城市的级别低，使用的时间也短。例如，唐代设有金陵县，仅用了一年。又如，五代时有过金陵府，也只用了三十多年。这里还有个小花絮。袁世凯竟也很看重"金陵"，于民国三年（1914年）在这里设金陵道，下辖江宁、句容、溧水、高淳、江浦、六合等11县，一直到国民政府定都南京而废止。

金陵，虽说在南京历代城市名号中仅使用了150余年，但始终代表着这座城市的称谓。历代诗家词人吟到南京，也总会诉"金陵"一词于笔端。南朝齐的谢朓作《入朝曲》，云："江南佳丽地，金陵帝王州。"唐代李白以《金陵》为题，咏诗三首，中有"地接帝王宅，山为龙虎盘。金陵空壮观，天堑净波澜"。明代高启题诗《登金陵雨花台望大江》："秦皇空此瘗黄金，佳气葱葱至今王。"而今，咏叹金陵的诗词已成为乡愁南京的不可或缺的元素。

我还注意到一个有趣的现象：上世纪五六十年代，南京有不少企业以"金陵"或"石城"为名号。凡前者都很兴旺，而后者往往不怎么景气。个中原因还真有点说不清。最为典型的是，1983年金陵饭店建成开业，30多年来步步向上，是南京形象的代表之一，亦成了全国旅游饭店中的一项皇冠。这是我们南京旅游人的骄傲。

说毕金陵，就得说说南京的来历了。"南京"的名号，意思很直白，就是南方的京城，或京师。京师是古代对首都的称谓，即皇帝和中央政府所在地，全国政治、经济、文化的中心。战国《公羊传》对"京师"做了这样的解释："京师者何？天子之居也。京者何？大也。师者何？众也。"

笔者在《中国旅行社南京回顾展》开幕式上致辞　　摄于2018.10.16

天子之居，必以大众言之。"

这里还得做个补充说明：南京的"南"字，虽是个方位词，但并不就是我们现在所讲的南方；"京"字也未必等同于"京师"，而是另有多种因素所致。为什么这么说呢？

历史上至少有8个城市曾叫南京。第一个称作南京的是镇江。那是在东晋时，晋元帝司马睿以建康（今南京）为都，又以京口（今镇江）为"南徐州京口"，以安置北方来的移民。这个南徐州京口被简称为南京。南京栖霞寺保存着一方《明征君碑》，是全国重点文物保护单位。此碑上载唐高宗李治为纪念栖霞寺创建人、南朝齐隐士明僧绍撰写的碑文，中有"凌江迥憩，遂屆南京"。这里的"南京"显然指的是镇江。唐代诗人杜甫作《梅雨》，中有"南京犀浦道，四月熟黄梅"诗句。这里的"南京"则是指成都。这是因唐玄宗避"安史之乱"，逃至蜀郡（今成都），改其名为成都府，并以此为"南京"的。历史上称作南京的还有辽宁辽阳、河南商丘、河北卢龙、河南开封等。北京在辽朝也一度改称"南京"。可见，南京与北京是很有缘分的。

今天的南京，是历史上第8处、第10次以"南京"命名的城市。自此，再没有他地叫过"南京"了。

话说元顺帝至正十六年（1356年），朱元璋率领红巾军攻占了江南重镇集庆路（今南京），将其改名为应天府，自称吴王。"应天"之意，"上顺天命，下应人心"也。洪武元年（1368年），朱元璋在应天府称帝，并颁布《立南京北京诏》："奉天承运，皇帝诏曰……以金陵、大梁为南北京。朕于春秋往来巡狩驻守……"请注意，诏书提到了南京最早的名号"金陵"。尽管金陵已是过去时，在朱元璋眼里，仍认定这里就是金陵。至于诏书中的大梁，是指中原的开封府。到了洪武十一年（1378年），朱元璋撤销了大梁开封府的北京称号，改南京为京师。

由此可见，南京是明朝建国时命名的。这也开启了全国统一王朝在南京建都的先河。从明太祖朱元璋开始，继而有建文帝朱允炆、明成祖朱棣在南京定都，历时54年。那时期的南京，统辖应天、凤阳、淮安、扬州、苏州、松江、常州、镇江、庐州、安庆、太平、宁国、池州、徽州14府，以及徐州、滁州、和州、广德4直隶州，属下有17州、97县，了不起吧。

明永乐十九年（1421年），朱棣迁都北京，以北京为京师。南京成为了"行在"，又称留都、南中、南都、陪京。当然，随着明朝的灭亡，南京也就失去了"南京"的资格。

笔者参加湖南路狮子桥街头科普咨询活动　摄于2009

这座城市再一次称作南京，是到了民国元年（1912年）中华民国临时政府在这里成立、定都。不过3个月后，孙中山就辞去临时大总统职位，由袁世凯继位，又迁都北京。直到民国十六年（1927年），国民政府又一次在这里定都，才又恢复了南京名称，并于次年改北京为北平。1949年成立中华人民共和国，定都北平并复名北京。这里特别要说的是，新中国并没有因此把南京改称南平或其他什么的，而是将这个名号永远定格在了我们的这座城市。

二、南京的城墙

这里讲的南京城墙，具体是指明城墙。这是朱元璋采纳了儒生朱升"高筑墙，广积粮，缓称王"的建议，于至正二十六年（1366年）开始建设，先后花费了21年时间，于洪武十九年（1386年）完成了此项庞大的工程。请注意，城墙开建时，朱元璋尚未登基称帝。

在古代，无论城市大小都要筑城墙，主要用于防御。研究一个城市的城垣史，是可以从中找出城市发展脉络，了解城市肌理的。我们来看明代修筑的京师城墙，是将六朝建康城和南唐金陵城都圈了进来，可谓规模庞大，举世无双。就说它的周长吧,文献记载是 96 里,实测 35.267 公里,列为世界第一。据有关资料,有"世界第一大城"之称的巴黎城墙,周长也不过 29.5 公里。我曾在 2002 年主持开展城市旅游形象定位规划,确定了以"博爱之都"为城市的旅游宣传口号。与此同时,增加了一条向海外市场的宣传口号:"世界第一城垣"。南京称之为"世界第一城垣",是当之无愧的。

笔者与众信国旅王春峰在第二届"中国旅游责任论坛暨中国-东盟旅游发展研讨会"上
摄于 2012.11.16

　　这里还得说个小插曲:国家邮政部门发行过一套《西安城墙》的邮票。邮票,从某种意义上来说,代表着国家名片。明代的西安仅是府城,城墙的周长仅 13.74 公里,与南京的都城墙相比,根本不是一个档次。如果是城墙邮票,非南京莫属呀!当我看到了《西安城墙》邮票时,心里就很是失落。西安城墙之所以能上邮票,多半是因 20 世纪八九十年代全部修复了。

而南京城墙保存下来的,仅为三分之二不到。其实,就我个人而言,并不赞同完全修复。西安城墙尽管努力修旧如旧,但修复后怎么看怎么不如旧,缺少了沧桑感。我倒是以为,残缺也是一种美,而且是更高层次的美。大家可能都看到,明孝陵的宝城原是残存了四堵墙,现在加盖了一个顶,味道就完全不一样了。

  为此,维护好残缺的南京明城墙,既是留住了城市历史,也是南京人智慧和力量的体现。

  前面提到,古代城墙主要功能是防御。现代社会的发展导致了城墙功能的衰退、甚至还成为一种障碍。为此,各地保留下来的古城墙已不多见。南京明城墙早在民国时期就面临着拆和保的问题。有代表性的是:民国十八年(1929年),国民政府颁布了《首都计划》,提出"近代战具日精,城垣已失防御之作用"的观点,拟"利用之以为环城大道,实最适宜"。民国二十年(1931年),南京市执委会转呈国民政府内政部文本,中有"严令人民不得毁伤本京城垣,并饬负责机关切实保护"。这显然反映出明城墙拆与保的激烈争论。倒是在民国二十三年(1934年),南京警备司令提出《关于南京城防计划案》,将修葺城墙列入了城防计划。这一"计划案"受到社会广泛认同,也使得拆与保之争以口水仗为主,并无实际动作。也别说,明城墙在后来的战争中确实发挥了屏障作用。1937年12月11日,侵华日军300余人冲入中华门瓮城内,守城的国民党八十八师"关门打狗",将敌军全歼。次日,日军用炸药炸开城墙多处缺口,才攻陷城池。我军将士血染城头,谱写了一曲悲壮的中华门保卫战。这也成为了明城墙在现代战争史上的防御实例。

  大规模的拆城墙行动,发生在20世纪50年代。1954年夏秋之交,南京遭遇了两个多月的暴雨,城内大范围积水,多处城墙"致连续发生崩塌事故"。为此,南京市人民委员会下令:明城墙"除了有历史文物价值的有助于防空、防洪以及点缀风景的部分应予保留外,其余一律拆除",以利城市交通和发展经济。那一阶段,南京掀起了拆城墙的风潮。也是在那一阶段,有个人站了出来,那就是1955年上任江苏省文化局副局长的朱偰先生。他向市政府领导呼吁,必须停止这种愚昧的行动,并联合社会各界声援保护城墙。他的不遗余力,促使风起云涌的拆城墙行动大大放缓了节奏。不过,这位明城墙坚定的捍卫者,于1957年被错划为"右派",罪名为他批评拆城一事,是"借题发挥向党进攻"。欲加之罪,何患无辞。"文化大革命"期间,明城墙再次遭到不同程度的破坏,由于属无政府行动,较之上一轮有组织的拆城墙,虽规模相对要小一些,但危害也大。

明城墙与护城的玄武湖民国影像

改革开放以来,对明城墙的保护和维修越来越受到重视,呈逐年上升态势。1982年和1988年,南京明城墙分别被列为省级、国家级文物保护单位。1996年南京市正式颁布《南京城墙保护管理办法》,2016年又出台了《南京城墙保护条例》。这使得保护城墙有了强有力的法律依据。人们对明城墙的历史意义和文化价值,也普遍有了进一步的认识。尤其是大家看到了北京、巴黎等著名城垣已经在地球村消失,更觉得南京明城墙的存在尤为珍贵。

有关介绍明城墙的书籍已有不少，讲到了许多修筑明城墙的特点。我在这里挑两个给大家说说。

我个人以为，南京明城墙最突出的特点，是其平面呈西北角伸出、南部突出的不规划状，完全打破了古代城市方形或矩形规制的传统。它因形随势而建，利用覆舟山、鸡鸣山、石头山、狮子山等山势与城墙对接，又将外秦淮、玄武湖作为护城河或湖，实在精妙无比。比较典型的是城西的石头城，被纳入明城墙之中，并成为它的一个段落。而今仔细去看，还能看到那里的砖包石、石包砖的历史景观。再看石头城下，面临的是外秦淮河，也就成了护城河。须知这种筑法，不知省去了多少人力物力。

南京明城墙的另一个显著特点是，在修筑过程中实行了责任制。就说城砖，是修筑城墙的主要建材，当时称作官砖，全部由官方督造。每块城砖上都有砖文，标明制砖人姓名、制砖县府、监制人以及日期，以示负责。其实早在春秋战国时间，就有此法，叫"物勒工名"，就是要将工匠的姓名勒在制作的器物或修建的工程上。据《吕氏春秋·孟冬记》中载："物勒工名，以考其诚。工有不当，必行其罪，以究其情。"当时的秦国严格实行了"物勒工名"制度，终于在列国纷争中脱颖而出，一统天下。明城墙的修筑，初步估算至少耗用了数亿块城砖，而将"物勒工名"落实到每块成砖的制作上，实在令人惊叹。再有，城砖相互间的黏合也是一绝。如果细细观察城砖隙间的黏合材料，会看到它的色泽乳白，掐上去无比坚硬。据说是用糯米汁拌桐油、石灰而成，还要加上一种带黏性的植物，叫"蓼"。为什么是据说呢？因正史不载，野史无记，仅为民间口口相传而已。这样的黏合方法，应属于非物质文化遗产，而且至今也还未能破解。

以上所讲的明城墙，是我们习惯性的叫法，实际上仅为明城墙之一，是指京城，又称内郭。从广义上说，明城墙是由四重城墙组成。这四重是宫城、皇城、京城（内郭）、外郭。

先说宫城，又称大内，位于钟山西南麓，南北长五华里，东西宽四华里，是朱元璋起居及办理朝政之地。现在的明故宫遗址公园，就是当年宫城旧址的一部分。据《明史·地理志》载："内为宫城，亦曰紫禁城。门六：正南曰午门，左曰左掖，右曰右掖，东曰东安，西曰西安，北曰北安。"

我们现在能看到的仅是残缺的午门、东华门遗址，以及散落在遗址公园内众多的石柱础。

这里得插一段民间传说。当年的宫城是填燕雀湖而建的。话说谋士刘基向朱元璋献计，以为燕雀湖是在钟山的龙头前，有"帝王之气"，适合建宫城。朱元璋言听计从，派出几十万民工、调动三座山的土石来填湖。民间有"迁三山，填燕雀"之说。哪知怎么填也填不好。朱元璋很是无奈，后得知湖畔有个住户叫田德满，于是就将他捉来沉入湖底，以应"填得满"的吉兆，这一招果然应验，才"填满"了湖、建好了宫城。过去民间有一种说法，做重大工程需要活人来祭奠，具体到明朝就拿朱元璋来说事了。除了建宫城，又有朱元璋在玄武湖建黄册库，将一位毛氏老人活埋于此，以"毛""猫"的谐音来镇鼠，以防黄册被老鼠咬损。黄册库建好后，他还假惺惺地建了座湖神庙，纪念这位毛氏老人。还有一个事例更典型，说的是修筑中华门瓮城。中华门原名聚宝门，在做基础时屡建屡塌。后来传来一个童谣："金陵城，金陵城，金陵有个聚宝盆。找到聚宝盆，再找戴鼎成。戴鼎成头顶聚宝盆，埋进城墙根，城门笃定建得成。"这一回，轮到一个叫戴鼎成的农民工大难临头了。从这些传说中，可看出朱元璋在老百姓心目中就是一个屠夫的形象。虽说朱元璋是一位了不起的皇帝，但确实也是个刽子手，杀一起打天下的弟兄，更杀无辜的百姓。群众的眼睛还是雪亮的。这些传说，也反映了自古以来民间对"风水"的敬畏、迷信和追崇，以至于为顺应"风水"视人的生命为儿戏。如今"风水"仍很流行，还成了一门"学问"，需要加以探索。

次说皇城，是环绕宫城的一道城垣，以护卫宫城，与宫城合称为皇宫。其平面呈"凸"字形，辟为六门：南为长安左门、洪武门、长安右门，东为东安门，西为西安门，北为北安门。偌大的一个明皇城，现在仅有西安门保存了下来。

再说外郭，是指京城外围再加筑的一道城墙，俗称土城头。为何叫"土城头"呢？因外郭的本体是以垒土为主，仅在城门等一些防守薄弱地段加筑了城砖。不过，明外郭在清末民初就基本消失了。说到这里，大家就会明白，为什么我们习惯于把京城指认为明城墙。因为其他三重城已经不复存在，唯有内郭还看得见、摸得着。

对于明外郭，许多人恐怕都不了解，这里就多说上几句。这是朱元璋修筑京城之后，为弥补其缺陷所采取的又一举措。前面提到京城墙的周长是35.267公里，而外郭则长达60公里，将钟山、聚宝山（今雨花台）、幕府山等城外制高点全都囊括进来，以确保京师的安全。虽说它早已看不见、摸不着了，但至今仍有它的民谣、故事在流传，还保留了不少以外郭城门名命名的地名。

大家可能都听说过"里十三、外十八"的民谣。所谓"里十三"，指的是京城即内郭，计有13座城门。而"外十八"，是指外郭有18座城门。现在的仙鹤门、姚坊门（即尧化门）、麒麟门、安德门等地名，都是原外郭的城门名。

还有一个民间故事与明外郭有关，说起来有点惊人。说的是京城墙建成后，朱元璋携10岁的儿子朱棣登后宰门城墙察看。军师刘基进言：有了这座城池，可御百军于城外，除非燕子才能飞进来。哪知道朱棣当场脱口而出：城池虽好，还应将钟山包进来，否则人家占据高地，破城也不难。朱元璋听了大为吃惊，随即赏他一只蜜橘，还亲自给他剥皮撕筋。朱棣生母得知后花容失色。皇上这是要对儿子下手，剥他的皮，抽他的筋呀。在她安排下，朱棣连夜逃往北京。之后，朱元璋下令筑外郭，将钟山等处圈入，又顺水推舟封朱棣为燕王。未曾想，尽管筑了外郭，燕王朱棣还是燕子般地飞进都城，坐上了皇座。大家注意到没有，这则民间传说再一次刻画了朱元

笔者与中华文化促进会王立祥（中）等在"2008年博鳌国际旅游论坛"上　摄于2008.12.19

璋的屠夫形象。他连自己亲生的儿子都想杀，而且还要剥皮抽筋。

有关明外郭问题，过去社会上很少有人关注。这也不奇怪，人们主要关注的是如何保护残存的内郭，哪还顾及已经看不见的外郭呢？最近，听说南京有个与明外郭遗址保护有关的机构，我就找关系专程走访了一趟。此机构全称为"南京明外郭秦淮新河百里风光带建设有限公司"，成立于2010年，坐落在仙鹤门一带。这么长的公司名称，把我给绕住了。公司负责人黄越解释说，公司奉命维护明外郭遗址的部分地段，长约30公里，又欲打造百里风光带，就向秦淮新河沿岸延伸了20公里。原来这样呀。追逐"高大"和"气势"，似乎成了我们的通病。我倒以为，即便如此，也得有个主次，称作"南京明外郭风光带"，了然。

我们在已改造的明外郭遗址地段巡视了一番。所谓其遗址的建设，主要是以绿化带标示城墙走向，有几处还建了小公园，形成一条生态景观长廊。有些地段还能清晰可见城墙的根基，十分可贵。不过，如无专人指点，是不会识得的。我以为可以增设一些人文的建筑小品和碑文碑刻。这样一来，不仅供"内行看门道"，也能给"外行看热闹"。

我们沿着明外郭绿带行走，看到周围是一组组庞大的住宅群。黄越告之：这些大多是经济适用房，进住的都是平民百姓。过去这里的外部环境脏乱差，现在建成了绿化带，当地的居民成了最大的受益者。我随即想到，杭州是先改造了西溪环境，促成那里地块升值，再搞房地产，而南京未免有点"大萝卜"了。进而又想，让经济适用房的住户生活在优美的环境中，岂不更能体现南京的"博爱精神"吗？这是实实在在做了件大好事。

我就在想，明外郭遗址是南京城市向外拓展的重要历史印记，如同现阶段将城区发展到了江宁、高淳、浦口等地一样。从这个意义上来说，保护和建设好明外郭遗址，实在太有必要、太有价值了。

明外郭遗址的保护性建设还在继续，值得我们期待。

三、南京的建筑及马路

这里说的是南京的建筑，主要是讲民国建筑。

为何不从古建筑说起呢？中国传统的建筑是以砖木结构为主，经不住天灾人祸的沧桑岁月折腾，能存活下来的"古董"很少很少。我曾编写过一本《南京历代佛寺》的书，对寺庙的建筑有所了解，应该说几乎都是现代重修的。古老的也有，很是少见。例如，栖霞寺的舍利塔，是隋朝始建的木塔，南唐时重修，改为了石塔，才得以遗存至今。又如，灵谷寺的无量殿，又称无梁殿，系明代建筑，虽累遭战乱，今仍安然独存，原因是整个建筑无一横梁，不用寸木，全部为砖石结构，是我国砖石建筑的杰出代表作。再有牛首山的宏觉寺塔，又名唐塔，实际上是明代重建，清代曾遭大火，致使塔的飞檐、塔梯及其他木结构部分焚毁，仅存砖塔之躯壳，建国后重修。这几处寺庙建筑均为古代遗存，算是宝贝了，值得观赏。从寺庙建筑的生存状况，可见一斑。

那么，夫子庙的明清建筑群算不算？那都是二三十年前新建的仿古建

笔者与作家薛冰在中国近代史遗址博物馆签书现场　　摄于2014.5.18

筑，不算数。唯一留存的是江南贡院的明远楼及飞虹桥。现在的江南贡院，新建了地下4层建筑的博物馆。大家现在去那里，注意力都集中到新建筑及展陈了。其实，最值得看的是老建筑明远楼。那座明远楼的看点可谓多多。

现在，我们还是来看看南京的近现代建筑，尤其是民国建筑。可以这么说，南京的民国建筑是对传统建筑的突破和创新，成为全国独一无二的风景线，值得大书特书。

有人会问，上海、天津、广州、青岛等城市，也不乏形形色色的民国建筑。为什么南京的是独一无二的呢？

这是因为上海等城市均有租界，其民国建筑西式的也好、日式的也好，或多或少带有一种外来强加的色彩，并非是其城市文脉的自然延续。而南京是中华民国的首都，未受到外来势力施加的压力。在民国政府定都南京的第二年完成的《首都计划》中，也明确强调了首都的建筑以"中国固有之形式为宜，而公署及公共建筑尤当尽量采用"。当然，这并不意味着固守传统，而是倡导革新和引进，倡导设计师在建筑领域里自由驰骋。为此，南京民国建筑主动吸纳了五湖四海的艺术精华，更具独立思考的个性，样式更多样，也更具艺术魅力。

原金陵大学（今南大）的校园建筑（居中为北大楼）民国影像

南京的民国建筑，至今仍保存的多达900多处、1500余座。其类型大致可分为5种分别是中国古典复兴式、西方古典式、西方折中主义、新民族形式、西方现代派，呈现出不同风格。这些建筑，既有外国建筑师设计的，也有中国建筑师设计的。

先来说一下中国古典复兴式建筑，又叫中国传统宫殿式的近代建筑。它将中国传统建筑造型与西方现代工程技术相结合，最早出现在教会学校，以金陵女子大学（今南师大）的建筑群最为典型。金陵大学（今南大）的北大楼、礼拜堂等亦属于此类型。这既表达了教会尊重中国文化的姿态，

保留至今的原中央体育场建筑　摄于2012.6.25

亦期许中国的大学生在传统文化氛围中更多地接受西方文化的熏陶。这类建筑风格按照《首都计划》的意见，逐步推广和使用到大型纪念物、行政楼和公共建筑中。例如中山陵、藏经楼（今孙中山纪念馆）、小红山主席官邸（今美龄宫）、铁道部大楼（今政治学院）、国民党中央党史史料陈列馆（今中国第二历史档案馆）、励志社（今钟山宾馆老楼）等，均为其代表性建筑。

与教会学校形成强烈对比的，是国人自办的国立东南大学（后改为中央大学，今东南大学），建筑则一律

原中华民国临时大总统办公楼　摄于2008.3.20

采用了西方古典式风格。西方古典式建筑，是在17世纪后期从法国兴起的，特点是以古希腊、古罗马的古典柱式为构图基础，强调对称，讲究主从关系。东南大学校园内拥有众多的这样的老建筑，尤以大礼堂为杰出代表，成为了该校标志性建筑之一。

原中央大学礼堂

　　至于西方折中主义建筑，是19世纪20年代在欧美流行的一种建筑风格。它可以任意模仿历史上各类老建筑，或自由组合各种建筑形式，追求的是一种纯形式的美。这类建筑早在清末便进入南京，中华民国建立后逐渐淡出。其代表作有中华民国临时大总统办公楼（初为两江总督的"西花厅"）、石鼓路天主教堂、江苏咨议局大楼（今江苏省军区所在地）、扬子饭店等。

　　这里得重点说说新民族形式建筑，又称现代化民族形式的建筑。这源于20世纪30年代，建立在中国古典复兴式建筑的基础上，同时又是对"古典复兴式建筑"的完全颠覆和创新。当时，首都涌现了一批很有才华和勇于革新的建筑设计师。他们既反对大屋顶、反对繁琐的复古主义形式，也反对完全西化。他们总结"古典复兴式建筑"的实践经验，发现此法确实存在着中西结合方面的诸多矛盾，尤其是宫殿式建筑造价昂贵、费时费工，以及建筑外形过于格式化。于是，他们大胆创新，探索在中西结合方面如何有机地融为一体，形成了既有传统特色又具时代气息的新民族形式建筑风格。它在表现形式上，大多采用钢筋混凝土平屋顶，或采用现代屋架的两坡屋顶，造型简洁对称，而在檐口、墙面、门窗等处，则施以中国传统建筑装饰，追求的是新功能、新技术、新造型，同时具有传统的民族风格。这类建筑在南京民国建筑中分量很重，也是最值得珍惜，最为欣赏的。其代表作有中山陵音乐台、紫金山天文台、中央体育场（今南京体院）、中央医院（今军区总院老楼）、外交部大楼（今省人大办公楼）、国民大会堂（今南京人民大会堂）、国立美术陈列馆（今江苏美术陈列馆老楼）等。

最后要讲讲西方现代派建筑。这类建筑的特点用4个字可以概括："与时俱进"。它主张摆脱以往建筑式样的束缚，提倡采用新材料和新结构，创造出反映时代特征的新建筑风格。由于这类建筑讲求实用、经济和美观，有利于新材料、新结构的推广和应用，所以迅速在世界各地传播开来，并一直在充满创意地延续、发展中。我们现在搞的各式大型建筑，都应该属于新型的现代派建筑。而当时在南京的代表作有首都饭店（今华江饭店）、福昌饭店、国际联欢社（今南京饭店老楼）、新都大戏院（建国后改为胜利电影院，后拆除）等。

前面讲到的新都大戏院，是民国二十五年（1936年）建成的，南京解放后改为胜利电影院。这是我小时候看电影去得最多的电影院，对这家电影院充满了回忆。后来在这里建造德基广场，不做声不做气地将它拆除了，真是没想到。

原新都大戏院（建国后改为胜利电影院，后拆除）民国影像

还有个没想到，德基广场建成后，就在电影院的原址上，利用广场西门的一个出口，按其外形虚拟了一个立面，总算留下了一点城市的记忆。这还是幸运的，更多的影剧院已全无踪影，例如中央大戏院（后为大光明电影院）、首都大戏院（后为解放电影院）、明星大戏院（后为红星影剧院）、世界大戏院（后为延安剧场）、中央大舞台（后为中华剧场）等。现在保存下来的仅有大华大戏院（现大华电影院）、国民大戏院（现人民剧场）了。

这里再讲三则已经消逝的民国建筑实例。

南京在建康路上有个城中大世界，是采用"自愿入股、分干承包"的新法，于民国二十年（1931年）建起来的。里面的娱乐设施五花八门，一点也不输给上海大世界。令人痛心的是，它仅存活了6年，被侵华日军飞机炸毁。

南京进香河的首都监狱，也就是众所周知的老虎桥监狱。这座监狱民国时蛮有特色，设东、西、南监及女监、病监等5处。东西监为双扇形，各有四翼，以"忠、孝、仁、爱、信、义、和、平"8字区分；南监5翼，以"温、良、恭、俭、让"5字区分。此外，还建有水牢、浴室、运动场、手术室，以及工厂等。这样一座很有文化价值的监狱建筑，"坚持"到了21世纪仍遭到拆除，实在太不应该了。

南京有一家规模最大、设备最完全的酒店，叫安乐酒店，建于民国二十一年（1932年），建国后改为江苏饭店。它高3层，迎街客房悬空凸出，十分招眼；内部则是雕花长廊，玻璃瓦天井等，建筑设计独具风格。就是这样一座酒店，因身材不够高，又是临街建筑，竟然在2007年被拆除了，以腾出地方来盖高楼大厦。这样做，是不是太愚蠢了。实际上，按新型的现代派建筑设计，完全可以既保住老楼，又盖上高楼大厦的。

这样看来，尽管南京现在堪称民国建筑的"大本营"，但仍有不少经典作品弄没了。这警示我们：如果对保存下来的不加珍惜和呵护，这些建筑还是会在毫无觉察中流失的。

再要说的是的是城市马路。说到马路，首先想到的是上海有64条永不拓宽的马路。这是在2009年《上海市风貌保护道路（街巷）规划管理的若干意见》中决策的。它规定了城区被保护的道路和街巷共计144条。其中，对 64 条马路进行原汁原味的整体保护，即道路红线永不拓宽，马路两侧的建筑风格、尺度也要保持历史原貌。

我为上海制定这样的法规叫好，因为过去仅强调对被列入"文保"的城市建筑加以保护，即便如此，在旧城改造的大潮中有的也未必能够守住，更不会顾及什么马路旧观了。而恰恰是这样的旧观，最能记录城市的发展，最能留下人文的景致，最能引发我们的乡愁。

南京有没有永不拓宽的马路，应该也有。这主要是中山北路、中山路、中山东路、汉中路等城市的主干道。其中的几条马路，都是为迎接孙中山先生灵榇奉安中山陵建设的。这几条马路虽没有拓宽，但也失去了原貌。何以呢？例如，中山东路原有六排式的法国梧桐，称作绿色隧道，在全国的城市中也是唯一，现在砍得只剩下了两排，哪有原貌可言呢？实际上，当年将沪宁高速公路与中山东路连接，就已经决定了梧桐行道树的命运，是规划上出了大问题。更为可笑的是，行道树砍掉了，马路两侧的建筑露出来了，媒体竟然宣称将中山东路改造成了景观路。真会为自己涂脂抹粉呀。这其实是在变相的拓宽马路。

南京真正永不拓宽的马路，只有颐和路片区了。颐和路片区是民国《首都计划》唯一完成的一个富人居住区，尽管也可称作南京旧城的代表作之一，但并不能代表市井街巷。那么，市井街巷呢？

记得 10 多年前我写过一篇散文，题为《绍兴：将大街改成小巷》（收入散文集《印象》，南方出版社 2006 年出版）。那一次我在绍兴，兴致勃勃地去探访鲁迅的"三味书屋""百草园"，结果大为扫兴。原因是鲁迅故居已被新建的建筑包围，尤其是故居门前宽大的马路，让人再难找到鲁迅笔下的感觉了。好在当地人告之，鲁迅故居片区就要进行全面改造。我特意问：马路呢？回答：改小。由此引发了我写的那篇文章。不过，几年过去了，我再去绍兴，看到鲁迅故居片区确实已经改造，而故居门前的马路非但没变小，似乎更宽大了，就很是失落。当地人这么做，多为缓解游客的拥挤，虽可理解，但却丢失了小城市的味道。

在我的印象中，夫子庙地区有一条瞻园路，原为两车道的马路，两侧有梧桐行道树，幽幽的、长长的、闹中取静，十分可人。大约是在 2004 年，也是为疏导交通的需要，瞻园路拓宽为四车道马路，将鲜活的街巷原貌给灭掉了。由于是拆除一侧的建筑拓路，这一侧的行道树就"跑"到了马路中间。可气又可笑的是，有关部门认为这排树不在路幅正中，造成来往马路不对称，不符合规范，也有碍观瞻，要砍伐干净。我得此消息，随即去了现场。我看到那排树虽不在拓宽后马路的正中央，但一点也不妨碍交通，更不影响观瞻了。对称是美，不对称也是美呀。将其砍伐，实在太冤了。那排树大约36棵，每棵的树干都已用黑漆画了圈，就像在死囚名字上用红墨打了勾一样，全部判了死刑。情况十万火急。我紧急联系大学的教授联名写信、发动媒体撰文报道，呼吁保树。联名信和新闻稿都搞出来了，而当地媒体不便报道，互联网又不像现在这样发达，只有曲线救树，通过《人民日报》华东版披露，不断给有关方面施压。瞻园路的树，终于起死回生了。现在大家去瞻园路，穿行在马路不居中的行道树绿荫下，一定是熟视无睹，甚至漠然。殊不知，有多少人为保护它们进行过抗争。我当时还有个想法：难道瞻园路就非拓宽不可吗？假如既能保住这条马路的原貌，又能找到其

瞻园路拓宽后的马路（左侧的为原马路，中为一排"判过死刑"的梧桐）　　摄于2007.10.26

他途径解决交通问题，岂不善哉！

又想起小时候，每逢春节父亲总要带我到姑母那里拜年。姑母家坐落在南京城南的一个极为狭窄的巷子里。巷子叫"五间厅"，仅此巷名就足以吊人胃口。在小巷里穿梭，那相互紧贴的民宅，那路旁的水井，那冒出来的茅房一路浓郁的市井景观，至今历历在目。而现在，五间厅早已不复存在，连巷名也已消失了。我在"青岛：闲适与激情共燃"（收入散文集《行色》，大众文艺出版社2008年出版）一文中，提到了南京城南的五间厅："宅居需要改造，街巷包括小井千万动不得。""不复存在的恐怕不仅是巷景，还是一种生活形态，一种城市的文化元素。偌大一个城市，保留小小的一个老城片区，难道就只能是一个愿景？"

我曾与一位政府官员私下里聊到了我的这个愿景。他负责城区的旧城改造，思索了一阵说，城南似已无值得保留的片区。真是这样吗？若干年后，城南门东一带完成了旧城改造，获得一片赞赏。为此，我充满了期待，而去看后又大失所望。何以呢？门东的入口建了座硕大的牌坊，与表达的市井街巷完全不搭。牌坊内是条径直的马路，自然开阔。内中建筑除保留了些许老宅外，大多为仿旧新建，说到底，就是一个变相的商业房地产项目。这就是记忆中的老城南吗？小字辈的南京人和广大游客可能可以误以为是，而我们"老南京"人真的无法认同。

我在想，上海有那么好的"永不拓宽马路"经验，南京为什么就不能学一学、仿一仿呢？地域不同，恐怕学不好、也学不像。难怪上海人可以自豪地宣称，"永不拓宽马路"是有别于其他城市的最大特质。

我的留下旧时的一片小街小巷的愿景，恐怕就只能是愿景了。

四、南京的人物塑像

这里讲的人物塑像，仅限于城市露天公共场地的人物塑像。我以为，正是在这样场所的人物雕塑，方可从一个侧面代表城市的历史文化，同时也反映出这座城市的人文情怀。

2008年10月，我从南京市旅游局退休，随即接到局领导交办的一个活儿，编写"南京旅游文化"系列口袋书。我邀约市旅游局的季宁，共同完成了《南京佛寺之旅》《金陵成语之旅》《金陵神话传说之旅》的编写工作，接下来就想编写一册《南京名人物雕塑之旅》。

我之所以有这么一个编写计划，是拟从人物雕塑切入，讲解其所在的景区景点。同时，厘清我们这座城市已为多少位人物塑了像，又是在哪一年为他或她塑像。沿着塑像时间的脉动，也可窥视出这座城市的价值取向、建设理念等方面的演变过程。除了讲名人、说景点，我还要在册子里介绍雕塑的创作者以及雕塑材质等，使雕塑家能够得到足够的尊重，也好让读者从中获取雕塑艺术方面的知识。为编写好这本小册子，我做了一些案头工作，后因缺少了资金后援，无奈何选择了放弃。

应该说，我关注城市名人雕塑是比较早的。1995年，我与市旅游局郑燕南主编了一册《最新南京旅游指南》（南京出版社出版），就专门设置了"城市名人雕塑（户外）一览"栏目。在"一览"中共收集到17位名人雕塑，按塑像设置的先后时间排列，分别是孙中山、毛泽东、范旭东、郑和、傅抱石、恽代英、周恩来、侯德榜、张闻天、陶行知、陈鹤琴、巴金、曹雪芹、孔子、孙权、颜真卿、徐悲鸿等。这17位人物雕塑，除了民国时期的孙中山塑像保存下来外，均为南京解放后设置的，而且基本上是改革开放以后才有的。这说明"文革"前是不搞人物塑像的。"文革"期间，出现了无数座毛泽东塑像，具体有多少未做统计。在我的印象中，

溧水博物馆院落的崔致远塑像　　摄于2009.8.14

南京大学、东南大学（时为南京工学院）等几乎所有大学的校园里都会树一座毛泽东的塑像。"文革"后，经清理保留了三四处，以原栖霞十月公社为代表。《扬子晚报》2014年9月11日有篇《栖霞毛泽东塑像公园月底亮相》的报道。报道中提到，当年的毛泽东塑像由"十月公社的村民们自掏腰包、南京工艺雕刻厂高级工艺美术师朱至耀等设计制作"。这个报道有失实之处。当年的朱至耀刚学徒满师，仅是参加了制作。参加制作的主要有刘梵天、徐令丰等人，而塑像的真正创作者是雕塑家陈远义。陈远义毕业于浙江美院，设计制作毛泽东塑像后，从雕刻厂下放到了吴县农村，现已去世。我前面提到，要让雕塑家得到足够的尊重，便是一例。时至今日，我们是不该将创作者的成果轻易抹杀掉的。

2005年，我主编《爱，是屋顶上的蓝：南京旅游全景手册》（上海文化出版社出版），再次专设了"城市名人雕塑（户外）"栏目，收集到的城市人物塑像已有33座、28位人物。那还是十二年前的事了，如今的人物塑像非常之多，未再做收集、统计。假如现在来编写《南京城市（户外）名人雕塑之旅》，就不是一册口袋书能容纳得了的。

应该说，改革开放初期，对人物雕塑的设置还是有一定的审批程序的，后来可能就放开了。我就曾目睹溧水县（今溧水区）的崔致远塑像迁移一事。崔志远，朝鲜新罗时代大学者，年轻时来唐求学，一度做过溧水县尉，被韩国文史界评价为朝鲜汉文学的奠基人。1996年，一尊崔致远半身铜像在溧水县城主干道的一侧落成。韩国外宾、南京大学中韩文化学者等参加了塑像揭幕仪式。我也是参加者之一。揭幕仪式后，我与溧水有关人士交谈，得知因崔致远是外国人氏，为其塑像应经省外事部门审批，而又未及时上报。听得出，对方谈及此事似乎有点底气不足。以后，我再去溧水，竟然找不到那尊塑像了，打探之下，原来已将其悄悄地移到溧水博物馆，不知是否与未经审批有关，也可能是出自拓宽马路的需要。我还专门前往查看，但见崔致远铜像静静地立于博物馆的庭园中，远离了喧嚣，挺好的。这里想重点讲讲南京资格最老的一座人物塑像，也就是民国时期唯一保留至今的孙中山塑像。其实，新中国成立后，还有一尊民国人物雕塑保留了下来。那就是化学家范旭东的塑像，由著名雕塑家刘开渠创作，可惜在"文

日本长崎街头的孙中山与梅屋夫妇塑像　摄于 2016.11.17

革"中被毁掉了。现在，浦口又立有三尊范旭东的塑像，分布在范旭东广场、南化氮肥厂、旭东中学。

我是在南京长大的。我小时候对城市印象最深的莫过于新街口广场中央的孙中山塑像。因为每每经过新街口，就要看到它，从不晓得塑像是什么人，到了解是什么人，再到知道是位伟人。这座孙中山全身铜像是怎么来的呢？

这座塑像高 2.9 米，重 1 吨多，是日本友人梅屋庄吉先生赠送的。梅屋庄吉与孙中山是革命挚友。二次革命失败后，孙中山流亡到日本，就是住在梅屋家中。孙中山与宋庆龄结婚时，也是在梅屋家中举办的茶会，以答谢前来祝贺的朋友。梅屋得知孙中山逝世后，变卖了家产，聘请著名雕塑家牧田祥哉创作，委托日本一流的铜像制作"筱原金作工场"铸造了 4

座孙中山铜像,由梅屋于民国十八年(1929年)三月亲自送往中国。现在的4座铜像,除了南京的一座外,其他3座分别安放在广州黄埔军校旧址、广州中山大学和澳门国父纪念馆。

南京的这座孙中山铜像,原计划置于中山陵,因中山陵工程尚未竣工,暂在中央陆军军官学校大礼堂前落脚。民国三十一年(1942年),汪伪政权为笼络人心,将其移置到了新街口广场。孙中山铜像这么一立,就立了20多年,一直到"文化大革命"的1968年6月,出于对铜像的保护,将其迁移到了中山陵广场南面的宝鼎基座上。1985年3月,中山陵的藏经楼修缮一新,辟为孙中山纪念馆。孙中山铜像随之安放于纪念馆前。这样的归宿,应该是梅屋先生当初所期许的吧。

有意思的是,2016年11月我坐邮轮到日本长崎,下了码头在通往乘坐大巴的路上,看到一组塑像,塑的是孙中山与梅屋庄吉夫妇。塑像旁立有铜碑,记录了塑像的由来。原来是中国社会科学院和国务院新闻办在辛亥百年之际,为纪念中山先生与梅屋夫妇的深情厚谊和对中日友好的重大贡献,在梅屋先生的家乡长崎所塑,时为2011年10月,创作者是南京市油画雕塑院院长王洪志。我们驻足观看这组塑像时,正好有工作人员在为其补色。这让我感慨不已。在这里,塑像的所有信息,包括塑像的主人公是谁、为何要塑、为何塑在这里、何时所塑、创作者是谁等,一目了然。而且,塑像完成了,还在经常维护。这些,正是我们城市的人物塑像所或缺的,值得总结学习。

前面说到的新街口广场,自民国十八年(1929年)建成后一直是城市的核心,时至今日亦然。在这样一个位置设立怎样的雕塑,自然关系到整个城市的形象。实际上,早在民国二十四年(1935年)国民政府就顺应民意,勘定在新街口设立孙中山铜像,考虑到梅屋先生赠送的那尊应安放于中山陵,于是向全国征集孙中山塑像的设计稿。民国二十五年(1936年),留美归国的上海雕塑家滕白也创作的"孙中山演说像"获得头奖,遗憾的是尚未付诸实施,南京就沦陷了。这才有了汪精卫为捞取政治资本,将存放在中央陆军军官学校的梅屋所赠孙中山铜像用在了新街口广场。

自打新街口广场"文革"中将孙中山铜像撤出后,一直尝试摆放其他题材的雕塑，但均得不到公众的认可。其间曾搞过一个金钥匙的雕塑，拟表达城市对外开放的意思，结果被市民调侃为"走后门"。一直到1996年11月，一尊新的孙中山铜像竖立在了新街口广场中央。这是由雕塑家戴广文创作的，先做成玻璃钢材质的在广场征求市民意见，通过后再正式铸造铜像。那尊孙中山的玻璃钢塑像，则存放在了中山陵的中山书院内。而新街口的孙中山铜像，又曾因修地铁于2001年暂时撤出，再于2010年回迁。这尊铜像高5.37米，重6.2吨，回迁后与以往坐南朝北不同，改为了坐北朝南，意为瞭望宝岛台湾，期许海峡两岸早日统一。

有关南京（户外）的孙中山塑像，除了上述的3尊外，还有2尊。其一为他的半身铜像，坐落在中山植物园，立于1996年。其二为他的全身坐像，坐落在南京中国近代史遗址博物馆"西花厅"前，立于2011年。

还要说说，在南京的城市名人雕塑中，有一尊是经我手完成的。那就是坐落在乌龙潭公园的曹雪芹塑像。

大约20多年前，江苏省红楼梦学会向社会倡议在江宁织造府遗址为曹雪芹塑像。其遗址是在大行宫小学内，显然难以实现。我当时就职于南京市旅游局。市旅游局决定由旅游部门来为曹雪芹塑像。在局长李友明授意下，我邀请南大教授吴新雷等红学专家研讨，论证选址在乌龙潭立像的可行性。那地块曾是随园的西花园一隅，显然与曹家不无关联。最终我们确定了选址，由南艺教授谌硕人创作雕塑。尽管当时市旅游局组建不久，资金十分拮据，仍然想方设法筹资营造。1992年9月24日，曹雪芹的花岗石全身坐像在乌龙潭公园落成。这是南方首尊曹雪芹塑像，而且亦是迄今公认的最为传神的曹雪芹塑像。我代表策划和投资方，与江苏省红学会名誉会长、南京大学校长匡亚明和全国红学权威冯其庸共同为塑像揭幕。现在回想起来，那时候的我是极不成熟的，否则绝不会贸然和二老一起揭幕。据我收集的有限资料，这可能是南京城市的第十二座人物塑像。

现在，南京又增加了两尊曹雪芹塑像，即1997年立于红楼艺文苑的花岗岩全身塑像，以及2003年立于江宁织造博物馆庭院的汉白玉全身塑像。

几年前，南京通过媒体公开征集有关城市名人雕塑的意见，主要的议题是应增设哪些名人的塑像。让市民直接参与这样的城市文化建设活动，很值得称道。我也想就这个话题谈一些个人的想法。

一个城市，为怎样的人物塑像，是一件很有讲究、比较严谨的事情。过去，南京几乎没有什么人物雕塑，可能是不提倡或审批过严。现在，人物雕塑的设置似乎又比较随意，缺少综合评估，有点滥了。有点滥，不是说城市的人物雕塑已经太多，不是这个意思。问题在于就目前的状况而言，有的人物雕塑重复出现，给人感觉这座城市就这么几位名人；有的人物雕塑纯粹是为搞旅游而置，缺乏纪念意义，反倒使城市名人雕塑的整体品质有所下降。还有一个遗憾之处：若干处的雕塑作品均出于一两个名雕塑家（如吴为山）之手。这使得城市整体人物雕塑的艺术风格比较单调，让人产生审美疲劳，也反映出投资建设方的艺术视野窄小，以及迷信名雕塑家的保守意识和做法。这样的状况应得以及时的调整或改变。

作为博爱之都的南京，前面讲到城市名人雕塑有点滥，实际又严重缺位。我以为急需补位的，首先应是为城市做出过杰出贡献的各领域的代表

乌龙潭曹雪芹塑像　摄于 2018.4.19

人物塑像。例如为中山陵建设呕心沥血的建筑师吕彦直、南京林荫大道的鼻祖傅焕光等。就说这位傅焕光先生吧，是我国著名的农林学家。中山大道及陵园路植有三板四带六排式的"法国梧桐"，便是他的作品，成为全国的唯一。所谓法国梧桐，乃南京人的习惯叫法，实际上学名为英国悬铃木，是以美、法悬铃木杂交而成的二球悬铃木。傅先生在上海的法租界复兴公园考察时，选中了这个树种引入南京。他先是在陵园大道两侧引种了1034株，后又在整个中山大道（中山北路、中山路、中山东路）上广为种植，为城市筑起了一道绿色隧道。

陵园路林荫大道　摄于上世纪90年代

这里还要特别介绍一位人物，在"南京的城墙"一节中已经提到，那就是明城墙保护第一人朱偰先生。朱偰是柏林大学经济学哲学博士，亦是文史学家。早在20世纪二三十年代，他便开始进行南京有史以来首次文物普查，先后著有《金陵古迹图考》《金陵古迹名胜影集》《建康兰陵六朝陵墓图考》等。他跋山涉水，实地测量、摄影和写作，以为"余深惧南都遗迹，湮没无闻，后世之考古者，无从所求，故就三四年来考察所见，遗迹之犹幸存者，摄为照片，辑为图考，以保留历史遗迹于万一"。就在这些著作出版后不久，"万一"成现实：南京沦陷，许多文物古迹惨遭劫难。著作中许多照片呈现的风貌已不存在，"图考"变得更加弥足珍贵，也成为后人文物保护之重要工具书。20世纪50年代，南京掀起拆城墙风潮，甚至中华门也面临被拆除的危机。朱偰第一个站了出来，从中央到地方奔走呼吁，锲而不舍，终于捍卫了明城墙的尊严。此外，他的1955年出版的著作《南京的名胜古迹》，也成为经典的旅游读物。可以这么说，朱偰亦是南京现代旅游第一人。现在，文化界、旅游界都在呼吁：要在城市为朱偰塑一尊人物雕像。

我还以为，应倡导给对城市或行业有过贡献的普通小人物塑像。几年前，我去北海道游览，在昭和新山的山麓看到有一个人物雕塑，是位男子拱着腰用望远镜观察山体。据导游介绍：昭和新山是自然造山运动形成的，仅两年时间长出了400多米高的一座山。观察山体的人物为当地一个小邮局的局长。他从昭和新山成长的第一天起，就注意到地壳的变化，追踪"变化"两年如一日，作了详细的记录，并将全部记录资料献给了国家。为纪念他默默无闻的贡献，立了这座塑像。这样的人物雕塑就很有纪念意义，也给游人增添了不少游览的乐趣。

再有，今年4月我去游览台湾的太鲁阁公园。太鲁阁是在台湾首条横穿中部的中横公路上。台湾的中部均为高山峻岭，将其打通筑路当时真是难于上青天。导游将我们带到太鲁阁的燕子口。那里有一座名叫靳珩的半身塑像及"靳珩段长殉职碑记"。导游告诉我们：中横公路是大陆老兵的杰作。为修筑这条公路，许许多多老兵献出了宝贵的生命。靳珩段长是其中的杰出代表。为此，给他塑像以纪念之。段长，应该是施工队伍中最基层的"干部"了吧。为这样的小人物树碑立像，给我的感觉特别好。

笔者与南京旅游学会夏宏伟在江南水泥厂辛德塑像前　摄于2018.4.26

还有，我在选编民国旅游人写南京的文集《金陵屐痕》时，收集到民国《旅行杂志》的一篇文章，报道了南京火车站为一位叫许朝元的段长塑像。这位段长是有着30年工龄的中国第一代铁路员工。看到了这个报道，就觉得挺人文的，感动到了我。

特别要提到的是，杭州图书馆为一位"拾荒老人"塑了像。这位"拾荒老人"叫韦思浩，每次进图书馆前都会把手洗干净。有读者找到馆长提意见。馆长回答道："我无权拒绝他人内读书，但您有权利选择离开。"这位老人去世后，方知道是位退休教师。他平日里省吃俭用，拾荒人的穿着，爱捡些瓶瓶罐罐换钱，却又无数次捐资助学，少则三四百元，多则三四千元。他的塑像，是媒体通过网络众筹资金制作的。这是几年前发生在我们身边的真人真事。为这样的人物塑像，就觉得特别有意义。

总之，城市给什么样的人物塑像，不在于是名人还是普遍人，只要是对城市有贡献的、有代表性的、有纪念价值的即可。选择什么样的艺术家给人物雕塑，也有讲究，不要仅局限于极少数所谓的名雕塑家，更没有必要出自一两个雕塑家之手。选择对的人雕塑对的人物，那就对了。新人的雕塑作品，往往也会一鸣惊人。

「2018.9.1 补白：这篇文稿是在去年7月完成的。到了9月，市旅游委员会主任金卫东打来电话，希望能编写一套"南京旅游文化故事"丛书。我随即拟订丛书写作的框架，首先想到的就是一定要把"城市人物雕塑"写出来。这套丛书计划分4册，其中的第三册定为《南京名人雕塑之旅》。目前已完成书稿，共收入城市（户外）人物雕塑95尊、雕塑人物71位。这还仅是城市人物雕像的一部分。因近几年人物雕像明显增多，而一册书的容量有限，已无法收齐，留下不少遗憾。书稿已交由东南大学出版社编审，预计年内可以出版。」

五、南京的佛寺

南京的佛教文化，是金陵文化不可或缺的一个重要组成部分。实际上，佛教是一种外来的文化，起源于公元前6世纪至前5世纪的古印度南部（今尼泊尔境内），是由被称作佛祖的释迦牟尼创立的。佛教传入中国，大约是在公元1世纪前后,而通常定义为汉明帝永平十年(67年)洛阳建白马寺。大约一百多年后,佛教方从北方传到了南京。

佛教一经传入中国,便开始与中国传统文化相融合。其中最为显著的"表相",就是佛教建筑。佛寺、佛塔、佛窟,为佛教建筑的三大代表。尤其是佛塔,原为供奉释迦牟尼身骨舍利的半圆形墓冢,入境后就与中国传统的高层楼阁相结合,形成新的建筑样式,曾译作"高显",以表达对佛祖的尊敬,后来延伸为"塔"。"塔"这个字,在汉字的金文、甲骨文中均查找不到,是佛教中国化汉字的创新。

南方的第一座寺庙,是赤乌十年(247年)在南京建立的,叫建初寺。在此之前,已有月氏国人优婆塞(男居士)支谦来译经传道,为佛教流入南京开了个好头。随着佛教在这座城市的传入、滋生和发展,南京成为南方的佛教中心,堪称佛都。

南京为什么能称为佛都呢?

笔者在南京电视台"社科小课堂"做佛教文化讲座　摄于2017.8.3

首先是基于六朝时期。也是从那一时期起，一批一批古印度僧人跋山涉水来到南京，以佛寺为译场，译经弘法，使之成为译经最多的地方。东晋时，这里的本土僧人法显与来自异域的僧人一样，亦跋山涉水，去"西天取经"，获取了众多的律藏经典并译之，还写下了中国第一部外国旅行作品《佛国记》。也是在这一时期，朝廷内曾有过"沙门不敬王者"等大讨论。当时辅政大臣庾冰代晋成帝诏令"沙门宜跪拜王者"，引发争议，影响广大，提升了佛教的政治地位和社会影响力。此争直至唐代才以双方妥协方式解决，即沙门不被要求致拜，而上表时则须依例称臣。此外，大艺术家戴逵、顾恺之、张僧繇等开始了为佛寺造像中国化的实践，对后世佛教造型艺术的发展有着深远的意义。

六朝之南朝宋齐梁陈，南京佛教的发展可谓到了登峰造极的地步。不仅佛寺丛生，而且学术活跃，各种学术宗派已呈萌芽状。其间，也创造了众多的佛教第一。例如，给比丘尼授完整的具足戒，是南朝宋时在南京举行的，为全国之首。当时位于雨花台附近有座铁萨罗寺，可能大多数人都不知道这座寺庙了。它是以古狮子国（今斯里兰卡）比丘尼铁萨罗名字命名的寺庙。正是这位比丘尼率队到南京来，为全国首批比丘尼授了具足戒。自此，比丘尼获得了与比丘同样的佛教地位。尽管这座寺庙早在北宋时期就废了，但已永远载入了佛教史册。齐梁时，僧佑在寺庙营建般若台造立经藏，为中国佛寺收藏佛教典籍之先声。尤其是梁朝的"皇帝菩萨"萧衍，将佛教奉为国教，不仅数次"舍身"做和尚，还首创水陆法会，并亲撰《断酒肉文》，通令照行。也是从那个时候起，比丘和比丘尼的餐饮改成了素食。佛堂上的供品，也都是素的。

"南朝四百八十寺，多少楼台烟雨中"，唐代诗人杜牧《江南春》中的这两句脍炙人口的诗，几乎人人都会吟诵，成为佛都南京的最有力的诠释。

有人要问，南京在南朝时期果真有四百八十寺吗？

这个问题问得好，还真有后人根据杜牧的诗，将南朝四百八十寺一一罗列了出来，真是花费了很多心思。不过，杜牧的诗句只是一种夸张的修辞。他不会像统计局一样做过统计，而是用"四百八十寺"来形容南京寺庙非常之多。其实，那一时期南京的寺庙远不止这个数，据现代学者考证，

敦煌莫高窟初唐第323窟北壁上的"建初寺"绘画

足足有700多所。这个数字是很惊人的。

有人又要问，这么多的寺庙，是怎么建起来的呢？形式是多种多样的，有的是皇家敕建的，如灵谷寺；有的是由私人舍宅而立的，如栖霞寺；有的是由社会人士捐建的，如瓦官寺；有的是由僧尼化缘营造的，如定林寺当然，寺庙有大有小，有的代代相袭，有的也如过眼云烟。

南京堪称佛都，还基于明代佛教的辉煌。尤其是明初洪武、永乐之际，南京成为了全国的政治、经济和文化中心，也就迎来了佛教史上的第二个"黄金时代"。明朝廷专设了僧录司，掌管天下佛教事务。又要说到寺庙了。当时的钟山是一座佛教名山，仅这座山上的寺庙就多达70余所。你能想象吗？这当然与当时的政治背景及社会需求有关。就在那个时期，名闻天下的佛教大藏经《永乐南藏》在这里诞生。此前，还有建文年间完成的、

笔者拜访栖霞寺方丈隆相　摄于2008.10.30

笔者和南京云锦博物馆张玉英观摩毗卢寺方丈传义书法
摄于2009.5.27

现已成孤本的《初刻南藏》。所谓佛教大藏经，乃汉文佛典之总集。《永乐南藏》刻成后，广为印刷流传，长时间对社会各界开放，影响极大。这也导致这里成为了全国佛经流通的中心。

也是在那个时期，中国的地标建筑——金陵大报恩寺琉璃塔拔地而起，成为了中世纪七大奇迹之一。当时，欧洲许多国家宫廷都模仿"南京瓷塔"建塔。模仿得有点样子的是英国的留园宝塔，在伦敦皇家植物园内。最近，南京的一家企业与英国历史皇家宫殿组织牵头，联合开展中英"双塔会"活动。这是很有意思也很有意义的事情。

那么，作为佛都，有没有什么具体的指标？

"佛、法、僧"为佛教的"三宝"。而寺庙又是"三宝"生存的必要条件。佛教的"三宝"也好，寺庙也好，历史上的南京均占有绝对的优势。

佛，是指佛教创始人释迦牟尼。各个寺庙都要供奉佛。而南京不仅有众多的寺庙，还拥有佛教至高无上的圣物——佛祖顶骨舍利，现供奉在牛首山文化旅游区内。这在全国也是绝无仅有的。

法，是指佛教教义。首先是佛教典籍的翻译。早在东吴时期，南京就成为了佛经翻译中心，在当时是全国译经最多的地方。东晋时的名刹道场寺，当时是著名的"译场"，来自海内外的众多高僧在这座寺庙里翻译佛典，有"道场禅师窟"之称。还有数据表明，仅南朝的宋、齐、梁、陈4代，就有中外译师40多名，译出各类经书1077卷。译经是一个方面，理论研究形成新的学派是更重要的一个方面。有现代学者指出，中国佛教的大小乘各宗，无一不和南京有关。例如，"三论宗""天台宗""牛头宗""法眼宗"等。

僧，是指宣扬佛教教义的僧众。这与拥有的寺庙数量有关，更与拥有哪些著名高僧有关。南京既然是佛教宗派的发祥地，自然会是高僧云集了。

我个人以为，佛教"三宝"及寺庙都是验证佛都的重要指标。可以这么说，古代南京是中国乃至世界历史上佛教文化最发达的城市之一，曾被誉为天下"佛国"。

当然，佛教在中国历史上也有过几次灾难。唐代在唐武宗时，曾实行了灭佛政策，规定各地只允许保留一寺，其余皆要拆除。南京佛寺全面崩溃，即使是唐初列为"天下四大丛林"之一的栖霞寺也在所难免，后虽在宣宗年间复员，却已元气大伤，难追旧观。再有清代的咸丰年间，轰轰烈烈的太平天国运动弥漫中华，且定都南京，改作天京。太平天国以"拜上帝会"取代儒、释、道各家，造了一个属于自家的"新神"实行专制统治，致使南京佛寺难逃厄运。有"天下第一丛林"之称的灵谷寺在战火中毁灭，其内藏六朝的大铁钟和千年不朽的"肉身"也遭灭绝。闻名的高座寺五百铁罗汉被用来制作兵器。太平天国将领还将各寺罗汉像"悉置雨花台上，夜间头上各置一灯"，把这些历代遗珍用作诱敌的枪靶，致使清兵"遥以为贼，枪炮日夜不息"，令人扼腕。更令人发指的是，华夏的标志——大报恩寺和塔也在太平天国内讧中轰然倒塌。这也标志了南京佛寺遭"全军覆灭"。还有，就是史无前例的"文化大革命"，造反派奋起千钧棒，"横扫一切牛鬼蛇神"。佛寺"菩萨"，以及经书、法器等自然均在"横扫"之列。南京佛寺在那一阶段都改作了工厂或仓库等他用。众僧尼包括金陵刻经处的人员全都被"下放"，安排到红卫林场等处劳动。

改革开放之后，南京佛寺得以复兴，首批修复了栖霞寺、灵谷寺、鸡鸣寺，并陆续对外开放，以后复建、重修的佛寺更如雨后春笋。受南京出版社约请，我和《南京晨报》的邹尚曾编著了《南京历代佛寺》一书。书中收入了截至2014年恢复的寺庙已有64座。当然，2014年后又有寺庙已恢复或正在复建，故未能列入书中。

现在，如果让我推荐最值得去的寺庙，我会首推栖霞寺。栖霞寺是南朝的寺庙，历史悠久，建寺方式也很典型，是由名士明僧绍舍宅建立的。佛教的建筑有三大代表，即佛寺、佛塔、佛窟，栖霞寺一个都不少。大家都知道，中国的传统建筑以土木结构为主，很难保存下来。而栖霞寺的舍利塔、千佛岩是石头构成的，保存至今，非常难得，非常珍贵。

  栖霞寺还是"三论宗"祖庭，是个佛学造诣很深的寺庙。这也是我特别欣赏的一点。说个事：有一次，我到栖霞寺拜访方丈隆相，恰逢台湾香客送来连战等人抄写的《佛说四十二章经》。隆相向他们回赠自己写的书法作品。展开其中的一轴条幅，是俊美的"佛光普照"4个字。那天是个阴天，忽然一缕阳光从窗外洒了进来，照在条幅上，实在太神奇了。

  我还会推荐灵谷寺。它的前身是梁朝皇家为纪念高僧宝志建的开善寺，地点原在明孝陵地块。明太祖朱元璋为建自己的皇陵，将开善寺迁到了现在的地方，并赐名灵谷寺。我们现在去看灵谷寺，可能会觉得比较一般。实际上，它当年的规模十分宏大，只是后来在太平天国战火中被毁了。它唯一遗存下来的无量殿，仅是灵谷寺数十座建筑之一，就很不一般了。我在"南京的建筑及马路"中提到了这个建筑。它在民国时期改为了国民革命军阵亡将士公墓的祭堂。你可以在参观祭堂时，想象当年灵谷寺会是何等模样。

  我还要建议大家去参观大报恩寺遗址公园。这个"遗址"太有故事了。且不说佛祖顶骨舍利是在这里的地宫出土的，唐玄奘的顶骨舍利也是在这里发现的。还有一件不可思议的事：在大报恩寺遗址西侧的西街悦来巷里，有一座大众澡堂，称作瓮堂。所谓瓮堂，是澡堂的屋顶凸出一双半球形建筑，呈双瓮状。球体下便是浴池。浴者在瓮池中泡澡，既透气也保温。这个瓮堂竟然是与大报恩寺配套设施，已有600多年的历史，直到现在仍在营业，成为全国的"唯一"。我们曾走访了这个瓮堂。瓮堂外墙上挂有省级文物保护单位的铭牌，内中设施陈旧，规模也小。双瓮下仅剩一个瓮池在使用，另一瓮池已改作烧锅房。堂口张贴着10块钱洗把澡的价格表，有三五人在内中泡澡。他们一定不曾想到，自己花10块钱就享受到了明代的洗浴文化。据说瓮堂初为僧人的沐浴之所，后也对少数香客开放。按佛教传统礼仪，香客参佛前需"沐浴更衣"。走访瓮堂之前，听到的是：这是建明城墙的民工洗澡的场所。看到瓮堂，方知此说法多半与瓮堂简陋的现状有关。

有关大报恩寺遗址的情况，南京大学历史系教授夏维中先生写过《大报恩寺的前世今生》一书，对它做了详细介绍，有兴趣的不妨一读。

瓮堂洗浴的价格表　摄于2013.8.16

最后还想讲一讲，现在有人提出要打造金陵佛都，问我怎么去看？

我个人其实并不赞同这么个提法。南京既然已经是古代佛都，为什么现在还要去打造呢？刻意去打造，恐怕也打造不像、打造不好的。之所以出现这样的提法，可能更多的是停留在佛教文化建设或旅游发展的层面上，并非是什么宏大的目标。

我个人还认为，与其说"打造"，不如提"重整"。我们要整理南京佛教文化丰厚的遗存，深入挖掘其内涵，取其经典，重现古代佛都的风采。这是建设人文南京的不可或缺的部分，也可以发挥佛法调适人类心理的基本效应，服务于社会。同时，还能吸收更多的游客到南京来体验佛教文化。

应该说，南京在"重整"方面已经做出了成绩，尤其是利用佛祖顶骨舍利浮出的契机，不仅建设了大报恩寺遗址公园，还建设了牛首山文化旅游区。不过，我以为在"重整"方面，要注重硬件，更应注重软件。比如说，新建的两大佛教文化项目，均应设立高水准的研究机构。这很重要。再有，就是僧才的培养。南京大学有专门的佛教研究机构，还有中国佛学院栖霞分院等，条件是具备的，要进一步强化。没有了人才，就做不成大事。

我曾在自己的一篇文章中谈到，南京历史上最大的一次人才流失事件，是南朝梁武帝放跑了高僧达摩。梁武帝原本是将达摩作为人才引进来的，后因两人观点不合，引发了达摩"一苇渡江"。若干年后，达摩成了中国佛教禅宗的创始人。这岂不是最大的人才流失吗？

六、南京的"非遗"

南京乃虎踞龙蟠形胜地、金陵十朝帝王州,可谓江山代有才人出、传世文化贯古今。我们前面讲的城市名号、城墙、建筑、佛寺,仅是金陵文化之一隅。要讲的东西实在太多,不可能也没有能力讲全、讲深。这里再挑一个最接地气的东西讲一讲,那就是南京的非物质文化遗产。

什么是非物质文化遗产?根据联合国教科文组织颁发的《保护非物质文化遗产公约》的定义:非物质文化遗产是指被各社区、群体,有时是个人,视为其文化遗产组成部分的各种社会实践、观念表述、表现形式、知识、技能以及相关的工具、实物、手工艺品和文化场所。这种非物质文化遗产的世代相传,在各社区和群体适应周围环境以及与自然和历史的互动中,被不断地再创造,为这些社区和群体提供认同感和持续感,从而增强对文化多样性和人类创造力的尊重。

《保护非物质文化遗产公约》是 2003 年 10 月 17 日在联大第 32 届会议上通过的,也只有 10 多年的时间。非物质文化遗产的提出,在文化遗产的概念史上是个标志性的事件。这个概念最早出现在 1982 年"世界文化政策会议"的文件中。而《保护非物质文化遗产公约》则是建立在 1997 年"联合国教科文组织宣布人类口头和非物质遗产杰作",以及 2001 年首次公布"第一批人类口头及非物质遗产杰作"的基础上。尽管非物质文化的历史极其悠久,但可以看出,人类对它的认知和加以保护的时间十分短暂。

笔者在"中国年俗文化保护与旅游发展论坛"上　摄于 2007.2.28

我国对非物质文化遗产是非常重视的，在《保护非物质文化遗产公约》颁发的第二年就作出决定，成为第6个向联合国教科文组织递交批准书的国家。2011年又通过了《中华人民共和国非物质文化遗产法》，在全国各地付诸实施，并逐步建立起了有中国特色的"非遗"保护体系。

南京的非物质文化遗产，经资源普查总计有2004项，分为民间文学、传统音乐、传统技艺、传统医药、民俗等10多类。其中已列入各级保护名录的有500多项。这里选择4项世界级的，给大家讲一讲，即古琴艺术的金陵琴派、中国剪纸之南京剪纸、南京云锦织造技艺、中国雕版印刷之金陵刻经技艺。

先来说说古琴艺术。古琴艺术，是被联合国教科文组织首批列入"非物质文化遗产名录"的。金陵琴派，则为古琴艺术的一支。

古琴，相传已有3000余年历史。春秋战国时期，由于士族文人阶层的兴起，使得古琴成为他们修身养性的工具，也使得古琴独奏具有了艺术的感染力。孔子、庄子、荀子等先贤圣哲，不仅在其著作中表达了各自的琴乐审美观念，同时也是出色的古琴家。汉、魏、六朝时期，文人奏琴开始从身份象征转向个人爱好，对促进古琴艺术有了重要发展。琴人代表有司马相如、蔡邕、嵇康等。也是在这一时期，古琴形制已基本稳定，一直流传至今。宋代，由于皇室对琴文化的专宠，出现了前所未有的官方"琴局"及"官琴"。宋琴的外形还一改唐琴圆拱的特点，变得较扁，形成"唐圆宋扁"之风格。明清时期，城市繁荣，市民阶层扩大，琴界也日趋活跃，形成虞山、广陵、梅庵等各琴派。金陵琴派亦为其一。

早在东汉末年，文人蔡邕来到南京，谱写了《游春》《秋思》等"蔡氏五曲"，流传到了现在。著名的《梅花三弄》，是源于东晋时夫子庙地区的"邀笛步"。南朝梁武帝萧衍著《琴要》，进一步推动了琴艺的发展。明太祖朱元璋之子朱权编《神奇秘谱》，乃为中国古琴谱刊行最早的琴谱之一。清康熙年间编印的《五知斋琴谱》，则收集了金陵琴派传习的一系列古琴曲。以上可见，金陵琴派的形成已有相当的历史，传习至今的琴曲有"蔡氏五曲"，以及《高山流水》《梅花三弄》《渔舟唱晚》等。其演奏秉持古韵，尤以"顿挫"取胜，在古琴艺术界独树一帜。近百年来，金陵琴派涌现出一大批代表人物。我查阅代表人物的名录,"跳"出了一位我熟悉的先生。他的名字叫张正吟。

笔者在"晨光1865"江苏文化创意成果展厅抚琴　摄于2018.8.26

张正吟是我父亲的朋友。我原以为他是位国画家,因家中挂着幅他的仙鹤松树图。有一次,父亲带我去他家串门。他住在三条巷六合里的老宅内。走进他的居室,就深深被琴棋书画的环境所吸引。最显眼就是置于一角的古琴了。我也是第一次见识古琴,而过去仅知古筝。张老当场弹奏了一曲,听得我坠入云端。出于好奇,我翻阅了一下琴谱,发现与通常所见的简谱或五线谱完全不一样,倒像是另一个世界的汉字。询问之下,方知是古代创造的乐谱,又称"减字谱"。这是将文字谱所记叙的内容,归纳为弦数、徽位、左右指法等几个主要部分,并将其组合成一个另类的方块字。我过去一直有一个困惑,古代的音乐是如何被记录下来的?又是如何演奏的呢?不曾想竟然在张老的居室里找到了答案。

再来说中国雕版印刷技艺。所谓雕版印刷技艺,是将文字、图像反向雕刻于木板,再在印版上刷墨、铺纸、施压,使印版上的图文转印到纸张的工艺技术。雕版印刷技艺,可追溯到隋代,虽然到了宋代发明了活字印刷,但并未被取而代之,仍占主流地位,直至清末民初开始衰微,甚至淘汰。而今连活字印刷也被弃用,均改为在电脑上排字制版了?更别说古老的雕版印刷技艺了。

现在,仍在坚守雕版印刷技艺的是以金陵刻经处、扬州广陵古籍刻印社、四川德格印经院为代表。这三个代表成为列入联合国教科文组织"非遗"

名录的传承单位。

我们来了解一下金陵刻经处是个什么单位。它是一个专业的佛教文化机构，集编校、刻印、发行佛教经典于一身，用现在的话说，就是发行佛教书籍的出版社加印刷厂。由于刻印的是佛教经文，简称刻经，其雕版又称经板。佛教经书最早的流通，是依靠僧人之间抄写、交流、外传。当然，首先还得将经书译成中文。一直到了隋代，才开始有佛经的刻印发行。明洪武年间，在蒋山寺（即原开善寺，后迁址为灵谷寺）建立了皇家刻经处，校刻大藏经，为南京最早、规模最大的刻经发行案例。它的经版一度存放在大报恩寺，可惜后来被烧毁。这样的损失是无法挽回的。

金陵刻经处，成立于清同治五年（1866年），是由被尊为"近代复兴佛学的一代宗师"杨文会创办的。其经版印刷技艺代代相传，已传到六七代了。金陵刻经处的经版在抗战期间，顺利转移到四川，被保存了下来，而留在南京的数十万卷藏书和房屋被侵华日军焚毁，仅有杨文会的墓塔幸免于难。现在的金陵刻经处设有经版楼，有兴趣的可以前往参观。我本人曾多次访问金陵刻经处，深深被陈列的经版雕刻技艺所折服，也目睹了几位年轻人耐心地在木板上反向雕刻。现在的年轻人能甘于寂寞、精工细雕地从事这项工作是很难得的。这样的传统技艺，也确实需要有年轻人站出来，才能传承下来，不至于流失。

再有，就是剪纸。剪纸最早出现在西汉时期，是伴随着纸的发明而产生的。在此之前，也有"剪"的艺术展现，是以雕、镂、剔、刻、剪的技法，在薄片材料上制作，或在树叶上剪刻纹样。剪纸为民间不可或缺的饰物，主要用于美化居家环境，到了清代已经成为大众的艺术。它虽然来自于民间，但也拓展到宫廷皇室。北京故宫的坤宁宫是清代皇帝的花烛洞房，其间就布有剪纸。近现代在蔡元培、鲁迅、刘半农、周作人等倡导下，建立了中国民俗学的雏形，将民间剪纸列入其中。

显而易见，剪纸成为了全民性的民间艺术，形成南方派、江浙派、北方派等各大流派。应该说，南京剪纸在江浙流派中占有重要的一席。

南京剪纸的特点，是"花中有花，题中有题"的构图形式，"拙中见灵，粗中有细"的表现手法，剪出的人物和花鸟"圆嘟嘟、胖乎乎、笨拙拙、

金陵剪纸国家级传承人张方林为新郎新娘的剪纸作品
摄于 2019.8.11

肉墩墩",情趣盎然。南京剪纸人技艺高超,不用画稿,心中构图,一把剪子、一张纸,一气剪成,令人叹为观止。

南京的国家级"非遗"传承人张方林,出身在剪纸世家。他的父亲张吉根,早在1954年就与几位剪纸艺人成立了民间剪纸生产合作社,以后又扩大为民间工艺厂。到如今,张吉根的子孙中有8人从事剪纸。张方林是他的长子。20世纪90年代,我带队到香港参加旅游展销会,曾邀请张方林一道赴展。那时候还没有"非遗"的概念,而他只要站在展台上亮出剪刀,就能吸引众人的目光。张方林的小妹张林娣,我也熟悉。去年五月中旬,上海的金山区廊下中学举办了张林娣剪纸作品展。我跟随以她领衔的南京"非遗"代表团,赴上海参加其作品展的揭幕式。上海的一所中学,怎么会与南京的"名剪"张林娣挂上钩了呢?原来这所学校的校园文化是以剪纸艺术为主题。校方认为,剪纸具有认知、教化、表意、抒情、娱乐、交往等多重社会价值,可以此培养学生的道德观念、实践经验、生活理想和审美情趣。学校不仅校园的橱窗陈列着学生们的剪纸作品,还专设了剪纸艺术展览馆。张林娣剪纸作品就是在这个馆展出的,可见剪纸已走进校园,走进千家万户。而南京剪纸能在上海大都市立足,说明已具有相当的影响力。

实际上近一二十年,南京剪纸艺人频繁出国,展示技艺,已成常态,为宣传南京作出了不可小觑的贡献。

如果说前面讲到的金陵琴派、金陵刻经技艺和南京剪纸,在联合国教科文组织"非遗"的名录中，是分别属于古琴艺术、中国雕版印刷技艺、中国剪纸的项目，那么南京云锦织造技艺就是作为独立项目入选"非遗"的。

南京云锦，因美如天上的彩云而得名，也自然而然与家喻户晓的两位云中仙女联系在了一起。一位是"天仙配"中的七仙女。她为了给家住江宁的穷小子董永分忧，巧手织出美轮美奂的云锦，被奉为"云锦娘娘"。另一位是"牛郎织女"中的织女。相传"七夕"（农历七月七日）那天，织女、牛郎在天河鹊桥相会，深深被地上的紫金山和秦淮河吸引，于是下凡到河畔，向当地传授织锦技艺，也被大家尊为"云锦娘娘"。南京云锦，多么具有浪漫的色彩。

南京云锦的源头，有专家论述："发源于公元3世纪的吴国，至公元5世纪刘裕在南京城南的秦淮河畔斗场寺（亦名斗场市）附近设置'斗场锦署'……"也就是说，南京云锦至少已有1500多年的历史。尤其是东晋末年，聚在长安的包括织锦工匠在内的中原百工南迁建康（今南京），对金陵丝织业的发展起到了重要作用。这批织工既承袭了两汉魏晋的传统，又融合了北方少数民族擅长加金织锦的技艺，形成南京云锦的主要特征之一。

加金织锦，称作织金，就是将黄金抽成丝，在织料上织出花纹；又因织成后输入宫廷的缎匹库中，亦称库金。也有织银的，称作库银。元代最盛行织金，不仅皇帝及百官的袍服用织金，三品以上官吏的帐幕也用织金。意大利旅行家马可·波罗就曾亲眼目睹用织金制作的军营帐篷绵延数里，并写在了游记中。在清东陵慈禧墓中，出土了一件织金陀罗经被，经被上用捻金线织出佛家和呈旋转排列的梵字陀罗尼大悲经。出土的文物显示，是由江宁织造府出品的。

实际上，南京云锦一直是元、明、清三朝的皇家御用品。尤其是清朝，曹家三代经营的江宁织造，将云锦发展推向了顶峰，还成就了一部经典名著《红楼梦》。然而到了近代，伴随着西方呢绒、哔叽等大肆入侵倾销，曾经独领风骚的南京云锦，沦为了亟待抢救的织物。

1957年，南京云锦研究所成立。南京云锦开始走上了一条漫长而艰难的保护、复苏、发展的旅程。20世纪80年代我入行旅游业，便开始关注南京云锦研究所，并投身其中，感受了王宝林、张玉英等云锦人从解决生存问题到摆脱困境，直至将其织造技艺送入世界级"非遗"的全过程。2015年，研究所织出了达·芬奇的《蒙娜丽莎》，送往米兰世博会展出。这幅云锦作品较之原油画放大了10倍，据说是由26位设计师、4名织工耗费6个月时间织成

作者在北京某大型商场展示的南京云锦"九龙图"前
摄于2008.7.21

的。他们运用70多种色彩的丝线与金线，将油画的色质、肌理、光感、笔触、空间等多项表现元素发挥得恰到好处，完成得很是出色。我匆匆赶在云锦《蒙娜丽莎》出国前，前去欣赏并与之合影。我当时的心情似乎与"蒙娜丽莎"忧郁的微笑很是切合。因为也就在这一年，研究所被一个叫"维格娜斯"的上市公司全盘收购。这个"维格娜斯"会如何对待南京云锦的"非遗"呢？我多少有点心存担忧。

　　我之所以持有这样的心情，并非因为我曾是研究所的文化旅游顾问，也不是出自南京云锦本身的魅力。我曾陪同上海一位搞动漫的专家参观云锦织造。他在详细了解了两位织工同时作业一台木织机后，惊讶发声：这不就是古代电脑的操作吗？挪威纺织专家阿里德·哈根评价道：南京云锦技艺中有个叫"挑花结本"二进位制的工作原理，经"丝绸之路"传到西方，被法国人贾卡成功引用到现代织机上，形成著名的贾卡纹板提花机。它的出现，不仅拉开了现代纺织工业的序幕，而且启动了电报业、计算机的发明，成为引发法国、英国工业革命的重要因素之一。作为"非遗"的南京云锦织造技艺，实在是无价的，如何"收购"得了。

　　前面讲了南京的4个世界级的"非遗"项目，似乎都与我有联系，实

际上都是与我从事的旅游工作有关。古老的"非遗"已成为现代旅游不可或缺的内容。当然,"非遗"与旅游如何结合得好,也是一门学问。

再说一个世界级的"非遗"项目,即中国昆曲艺术。它是在《保护非物质文化遗产公约》颁布之前,出现于2001年联合国教科文组织首次公布的"第一批人类口头及非物质遗产杰作"名录中。说起来,这属于江苏省的一个"非遗"项目,也应该是南京的"非遗"项目,因驻南京的省昆剧院是这个项目的保护单位。昆曲艺术成为世界级"非遗"后,省昆剧院搞了台折子戏在江宁府学演出,让我邀请旅行社的老总们观看,期许以此将昆曲推向旅游市场。那场演出,台上的演员十分投入,台下的老总们不是中途开溜就是打起了瞌睡。那咿咿呀呀的唱腔确实也蛮催眠的。看来不是什么样的文化艺术,都能被旅游市场所接受,哪怕是世界级的。其实,如果换一种表演方式,效果可能会好一些。

我是这样想的:选一二位能掌控全局、幽默诙谐的主持人,由他串讲昆曲艺术。与此同时,"生、旦、净、丑"——亮相,或念几句道白,或哼一段唱腔,最后再以一个短小精悍的折子戏压台。这样一种全新的普及方式,肯定会勾起游客的兴趣。可惜我对昆曲艺术是门外汉,否则我一定会尝试一下,编写这样一个昆曲普及版的台本。

2018.8.30

附录
Fulu

我们高二（6）班的年轻人
——知青生涯之一

我们老知青相聚"小厨娘" 摄于2018.10.31

「作者导语：

10月31日，这个日子是不大能忘掉的。

50年前的这一天，我们九中高二（6）班的几位同学到高淳县凤山公社插队。贫下中农在大路上迎候，带着我们走上了乡间小路。我们一行9人（其中1位是辅导班初二的小同学高允善）组成了3个知青之家，分在红星、红旗两个生产大队的5个生产小队，开启了"知识青年上山下乡"的生活。

50年后的这一天，高允善牵头将大家包括夫人们聚在"小厨娘"饮酒叙旧。9人中仅有5人在场，还有1人远在成都、1人生病未出席，另有戴振权、汤明二生已在天堂插队落户了。

我们自打返城安定后，又有也在高淳插队的同学王首峰加入，每年都要聚会一两次，却是逐年人逐少，聚会也就没有了准头。好在2016年10月21日这一天，我得知在法国生活的班长沈国贤回来了，就邀请几位同学在江南贡院聚会。接下来，班长应该做召集人了，无奈已是"老外"，行无踪影。于是乎，热心肠的同学方晓春担当了此任，又

九中1967届高二（6）的年轻人（前排左3为陈立华，后排左4为工宣队代表）

授予我们9人之一的大嗓门陈文华团长的头衔。我们老高二（6）班有了团长啦。

这个"大嗓门"团长，生性快乐，没滚几身泥巴就被国有企业招安了。他插队的时间最短，记得的事倒是不少。"小厨娘"相聚后不几日，他便在高二（6）班微信群里讲起了我们知青的故事。这些故事充满了欢乐，却也是亲身经历的我不曾记得的。他这么一讲，勾起了大家的回忆，你一言，我一语，着实热闹了一番。我为我们班年轻人的豁达、乐观感到骄傲！

以下是陈文华等同学的微信实录，时为2018年11月6日至20日。"微文"在编辑中略有删减。」

同学陈文华

陈文华：

高淳是我们曾经插队落户的地方，可以说是我的第二故乡。我在那里生活了3年多时间。而石臼湖更是在我的知青生涯中留下过许多挥之不去、刻骨铭心的记忆。

我们插队的第二年，凤山公社组建宣传队，排演革命样板戏。宣传队首先要招募演员，先期进入筹备组的邢定康同学，就把我们一起插队的同学拽了进来。也不管我们这些人以前是否唱过戏、跳过舞，身上有多少文艺细胞，先占个位置再说吧。真应了那句老话：朝中有人好做官。不过我们的表现还是不错的，没让别人小看。因为知青的领悟能力、身体灵活度，要比当地农民强得多。我们当中更有几个出类拔萃的人物，像戴振权饰演的李勇奇，汪宗仁（我们喊他胖子）饰演的胡传魁，不但在本公社，到县里去演出，名气也是响当当的。

宣传队的20多人大部分是知青，驻地在石臼湖边的蛇山下。我们放下手中的镰刀、锄头，从各个生产队汇集到这里，集中生活、集中排练。每天早晨迎着湖边冉冉升起的朝阳练功、背台词；下午在浪打浪的涛声中排练《沙家浜》的"智斗"。秋去冬来，转眼春节，宣传队开始到各大队巡演。那时期，农村的文化生活极度贫乏，唯有知青带去的半导体收音机，给大家的生活带来少许的咸味。为此，宣传队的演出填补了久违的娱乐活动，给老乡带来了欢乐，很受欢迎。演出所到之处有鱼有肉，大吃大喝。有得，也有失。我们放弃了回南京过春节，放弃了和父母团聚的日子。我们的演出得到了观众掌声的肯定，也多次参加了县里的文艺汇演、调演。宣传队为公社争得了荣誉，领导的脸上开出了春天的花朵。在宣传队的几个月里，不用下地干活，工分照记，真是乐不思蜀。

我们住的石臼湖边有一处水产收购站。湖中出产的大青虾，在那里购买又新鲜又便宜。我买了好几斤，准备春节之后带回南京，孝敬老爹、老妈。动身还有一段时间，我就想了一个保鲜的方法，先用盐水煮一下，然后晾晒成虾干。虾子晒在屋外，泛出诱人的淡红色。几天下来，突然发现虾子一天比一天少。经过侦查，原来是几个要好的老同学路过虾匾时，走过来吃几个，走过去吃几个，把我辛勤劳动的成果，变成了他们口中的零食。唉！真是"家贼难防"啊。

一天，生产队通知要搞一次忆苦思甜活动。农村人很朴素，不像城里人只搞些口诛笔伐虚的东西，而是实实在在安排了忆苦思甜饭，直接用味觉感官来接受阶级教育。

中午吃的是忆苦饭。在我想象中，忆苦饭肯定是用米糠或者是豆渣，加上剁碎的野菜煮成半干半稀，黑不溜秋的一锅熟。中午开饭时间，我们拿着一个大碗到生产队，眼前出现了一幅完全不同的图面：大锅里是一锅热气腾腾的菜饭，我问农民，这就是忆苦饭？他们说是的。饭里有藕丝，是菱角的根茎，平常都不会去吃，被视为野菜，理所当然的就是忆苦饭。

笔者与贾郎头村陈遇荣夫妇　摄于2013.5.4

藕丝是水生植物，煮熟后很少有存在感，所以不容易看到它的身影。一碗忆苦饭下肚后，觉得不过瘾，又添了一大碗。吃忆苦饭的第一感觉，如果有一碟辣椒酱佐餐，那就更加美味了。吃过忆苦饭，下午干活浑身有力量，只是心里却不时挂念着晚上的思甜饭。

收工了，我们又匆匆来到生产队。生产队的两口大锅，一口是白花花的大米饭，另一口是红通通的红烧肉。这红与白搭配的美食真让人激动。我们受到贫下中农的熏陶，也学会了过日子，懂得勤俭持家，留下一半的红烧肉，放在第二天、第三天慢慢享用。那时的农家猪肉真香，真好吃。就着红烧肉，晚上又吃了两大碗米饭。

抹着油光光的嘴，我就想，知识青年接受贫下中农再教育很有必要。这样的忆苦思甜很接地气，真希望这样的活动经常搞，最好每月有一次。很可惜，生产队长没能采纳我们的合理化建议。直到我离开高淳，再也没有参加过这样的忆苦思甜活动了。

到农村插队，转眼就是一年了。我们红星、红旗两个大队的知青，实际上就是3户人家，9个同学，相约休息一天，庆祝一下，说白了就是聚在一起大吃一顿。这是我们知青最高兴的事。

聚会地点定在红星大队孔阳村。那是邢定康、汪宗仁、汤明的知青之家。高淳知青的房子基本上都是土墙草顶，而他们

笔者与同学陈文华（中）、汪宗仁（右）在南京长江大桥

的家是青砖瓦顶两大间，可以说是土豪级的。在这样地方举行宴会，档次肯定提高不少。它的地理位置也佳，独立于村外。我们闹得天翻地覆，与村里的农民互不干扰。

到了聚会的日子，我们每家都拎来一只自养的小公鸡，又到公社的集市上采购了一大堆蔬菜。还有几条大鲫鱼，每条都在半斤以上，活蹦乱跳，放在水盆里四处游动，特别诱人。正当大家撸起袖子，准备忙碌的时候，突然汪宗仁拿起农具，说声：对不起，我去上工了。看着他离去的背影，我真是气得鼻子不来风，心里直骂：这个死胖子，为了几个工分，竟然漠视这么重要的活动。我们请假在这里忙活，他倒好，晚上回来吃现成的。

同学戴振权

戴振权是我们当中的烹饪高手，掌勺大厨的岗位非他莫属。到了下午时分，屋里开始飘出炖鸡的、烧鱼的、蒸肉的各种香味。香味的碰撞和聚合形成一股不忍离去的力量，让人产生一种飘飘欲仙的感觉。

天渐渐暗了，胖子也扛着农具下工回来了。激动人心的时刻到了。煎，炒，烹，炸，红烧的，凉拌的，一盘盘，一碗碗端上了桌子。胖子拿出了一套酒具，是他家祖传的，从苏州老家带来的，确实不同凡响，非普通人家使用的物件。酒杯小巧玲珑，薄如纸，白如玉，声如磬。如此精美的餐具，又给我们筵席上了一个档次，也算胖子将功补过了。天黑下来，点亮了煤油灯。摇曳的火苗，再给筵席增添了一份浪漫，增添了一份温馨。

酒过三巡，菜过五味。在酒精的刺激下，一个个热血沸腾，豪情奔放，亮开了歌喉，革命歌曲一首首传唱。碟、碗被敲打出的清脆声音成了乐器伴奏。据说第二天洗碗时，发现一个铝制的锅盖上尽是小麻点，不知是谁把锅盖也当作打击乐器了。

饭与酒菜在腹中的堆积，快到喉咙口了，实在吃不下了。众人走出屋门，在门前空场上遛弯。有人突然发现秦志远在偷偷地吃酵母片。这下大家又有了借题发挥的题目，说他太穷凶极恶。他极力辩解。众人要他做两个弯腰运动，用实际行动来证明自己。他双脚并拢，弯腰用手触地，而后感觉到好像被戏弄了,要求大家也做一遍弯腰运动。大家哈哈一笑,一哄而散。

几天之后,还有农民问我们:那天晚上你们在干什么?唱的歌非常好听。说老实话,我们唱歌真的是酒后乱吼。之所以悦耳好听,我想是歌声在夜空中飞扬后,传向远方,更加缥缈,更加悠扬。用现代语言解释,距离产生美。

想问一声,杨洪耕(现在成都)及其他同学,你们还记得那天的聚会吗?

同学李调匀

李调匀(微信名"匀速运动"):

看了你的大作,字里行间流出你在第二故乡的开心、惬意。与你相反,50年过去了,我都失忆了。只是有一个时刻,我却刻骨铭心:某天在水稻田里,我直起酸痛的腰,突然看到你背着包,欢天喜地地走在田埂上离开高淳,我用羡慕的眼光送你很远很远。我多想回南京,哪怕扫马路、炸油条。

何捷:

@匀速运动 看到你发的帖子,不觉鼻子一酸。当年生产队知青4人,我是最后一个回南京的。他们一个个离开时,我的感受与你是一样的。

同学何捷

刘苏贞(微信名"池长双莲"):

拜读陈文华和同学们对在农村插队生活的回忆文章,我虽未经历,也能感同身受!想起我在煤矿工作的岁月,虽艰辛,也有趣!虽有痛苦,也有收获!

我是1970年1月去南京湖山煤矿四营总机工作的。那时四营初建,是在三座山的山凹中,条件也很艰苦。起初自来水都没通,刷牙洗脸要下到一水坑边舀水,等刷完牙才看到水里还有一片一片的驴粪球呢!

那时正值冬天,吃过稀饭的饭盒刚一放在桌上,没一会儿工夫就已结满了冰碴子!房子那个透风喔!下雨天,道路泥泞,一步一粘一掉鞋,简直没法儿走!有时电话线路坏了,我们也得和维修工一起查外线,遇河架线等。我们总机班的人每天要轮流去团部取报纸。一次,我走在煤渣铺就的路上,看到近在身边的小山山腰有一圈白云漂浮着,环绕着!好美、好仙哦!我们还要定期参加下井劳动,在湿漉漉、幽暗暗的井下扒煤渣,觉得还蛮好玩的呢!

待春天来了,总机不当班时,我们就会到山上看风景、疯玩。那时每半月回南京休息两天,总要翻过两三个山头,去汤山镇乘汽车。我这才发现离南京不远的山中,竟然有这样一个每逢春季开满美丽杜鹃花的地方,就像《闪闪的红星》电影里的满山杜鹃花一样!

夏天,我们会去附近的村子,买一些看着老乡从树上现打下的杏子吃。那个新鲜、水灵、香甜、美味哦!

秋天,我们钻进山里到处找野柿子、野毛栗子。野柿子虽然只有手指头大小,也开心地带回家,捂在米桶里,期待着柿子成熟那一天……

陈文华,哪天一起去你们插队的高淳看看啊?你的回忆文章好有感染力、好有文采哦!做成一篇美篇吧,留给自己、留给后人。

虞丽蓉(微信名"恩婆"):

在上山下乡50周年之际,老陈的略带欢快的叙事回忆打开了大家记忆的闸门。由于各人插队长短不一,感受也不同。一般来说二三年就有机会回城的,插队生涯的回忆会更多一些欢乐。插队的时间越长,迷茫、痛苦和绝望就越强烈。

同学陈心毅在九中1964届初三(2)班的毕业照

陈心毅(微信名"心怡"):
秋思如细雨,霏霏停不下。
追忆青春事,芳华多坎坷。
曲直乃常态,平坦少滋味。
胸溢岁月醇,憾叹人生短。
幸得晚年康,珍爱你我他。

我们高二（6）班的年轻人
——知青生涯之二

高考前辅导班上课的国画（局部），陈列在南京中国科举博物馆　摄于 2017.2.18

同学王首峰在九中1964届初三（2）班毕业的照片

「作者导语：在上一文中，提到了"也在高淳插队的同学王首峰"。他是在永宁公社插队。那地方过去是最为偏远、也最为穷困的山区，而今已成了最为热眼的国际慢城了。真是山乡巨变呀！

我和王首峰从初中到高中都是同班同学。全国恢复高考那年，他约我一起报名参加。我羞于而立之年还得让老父供我读书，未答应。他也就未考。次年，他又找我参加高考。那时候，离高考时间只有短短的一个月了。我们相互间借阅高考资料，又一起摸到有高考辅导班的学校，在教室外听课。那一年，我们虽都没考好，但都被录取了，而且是在同一所学校。他学的是严谨的物理，我读的则是容易偷懒的中文。这一考，倒是彻底改变了我们的命运。

　　50年过去了。陈文华率先在高二（6）班微信群讲叙知青往事。接下来，就是王首峰的微信故事会了。他记忆力特好，文笔也棒，不输给学中文的我。他有说不完的故事，每个故事又都有标题，收集起来可以出一本集子。限于篇幅，这里仅择其二三，还望同学们谅解。以下是王首峰（微信名091225）的故事选。另有两位同学做了点评，也一并附上。」

四眼

　　"四眼"，是农村极普通的一种土狗，外形花色极为相似，不易辨别出哪只是四眼甲，哪只是四眼乙。

　　那是多年前一个寒冷的冬季，农田里的活干得差不多了，离春节也就十几天了。大部分知青都带着大半年准备的农副产品，回家孝顺父母了。我虽说不知道明天、明年、三五年以后会怎么样，但还在农村坚持。带去的书籍已看了多遍。冬天黑得早，我吃完饭钻入被窝睡觉，也省了点灯的煤油。四处漏风的草屋，风吹得窗户上的塑料布哗哗直响。门缝中钻入的寒风也咝咝作响。盖紧被子，卷缩躯体，用自己装的半导体收音机收听电台的播音，但干扰太大，听不清什么。忽然耳边传来扒门的喳喳声，时有时无，忽大忽小。反正是男生，天不怕，地不怕，鬼也不怕。天气实在太冷，实在不愿从被子中钻出去看看。

　　模模糊糊睡到天亮，打开屋门，钻进一只四眼，是小奶狗，在脚旁转着呜呜直叫。问了周围的农民，是否走丢了狗，都说没有。在寒冷的冬天，孤单的知青门前，小狗扒了一夜的门，心中顿时流入一阵阵暖意，赶快弄点热汤热饭给它吃个饱。吃饱后，它钻进灶门前的稻草堆，不请自来的把这里当成了家。我当时的心理有点变态，那么冷的天就将小狗扔入水塘，看它是否离我而去。它游到岸边冷得直叫，仍旧狂奔回去，到灶前草堆中安静地躺着。

　　穷养狗，富养猫。狗认定主人后，再苦再差，也不离不舍（现在的宠物狗恐怕不是这样的）。猫就不一样，在家中吃不饱、吃不好，是会不辞而别的。

余下的日子，身旁有了个寒夜中来的暖心伙伴，心中有了牵挂。吃饭时，总不忘弄点好吃的给它。春节一天天临近了，回家的日子总要到来。为了以后辨别这只四眼，我用剪刀在它耳朵上剪了一个小豁口，如同养猪场给小猪做标记一样。

与四眼离别的日子来到了，我将它托养给队长的儿子（比我们小几岁）。春节各家伙食还可以，亲戚家来来往往，给四眼吃点东西应毫无问题。

春节过后返回农村，第一件事就是想着看那只伴我度过寒冷冬夜的小家伙。不幸的事还是发生了。队长的儿子内疚地对我讲，尽管有肉有饭有骨头喂它吃，但几天后它还是失踪了。

我虽不很悲痛，但碰上四眼还是忍不住多看几眼，有的性别不对，有的耳朵上没有耳标，都不是我的四眼，心中始终想念着，也不知它在哪儿生存？长成什么模样了？日子一天天过去，大约三个月后，在离村三四里路的另一村旁终于看到了它。若不是它耳朵上的记号，真不敢相信，小奶狗已长成五六十公分高的小帅哥，就如同丢失的一个二三岁的幼儿，找回时已是十五六岁的小男孩。见面的时候，它没注意到我，我也没想到它是我丢失的狗，只是无意中在耳朵上多看了一眼，不加思索地唤了它一声。它看了我一眼，直奔过来，高高兴兴地跟我回了家。我赶快弄点好吃的给它。它吃饱后，重新钻进灶门口稻草堆熟悉的狗窝。以后每次我下工回来，四眼都会从家中窜出来，直扑到我的身上。

夏天，知青通常会回家躲暑。村里的农民对我说，邻村的人讲只要你一走，他们就打狗吃。与其这样，还不如自己动手。此话不知是真是假，莫非他们想吃狗肉了？当年农村土狗的命运挺惨的。一般是或春天或下半年养狗，到第二年下半年打狗，大家一起吃狗肉。在那个年代，没有理由说他们做得不对。各家吃来吃去，度过寒冷的冬天，还联络了彼此的感情。我终于下决心让他们打狗了。几个小青年三下五除二就把狗打了。我没有看他们打，也没有去吃。

此后，我又养过一只全黑的狗。它的命运也和四眼一样。四眼和我生活的时间极短，对我有情有义，给了我温暖。可我却对它不仁不义，想念它一辈子，也后悔一辈子。以后，我再也没养过狗。

同学方晓春

「方晓春（微信名"秋儿外婆"）：昨天看到你的《四眼》，非常感动。你用一颗善良的心接纳了这只可怜的小狗，在自己十分艰难的日子里还省下一份食物喂它。小狗也很灵性，对你有情有义，失踪数月后还能认识你，跟你回家，知道报恩。看到这一幕有催人泪下的感觉！只是这只通人性的小狗结局太惨了。你后悔一辈子、想念它一辈子，也突显出是一个心底非常善良且有情有义的人。当年的所有知青离开学校，无论是下乡插队还是……都有一段艰难的经历。一切都过去了，珍惜当下吧。等待你的续集。」

狼口夺羊

我插队的地方，北面和溧水交界，有几座山，和紫金山差不多高。我们几个知青走出二十里路，去那里爬山。记得山上有很多野栗子树，摘下来外壳上都是刺。用石头往外壳上砸，砸去刺再剥开来吃，虽然栗子肉很小，但别有一番风味。

当地农民说山上有狼，而且是孤狼，特别的冷漠和狡猾。孤狼昼伏夜出，每天会沿着一定的狼路，外出二三十里猎食。果真不假，我就有过两次与狼不寻常的邂逅。

有天上午，生产队男男女女二三十人在田里干活，不远处走来一只似狗非狗的动物。大家走近一看，竟是只孤狼，于是拿起锄头、钉耙一拥而上，大呼"打狼啊！"狼显然被吓住了，连奔带跑，掉进了一个小池塘里，给平日里劳累的农民带来了乐子。十几个男人拿着农具团团围住池塘，大有一番今晚吃狼肉的壮举。落入池塘的狼到了绝境，经冷水一刺激，头脑也清醒了不少，瞅着人少的地方，露出狼牙，大嚎一声，冲上岸来。我们便落荒而散。只见它不急不忙地抖了抖身上的水，踏着小碎步慢慢离去了。而我们，再也没有人敢上去了。那是我亲眼看到的一个无比狰狞的狼，完全不同于动物园里满园乱窜的狼。看来不要命的野兽，还是少惹为妙。

第二次见狼是深秋。

我们收获的稻谷通常放在离村一段路的公共晒场，白天摊开晒，晚上堆起来、盖上塑料布或稻草，次日摊开再晒。队里每天晚上派两个男劳力，去晒场搭的草棚中守夜。

有一天晚上，我和一个农民去看守公粮。晚秋天黑得早，村上大部分人都已灭灯睡觉了。我们走出村口一段路，听到一阵咩咩的羊叫，引起了警觉，寻声而去，发现月下一只狼叼着一只羊在前行。同行的农民说，这只狼出来叼羊也太早了些，胆子也太大了。在电筒的照射下，狼的两眼闪着吓人的绿光。我们手里没有任何工具，只得在田里找根竹棍，跟在狼后面不断地敲地面，嘴里喊着"打狼！打狼！"给自己壮胆。狼走了一段，放下羊，对视着我们。我们只能倒退几步，和它保持了一段距离。就这样，双方进进退退，走走停停，进行着拉锯战和心理对峙。狼退到了一个约二三米宽的干涸灌溉渠，叼着羊行动是不便的，只得不情愿地放下羊，跳了过去。机不可失，时不再来，我俩一个箭步上去抱了羊就往村中跑，也不知狼有没有追过来。到了村里，我们敲开了一户关系较好的农家，再喊了其他知青和几个农民。大家剥羊皮、烧羊肉，忙开了。吃的时候农民还讲，这只狼肯定不死心，寻着羊味在我们屋子周围转呢。

第二天早上，有农民说昨晚羊圈中羊给狼叼走了（有血迹）。幸好我们留下了一只羊后腿，给羊的主人奉上，算摆平了此事。我们也就此饱餐了一顿从狼口夺来的羊肉。

鱼的故事
一、关于"鱼堆失火"的故事

高淳分山乡、圩乡、半山半圩乡，总的来说是鱼米之乡。我初来山乡插队，只知道圩乡的鱼多，不知道多到什么程度。生产队会计对我们说，过去交通闭塞，圩乡的鱼运不出去。到了下半年捕鱼旺季，捕来的鱼除了卖出去一部分外，只能腌起来保存。腌过的鱼晒干后一片片叠堆起来，有二三米高，再用稻草盖起来防雨，如同农村的草堆。这么一来，就在湖边形成了一个个咸鱼堆。有一次，不知谁不小心让鱼堆失了火。咸鱼烧着后夹着鱼腥味直冒油，火势也就越来越大。好一个"火烧鱼堆"的奇观。会计说的多半出于民间传说，已无从考证，但能凭空编出这样的故事，是要有丰富的想象力的。

二、关于"偷鱼"的故事

到了深秋收稻种麦之后，各种农活渐少，大家的精力也就充沛起来。

队里的农民常在我们知青家打牌。有天晚上打牌打饿了，说弄点夜宵吃吃。家中除了大米，就是待腌制的青菜。副队长说，邻村的小塘有不少家鱼(即鲢鱼)。有农民回家拿了一个有沉坠没有浮漂的撒网来。我们几个打牌的知青和农民穿着裤头找到小塘，将渔网从塘的一端横扫到另一端，虽捞到了几条鱼，但个个冻得浑身直抖。我回来后换了裤头钻进被窝。有的人继续打牌，有的人杀鱼烧饭。然后，大家饱餐了一顿，各自回家睡觉。

年轻就是本钱。第二天，大家身体都很正常，照样出来捞工分。不过，这样的事情以后再没干过，实在太冷了。

三、关于"男男女女泥浆中疯狂抓鱼"的故事

我们的生产大队在半山腰有一个水库，面积如五台山体育场那么大。

有一年盛夏，天气大旱。水库因稻田急需灌溉不断放水，以至于到了水平线下还用抽水机向外抽水。水库终于见底了。我们知青在田里干活，发现人少了许多，一问才知道都去水库抓鱼了。我们哪有心思再干活，也跑到水库边，看到了今生从未见过的壮观场面。但见百来个男女在水及小腿肚深的泥浆中疯狂抓鱼。有用小鱼网的，有用大篮子、鸡罩子的，也有用水桶的，什么样的工具都用上了。他们浑身上下都是泥浆，脸上和头发上也是泥浆，个个成了泥猴子。更有意思的是，无论是男是女，衣服都紧贴在身上，线条特好，个个像裸身的泥塑。当时男的也好、女的也好，一门心思抓鱼，什么礼仪、什么男女之别，全都不顾了。你看着我笑，我看着你乐，比速度，比谁抓的鱼多，充满了收获和欢乐。

大队会计守在水库的岸边，定的规矩是捞三取一，即凡是抓到3条鱼（同样大小）的，要上交1条，自己留下2条。我们知青也下水抓鱼了，由于没有工具抓不到几条，急得要死。好在大队会计平日里和我们关系不错，我们灵机一动，直接到大队部的鱼堆中拎上一些鱼，到会计处转一圈，拿走2份，丢下1份。几次一转，我们也就收获了"浑水摸鱼"。大队会计则睁一只眼闭一只眼，明知装不知。也只有我们知青，才会要出这样的

小聪明。

水库泥浆中抓鱼的狂欢,一直到天黑才算结束。

晚上,家家户户烧鱼吃,整个村子飘着鱼香。晚饭后,各家点着煤油灯,在蚊子的叮咬下杀鱼腌鱼。几天后,每家每户门口挂起了咸鱼晾晒。整个村子一时陷入了咸鱼的腥臭中。看到年龄大的老奶奶拿着蝇拍,不时在挂咸鱼处驱赶着苍蝇,以为那才是乐融融的"农家乐"。我们混到手的鱼不多,几天就吃完了。农民家的咸鱼得吃几个月,恐怕会吃到过年。

我在农村插队7年,水库百人泥浆抓鱼的景观仅此一次,一生难忘。多年后我再去水库,原以为抓不成鱼,钓个鱼也好。没想到,水库的鱼已被私人承包了。

可怕的粽子

我们的生产队队长是一个矮小的瘦老头,当年对我们知青真不错。我们的生产队很小,只有十几户百来人。端午节快到了。当时农村的生活虽很苦,但这种传统的节日还是很重视的,每家都要包二三十斤粽子。这个瘦老头队长让每家送粽子给我们"下放佬"。农民都认为我们十几岁就离开父母到农村种田,挺不容易的,称我们为"下放佬"。

队长发了话,农民谁也不反对,打肿脸也要充胖子,何况他们也是可怜"下放佬"的。各家拎着粽子(起步10个,关系好的更多),还有咸鸭蛋送了过来。顿时,家中洗衣盆的粽子堆积如小山。这些都是"粒粒皆辛苦"的粮食和农民们暖暖的心意,绝对不能浪费。当年没有冰箱,连电都没有,点着煤油灯照明。于是,我们开始了艰苦而漫长的吃粽子"长征"。

天气渐热,粽子放久了要变质。生产队会计云柏教我们每天晚上在大灶的锅中煮沸一次,坏不了。刚开始吃粽子,口味不错。各家的粽子剥开,内容不同,小有惊喜。我们每天早上烧点稀饭,吃点咸菜,咸鸭蛋;中午和晚上都不烧饭了,吃的是粽子,粽子,还是粽子……三天下来,看到粽子就怕了,还得继续吃,绝对不能扔掉,绝对不浪费粮食。到后来,我们虽然看到粽子就要吐,但坚持到底,一个不剩地消灭了可怕的粽子。

第二年的端午转眼又到了。为让历史的悲剧不重演,我们转守为攻,高调宣布"下放佬"也要包粽子。家中有队里分的糯米，粽叶也可以买到，无奈的是不会包粽子。村里六七十岁的老奶奶不下田干活，热心地揽下了包粽子的活儿。我们包什么粽子呢？白米的，红豆的，豌豆的，红枣（这在农村已很高档）的……最后决定要包一回猪肉粽子。

猪肉粽子，农民不但没吃过，连听都没听过，大为吃惊。"下放佬"要包肉粽子，传成了新闻。包了一辈子粽子的老奶奶，不知如何去包？我们虽然不会包，但会讲、也会吃，就口头指导老奶奶如何去包。从切肉、拌料，到包粽子、煮粽子，不时有农民来瞧一眼。当锅中渐渐传出米香、叶香和肉香时，打开锅盖，水面上漂着一层诱人的油花。农民说，肉里的油都跑掉了。那年头可没有血脂高的名词。当晚，我们把生产队各户的当家男人（农村还男尊女卑）都喊来吃粽子。我们大约包了二三十斤米的粽子，算是还了去年的人情，也高高挂起送粽子的"免战牌"。大家吃着粽子，吸着烟，谈着，笑着，吹着牛。突然有农民指着油花花的煮粽子水问：这个怎么办？他们一听说要倒掉，直喊"太可惜了！"几个愣头青的小伙子把煮粽子的水喝掉了大半。

九中1967届高二（6）班的年轻人（后排左2为王首峰）

想起那年端午节，家家户户给我们送"可怕"的粽子，就打心底里感激那位派粽子的瘦老头队长。1998年县里组织知青返乡活动时，我特地回生产队去看望他，得知他已因癌症去世了。我本想当面感谢他的，却已再无可能。有些该做的事没去做，随着时间的流逝就无法补回，尤其是感恩尽孝得抓紧。

荒唐的年代 扭曲的人性

我们在农村插队的时候，正是青春骚动的年华。

有一插友华X，当年弹得一手好吉他，自弹自唱，走到那儿，都是知青欢迎的对象。在昏暗的煤油灯下，大家默默地听着他弹琴唱歌，忧郁的心情会有暂时的平坦。有时候，大家会跟着他哼唱：

　　无言的坐在你面前，我白白地感到痛苦。
　　我望着你也是枉然，幻想留在我的心坎。
　　我不能照实对你说出……

有时候，大家也背诵普希金的诗：

　　假如生活欺骗了你，
　　不要悲伤，不要心急！
　　忧郁的日子里要镇静，
　　相信吧，快乐的日子将会来临。
　　心儿永远向往着未来，
　　现在却常是忧郁。
　　一切都是瞬息，一切将会过去，
　　而那过去了的，就会成为亲切的怀念。

华X全家下放，经济比较困难。有一天，他急急忙忙来问我借钱，也没说什么原因。我就借给他5元钱。这是在农村干七八天的工分钱，也算不菲了。后来知道，他致使一位女知青怀了孕，带到县医院人流去了。人的天性压制不了，总有一天会爆发的。

华X返城后考上了省歌舞团，后来成了倒爷，从卖榨菜、磁带、喇叭裤到贩煤炭，发迹后把一家工厂买下了。可惜他没和那个女知青走到一起，也一直未结婚，家中的小保姆倒是换个不停。我回到城里，与他仅见过一面。大家都未提当年的5元钱了。

这是知青与知青的情事，还有知青与农民的。1976年1月，我在上调回宁的长途车上，碰到了高一的一个插友。他已经返城，是来接妹妹回去的。他的妹妹安静地坐在后面，苍白的脸上一片倦意，丝毫没有上调回宁的喜悦。后来，从其他人那里才知道，她与当地的农民有恋情，上调体检时发现怀孕了。公社管知青的干部够意思，立即封锁了消息，叫大队妇女主任带她去做了人流。因为招工单位是不会要一个未婚先孕的女知青的。人流几天后，爸爸妈妈没来接她，是哥哥来的。孩子没了，情人各自天涯。她活脱脱地扮演出了一个现实版的"男小芳"。

当年的那几位女知青，今天可能已经带着孙子辈过着晚年的幸福生活了。她们过去错了吗？她们的心灵深处还有没有"伤痕"呢？

爱是人的天性，每个人都有表示爱的权利。该爱的时候就大胆地爱吧！

碰到一位早婚早生的女知青。她的小孙子帮她上街打过酱油，现在已考上大学了。我当年落了伍，到今天小孙子连酱油瓶都不会拿，不要说打酱油了。

同学虞丽蓉和她的老伴

「虞丽蓉（微信名"恩婆"）：

在大家众多真情的回忆中，王首峰的几段回忆最打动我的心。尤其是《四眼》那篇，描绘了他当年的生活状况，以及与小狗相伴相怜的心境。他五十年后再叙，就像揭开了我们记忆中的伤疤，仍能感受到"四眼"还在流血流泪。插队生活虽艰难，但在每一段的不幸中也会有意外的收获。对我而言，终生难忘的是8年来当地父老乡亲对我的呵护和关心。我和何捷同学一样，是知青户中最后一个离开的。在我最后两年无望的守望中，若没有他们亲人般的关照，真不知道今天还会不会有我。插队让我相信：人心是善的。」

我们高二（6）班的年轻人
——微信群里话汤泉

南京市旅游界人士考察汤泉作者　摄于1995.4.29

「作者导语：

自我们九中1967届高二（6）班有了微信群后，有过一次追忆插队知青生活的话题，讲了许多有趣的故事。我已从中整理出两篇文章，收入《踏歌集》中。今年1月20日，戴军同学在群里上传了几张汤泉温泉的照片，再次引起热议。我以为，虽然大家议得轻松愉快，涉及的内容却很严肃，关系到自然与人文生态的问题，值得再整理出一篇文章，与读者们分享。

自古以来，大自然赐予了南京汤泉、汤山两大温泉。我是搞旅游的，对此一直十分关注。20世纪90年代初，我第一次到汤泉镇踩点，在《温泉》一文（收入散文集《秋潺》）中记录："那里的温泉设施是加盖了顶篷的大池，四周都是敞开的，外围有矮墙做遮挡。男劳力下工回来直奔大池，享受免费温泉，'泡'去一身疲惫，再回家吃老婆或老妈做的晚饭。老婆老妈则在晚饭后赶'女汤'专场。日复一日，虽说这对妇女有些不公，但仍不失为一幅恬静的风格画卷。"后来再去汤泉镇，那里已做温泉度假区开发了。我曾询问原住民如何泡温泉，得到的回答是另有安排。至于如何安排，不知详情。戴军同学这次给出了答案，真得谢谢他。以下是戴军为主角的同学们微信实录，略有删减。 2019.1.31」

戴军在汤山足浴温泉
摄于 2019.1.24

戴军：

我喜欢旅游，喜欢看看各地的民风民俗。我注意到有不少日本人喜欢洗温泉的报道。其实，就在南京的农村，就在我们的身边，依然有非常纯朴的泡温泉的民风民俗。

3 年前，我曾一个人多次来到汤泉镇，探访那里的温泉群，并且一一落实所在位置。现在知道还有几处，一直想有机会再去看看。据说有一处在山洞里，很偏僻，去的人很少，还听说在那里泡温泉，衣服有可能被偷。

昨天应晓光同学之邀，我们一连跑了 5 个泉眼。上传的 6 张照片，是我们俩南京农村半日游的真实记录。这些温泉分散在 4 公里的范围，自然溢出，24 小时供大家免费洗浴。照片中的这一处泉眼，分大小两个池，水温很高，盖有蓝色的防雨篷。其周围半径 500 米没有任何建筑物，全部都是农田。在照片中，晓光同学所在的石头围栏中是 24 小时不断冒水的泉眼，温度很高。周围的水域有人在游泳。

陈文华：

你的照片勾起我的回忆。20 世纪 70 年代，我在车队开车。有一次，我送货到江浦汤泉公社，看到路边有一座免费的温泉澡堂，就停车进去尝尝新，洗了一把原生态的澡。那时的澡堂还没有你照片上拍得漂亮，也没有那么大。它的四周是一圈砖墙，屋顶也是四周一圈，就像足球场一样，中间一块天井。人们洗澡时，可以观赏蓝天白云，有一种露天沐浴的感觉。浴池也不大，只有十来个平方，周围是一圈木板搭成的宽凳子，供浴客放置衣物。池中的水温不冷不烫，大概是活水的原因，水也比较干净。虽然设施极其简陋，但洗澡极为方便，极为随意，洗去了污垢，洗去了疲惫，也洗去了烦恼。40 多年过去了，还能记得那处原生态的温泉澡堂。

戴军：

老陈，那个天然澡堂可是千年等你一回呀！

王首峰（微信名"091225"）：

我过去去过江宁汤山的温泉，条件没这么好，就像一个露天的公厕一样，周围有一圈围墙，不大，如同大一些的露天浴室，主要是原住民的洗浴场所，不是供泡温泉之用。听说那里还打了一场官司。几个当地小青年晚餐酒后去泡温泉，其中有一人下去后当晚未爬上来。官司的结果是，另几个朋友赔钱了事。所以要提醒大家，酒后勿泡温泉。现在条件好了，可能已没有这样的露天浴室了。

同学刘苏贞

刘苏贞：

看到你们在讲有关温泉的故事，让我想起20世纪70年代，我在汤山偶遇民间温泉的情景。70年代末，我调到了江苏省煤矿医院（原江苏省汤山工人疗养院）工作。空余时间，我喜欢到周围转转、玩玩。有一天，我和同伴相约去83医院附近的山里看看。我们一路瞎闯，经过一条乡间小路，看到路边有一间貌似公厕的简陋房子，镂空砖墙处冒出阵阵白色的水雾气，里面还传出稀里哗啦的水声和女人、孩子的说话与嬉闹声……莫不是传说中的乡间温泉澡堂？这时，看到有当地女人端着脸盆走进去，我俩也跟着进去。哇！眼前的景象让我大吃一惊：先是因从阳光下乍一进去黑乎乎的，加上雾气，根本看不清屋里的情形。待眼睛适应了，再看到的是如此的景象：几束阳光从镂空墙砖格中，穿过蒸腾的雾气照射了进来，一直射进最深处的水中。这温泉浴池竟在屋子的最深处！要进去得下好多层台阶才能入水！好几个女人和孩子正在洗着澡……女人们看到我俩愣在那儿，笑了起来。我和同伴也笑着跑了出来，一路笑一路议论：汤山农民的温泉竟然这么原始，像厕所又像水牢！这给人的印象真是太深刻了……近半个世纪过去了，也没忘掉！

戴军：

你的偶遇太精彩了！放到现在就是太幸福了！现在的许多温泉浴的水质肯定没有那时的好。

刘苏贞：

是的呐！其实生活中的一些偶遇、奇景，都是令人大开眼界、好玩、愉快的经历！它们也是幸福人生的组成部分！我在煤矿医院工作六年，天天都可洗温泉。这温泉水可治一些皮肤病和关节病，不过你有所不知的是，洗过之后，皮肤是有一点粘的，特别是在夏天，并不舒服。

戴军：

你说得对！汤山的温泉水洗澡不能用肥皂洗，最后还要用清水冲一下。那时我们的浴室没有另接的清水，只能那么粘着。[齿比]

我家原来就在汤山，离八三医院洗澡堂10步之远。我在那里住了3年，澡堂里的喧闹声也骚扰了我3年。现在想想这也挺有味道。我带着儿子在洗澡，窗外那边家里喊：饭好了，快回来吃饭。想当年，没有感觉洗温泉的好呀，真是身在福中不知福。

陈文华：

老戴，现在生活条件好了，物质丰富了，上档次了。不过，这些也不是幸福生活的唯一标准。想想过的一些原生态的简单平静的生活，也很惬意，也很开心。

戴军：

是的，赞成。所以我昨天专门去汤泉的露天浴场，欣赏了一番：

四周农田一片，中间一汪清泉。

蓝天白云之下，肌肤浸于泉间。

缺茶、缺咖啡！

方晓春"秋儿外婆"：

真羡慕又佩服你这位旅游达人！不愧是军人出身体质棒棒的，精神状态那么阳光！在这个寒冷的季节，去这个露天免费的温泉，泡个惬意的纯天然温泉澡，那个美呀！如果大雪纷飞，那就更美了！

戴军在汤泉堰露天温泉　　摄于 2019.1.19

你下次有机会再去，带上同学们们噢！有旅游达人作导游，我们放心，安心，开心！

戴军：

我照片中的汤泉，只是反映了原始纯朴的民俗文化。许多城里人不习惯，到此不敢下足的太多了。

同学杨洪耕

我至今没敢下过这些温泉一次。自愧！

杨洪耕"海螺沟"：

我们四川的温泉是要收费的。常常发现一处温泉，几座温泉酒店就修起来了。有的水温不够热，就用热水器加热。

戴军：

在当今这个时代，流量大的泉眼都被资本占据了，建成了豪华的温泉度假村。能够保留下这么几个泉眼，方便给百姓免费洗浴，已实属不易。再过几年它们可能也会消失。所以我每年都会去看看。

方晓春"秋儿外婆"：

这几处民间温泉有人管理吗？还是要注意安全第一啊！

戴军：

这几处温泉分属各个村或者社区，基建和卫生还是有人管理的。至于个人的衣服用品就要自己妥善保管了。泡温泉的村民，是劳作后带上简单的洁具来消除疲劳的。

邢定康：

你的汤泉半日游太有意义了。向你致敬！有些事应该是地方政府要去做的。我在编一个小册子，可能会用到你的照片。具体位置是在哪里？

戴军：

你可以百度地图上查寻，是在汤浦堰。这里虽然非常偏僻，但远处已不断地在盖房子，遭到了围剿。地下的水源也有所破坏。总之，它们也会毁于资本。

邢定康：

地下温泉资源几无人管。现在汤山温泉已不是自然溢出，得打深井了。

汤泉的这几处原生态温泉太珍贵了,得做一个梳理一下,收入地方志中。

戴军:

是的!是的!

老同学在南师大专家楼(自左至右为方晓春、陈文华、王首峰、邢定康、杨洪耕、李立成、秦志远、汪宗仁) 摄于 2018.11.15

老同学在机场送杨洪耕(右2)赴成都 摄于 2018.11.18

后记

Houji

后记

2006年，南方出版社出版了我的散文集《印象》。这是我的处女作。接下来相继又有了散文集《行色》《秋潦》两部作品。其中2010年出版的《秋潦》，是我退休后第二年的收获。我将它们称作"行人三部曲"。

我退休后，一直主持南京旅游学会的工作，因未聘用固定工作人员，自己就忙得不亦乐乎。其工作的重点是主编《南京旅游研究》学刊，往往这一期还没搞完，就得想着下一期了。尽管如此，我自身的写作也没闲着，其中就有2015年出版的《求缺集》、2017年出版的《不二集》。有了这两个集子，就想再续上一集，以组成新"行人三部曲"。这就是即将付梓的《踏歌集》。

我在《不二集》中，引用了曾国藩书法的楹联"闲扫白云寻鸟迹，自锄明月种梅花"。我将这对楹联新解为：前一句说的是出游的乐趣，后一句则为"蜗居"的收获，特别适合当今老年人的赋闲生活。我也就将《不二集》上、下篇的篇题定为"出游"和"蜗居"。

《踏歌集》上、下篇的篇题，仍沿用了《不二集》中"出游""蜗居"的套路，只不过改为了"旅行"和"研学"。这是借用了教育部门近年针对中小学生提出"研学旅行"的新法。我在《代序：忽闻踏歌》，以及《"研学旅行"山歌一曲曲唱》等文中均讲到了"研学旅行"。那么，老年人也要像中小学生那样研学吗？是的，活到老，学到老。现在的老年人结伴走进老年大学，摄影录像、琴棋书画、吹拉弹唱……学习的劲头高涨，该"毕业"时也不肯"毕业"，乐此不疲。据闻，南京的老年大学已出现人满为患、一席难求的状况。原来，这些老年人的"蜗居"已不局限于"小家"，而乐于在"大家"。

《踏歌集》的文章，均为2017年以来写作的。因近两年出游的机会不多，"旅行"篇的文章也就不多，蛮遗憾的。那么，这一段时间都在忙些什么呢？我在与市旅游委的季宁合写《南京旅游文化故事》丛书（计4册，已完成3册）；在与沙润、周晓平主编《江苏旅游故事》丛书（计6册）。我还参与了北京房山的一个乡村旅游规划，为之连续去了几趟北京，也撰写了《可知晓北京有个西安村》等5则随笔。我又策展了《中国旅行社南京回顾展》，在南京中国科举博物馆做了为期一个月的展览。在此前，我专门赴宝岛台湾参观上海商业储蓄银行行史馆，拜访台中旅董事长周庆雄老先生等，也利用这个机会环岛畅游，并写了《轻移步缓缓听"千言万语"》等6则随笔。如是而已。我的这些文章，都是"出游"归来后"蜗居"而成的，从中体会到"旅行"与"研学"实为相辅相成也。

想起我的处女作《印象》里的文章，每篇均为千字文。以后再写，文章就越写越长了。偶尔读到一位美国作家（姓名没记住）给他亲戚的信。信中有："请你原谅，我把这封信写得如此冗长，因为我没有时间写得简短。"原来是这样呀。为此，我在《踏歌集》"旅行篇"中，努力将每文控制在1500字左右。尽管如此，还是未能写成千字文，敬请读者原谅。

在"研学篇"中，我收入了《金陵帝王州之曲》《牧童遥指杏花村》等几篇文章。这是我为《金陵诗词游屐之旅》口袋书写作的范文。此书系由我和季宁正在撰写的《南京旅游文化故事》丛书之四。前三册已由东南大学出版社出版。

在《踏歌集》中增设了"附录"，附录的是高中同学微信的"知青生活"。"知青生活"的话题，议起来通常比较沉闷，有些悲情，也比较敏感。难能可贵的是，我们高二（6）班的同学有着快乐的基因，忆往昔自然就不会悲悲戚戚，而似有一股股丝滑的暖流在彼此之间环绕。这

"哲学家"子芊　摄于2018.2.6

作者与孙女邢子芊　摄于2019.4.16

开心的子芊　摄于2019.6.14

些微信收入《踏歌集》中，是一种特殊的记录，以此表达同学们"踏歌"般的友情，并与广大的"知青"分享。

《踏歌集》的封面图片，是2017年7月10日我走在定淮门桥上，偶尔看到鸟栖枯枝顺流急下的景观，随手用手机拍下的。这张在不经意间拍摄的照片，犹如一幅水墨画，涂满了人生的境遇。

《踏歌集》的书题，是我的挚友、雕塑家朱泽荣的书法。我的《不二集》，也是请朱先生题写的书名。我今年策展的《中国旅行社南京回顾展》，还与朱先生合作了一把，很愉悦，很感谢。"博澜视觉"继"行人三部曲"及《求缺集》后，再次义务承担了本书的装帧设计。南京大学教授章锦河给了我很大的帮助，东南大学出版社编辑张丽萍也为之付出了辛勤的劳动。我要对他们表示由衷的感谢。我还要感谢我的亲人、朋友、同学、同仁。一路走来，我得到了大家的鼓励和支持，写作方没半途而废。

我尤其要感激爱妻储一琴的鼎力相助，让我能安心于创作。更令我喜悦的是，孙女邢子芊在年初呱呱落地，生下来就摆出一个哲学家的造型。我人生的最大乐事莫过于此，祝福她茁壮成长！

2018.12.26